講談社文庫

ゾンビ3.0

石川智健

講談社

目次

ゾンビ3.0

一日目

光が弾け、薄い瞼《まぶた》に覆《おお》われた瞳の虹彩《こうさい》が縮む。

朝だ。意識の覚醒と同時に思う。

香月百合《かづきゆり》は、あと五分で鳴る予定の目覚まし時計のスイッチを切り、大きく伸びをしてから、眉間《みけん》に皺《しわ》を寄せた。

寝起きのためか、目が霞《かす》んだ。いや、ここ最近、視界がぼやけることが多くなった。ドライアイかもしれない。腰と肩にも痛みがある。ただ、日常生活に支障をきたすほどではなかった。

快晴の日曜日。

ベッドのマットレスを掌《てのひら》で押す。評判の良い低反発のタイプに買い替えたが、これといって身体の痛みは改善されてはいない。やはりデスクワークと運動不足が祟《たた》っているのだろう。

大きな欠伸《あくび》をしてから起き上がり、朝食の準備をする。食パンと、昨日コンビニで買ってきたサラダの残りをテーブルに並べ、紙パックのアイスコーヒーをコップに注《つ》ぐ。一人暮らしは気楽だが、味気ない。二年前に他界した母の料理を懐《なつ》かしく思いつつ、イチゴジャムを塗りたくった食パンを頬張る。

テレビのリモコンを手に取り、チャンネルをニュースに合わせる。東京都中野区《なかの》で発生した殺人事件について、ボブカットの女性アナウンサーが伝えていた。発生は二日前。金曜日だ。親子を殺害した犯人はまだ見つかっていないという。最近、殺人といった凶悪犯罪をニュースで耳にすることがやけに多くなった。

『凶悪犯罪件数は、ここ一年で急増しているといっていいでしょう』

社会学者という肩書きを持つコメンテーターが、真剣な表情で言った。

『昨年と比べても、犯罪が圧倒的に増えているんですよ。やはり、日本での貧富の差が大きくなっていることや、道徳意識の欠如、それにコミュニケーション不足からなる孤立化などが影響しているのかもしれません』

フリップボードに描かれたグラフが映し出される。凶悪犯罪件数の推移だった。一番古いのが五年前。三年ほど前から殺人や強盗といった凶悪犯罪が少しずつ増えており、今年は顕著に多くなっていた。

世も末だなと思いつつ、チャンネルを変える。野生の熊がマスカット畑を荒らしている映像が流れていた。後ろ足で立ち、マスカットをもいで口に運んでいた。器用だなと感心する。

腕を回す。

肩の痛みが酷《ひど》くなっている。迷ったが、鎮痛剤を二錠飲み、空になった皿をキッチンのシンクに置いてから身支度を整え、家を出た。

木場《きば》駅から職場までは電車で二十分。日曜日の朝なので、平日は混雑する東西《とうざい》線も空《す》いていた。

リュックサックから文庫本を取り出して読む。この時間しか本を読む暇はなかったが、半月で一冊のペースで読むことができた。隙間《すきま》時間の有効活用だ。

早稲田《わせだ》駅で降り、歩道を進む。左手に現われた大学キャンパスにいる人も、電車内同様に少なかった。

職場である予防感染研究所は新宿《しんじゅく》区戸《と》山《やま》にあった。隣接する建物は、国際医療研究センターと、有名私立大学。昼休みには戸山公園を散歩することもできる。新宿駅は徒歩圏内ではないものの、仕事を終えた所員たちが飲みに行くエリアだった。首都東京の中心地にあるので、どこに行くにも不便はなかった。

正面玄関に到着する。駅から徒歩で十分だったが、夏の日差しを一身に浴びていたので、シャツが背中に張り付いていた。

白い外観の、遊び心が一切ない構造物。

先日始まった建物の改修工事によって、敷地を覆うように仮囲いが設置されている。今日は日曜日なので職人の姿はないなと思いつつ、職員証で正門隣の扉のロックを解除し、通り抜ける。背後で、扉がロックされる音が聞こえた。正門同様、土日と祝日は職員証なしでは出入りができなかった。

敷地内を歩き、ガラス張りの自動ドアを抜けて本体棟に入る。このときも、職員証は必須だった。管理室の窓越しに座っている管理人に会釈《えしやく》をする。

「休日出勤、大変ですねぇ」

椅子に座っている管理人の市川《いちかわ》が声を掛けてくる。好好爺然《こうこうや》とした風貌《ふうぼう》だが、矍鑠《かくしやく》としており、若々しい。現に、内臓は丈夫らしく、ステーキ食べ放題の店で一キログラムを平らげたと自慢していた。話し好きの老人。会社を退職後、ビル管理会社に再就職したと世間話をしている中で聞いたことがある。平日は管理人が数人詰めているが、今日は一人のようだ。

帽子を取った市川は、豊かな銀色の髪を掻《か》き上げた。着ている制服の胸には、大手ビル管理会社の社名が書かれたワッペンが付いている。

「月曜が休みになりますし、仕事も捗《はかど》るので意外に好きなんですよ。休日出勤」

本心からの言葉だった。一ヵ月に一度ほど回ってくる日曜当番は、同じ研究室内の上司も同僚もいないので気楽だ。平日だと雑事を押しつけられることもあるが、この日は自分の仕事に集中できる。

「それに、休みの日にすることもないですし」

一緒に出かける友人も、呑みに行く同僚もいなかった。昔から友人は多くなかったが、社会人になってから、友達付き合いということをしなくなった。一人でいる時間が好きだったというのもあるが、単純に、スケジュールを合わせるなどの面倒なことから逃げていたら、こうなってしまった。

「スケジュール帳には、仕事の予定しか書いていませんし」

自虐ではなかったが、市川にはそう映ったのか、少し困ったような表情を浮かべる。

「そうですかぁ、良い人が見つかるといいですねぇ」

——良い人？

一瞬、なにを言っているか分からなかったが、すぐに合点がいく。

香月は苦笑いを浮かべた。

「いや、まぁ……」

たしかに、付き合っている人はいないし、もう三十歳が見えてきているので、浮いた話の一つでも欲しかったが、今のところそういった機会に恵まれてはいなかった。

苦笑いを浮かべた香月は、肩をすくめてから管理室を離れる。

ロビーの受付は空席で、平日なら頻繁に行き来する人影もなく静かだ。この静寂が好きだった。

棟内は二十四時間空調管理されており、涼しい。香月は額に浮かんだ汗を拭《ぬぐ》い、自分が所属する研究室に向かう。

予防感染研究所は、本体棟と別棟に分かれており、渡り廊下で繋《つな》がっている。本体棟は、バイオセーフティーレベル2、通称BSL2以下の実験室が三十室、別棟はBSL3の実験室が一室、BSL2以下の実験室七室からなっていた。BSL2の室内は陰圧になっており、感染対策のため、実験施設内の空気を封じ込めて拡散しないような構造。BSL3の実験室は、陰圧に加えて、建物のほかの部分から切り離されて設置されている。渡り廊下を抜けた別棟側には二重ドアの前室があり、職員証で開けることができる。

香月の研究室は、本体棟の二階の北側にあった。構造は、ＢＳＬ１。通常の医学や生物学の実験室。

階段を上っていると、上から人が下りてきた。感染病理部の下村翔太《しもむらしょうた》だった。

「あれ、今日は当番なんですか」

丸眼鏡《まるめがね》の位置を直しながら下村が目を丸くする。どことなく狸《たぬき》を思わせるような顔つき。しばらく散髪をしていないであろう髪は、寝癖で立っていた。

「まぁね」

「香月さんも大変ですねぇ」

特に大変そうに思っていない口調だった。

下村は去年配属になったばかりだが、研究所内ではちょっとした有名人だった。予防感染研究所の前所長の息子。下村自身も優秀で、早くもいずれ所長になるのではないかと目されていた。

「下村くんは、いつもの趣味？」

その問いに、下村は照れ笑いを浮かべる。今日も休日出勤ではなく、完全な趣味という位置付けで出社しているようだ。

三度の飯《めし》より研究が好きだという下村は、休日もこうして研究所に忍び込んで研究に没頭していた。今はたしか、エボラウイルスのワクチン開発を、大学と共同で研究していたはずだ。ほかにも、いろいろな研究に首を突っ込んでいるらしい。到底一人では処理できない業務量をしっかりとこなしつつ、好奇心のある分野にどんどん手を出していく。こういったスーパーマンは、おそらく一日が四十八時間ほどあるのだろう。

見た目は、特に優秀には見えないが、それでも滲み出るなにかはあった。

香月は一度、残業は付けているのかと聞いたことがあったが、これは趣味ですからと意味深長な返答をされただけだった。完全なる仕事中毒だったものの、その気持ちは香月も分からなくはない。

研究者は、好奇心や探究心、または野心に突き動かされている。そうでなければ、こんな割に合わない職業は選ばない。

「まあ、趣味っていうよりも、なんでしょう……業みたいなものですかね」

そう言った下村は、手で腹をさする。三度の飯より研究が好きなのは間違いなさそうだが、白衣の上からでも分かる腹の出っ張りを見ると、飯も好きなんだなと思う。

「では、ごきげんよう」

軽い会釈の後、体格に似合わぬ足取りで、ひょこひょこと階段を下りていった。

香月は後ろ姿を見送ってから、階段を上りきる。

いくつかの研究室を横切り、獣医科学部の研究室に入った。

無人の研究室の電気を点《つ》ける。

予防感染研究所に就職した研究者は、各研究室に所属する。そして、研究室が抱えているテーマが一つだけなら、皆でそれに取り組むことになっていた。ただ、研究室によっては、個々に好きなテーマを設定し、自由に研究を進めることもできた。

獣医科学部に所属する香月は、現在、動物由来感染症のリスクの調査をしていた。

予防感染研究所に入ったのが四年前。最初は、細胞化学部で狂牛病《きょうぎゅう》の調査をしていたが、部内再編の煽《あお》りではじき出されて、先月から獣医科学部に籍を置いている。ここではまだまだ新米だった。

香月は獣医の資格を持っていたが、予防感染研究所では珍しいことではない。研究員の構成比の三割が獣医で、薬学出身が三割、残りが医学出身と生物学出身の研究者だった。下村は、薬学出身だ。

自席に座ってパソコンを起動し、イントラネットを開く。

休日のため、社内情報の更新はなかった。平日に確認できなかった分にカーソルを合わせる。旧時代的なレイアウトの掲示板をしばらくクリックしていたが、関係のありそうなトピックはない。

　次に、インターネットに接続し、世界保健機関《WHO》のサイトを確認する。新着記事がいくつか載っていた。日本語翻訳をかけ、ＷＨＯのシンボルマークが左上に描かれたサイトの見出しを確認する。黄熱病の流行、喫煙者撲滅キャンペーンの記事、マラリア原虫についての論文。論文は英語のまま読むが、革新的な内容は書かれていないようだ。

　とくに興味をそそられるものはなさそうだ。そう判断した瞬間、今朝掲載されたばかりの記事に目がとまった。

『原因不明の病気蔓延《まんえん》によって、人が凶暴化する可能性。当局が警戒』

　一瞬、ネットニュースを開いているのかと錯覚する。

　ＷＨＯの見出しにそぐわないなと思いつつ、記事をクリックした。どうやら、原因不明の病気というのは、一週間前から発生しているようだ。

　原文のまま、読み進めていく。

　アフガニスタンやシリアといった紛争地域で人が突然気絶し、一分前後経《た》つと、凶暴になって人を襲い始める事例があるという報告が複数入っているらしい。精神の錯乱と片付けられ、遺体の確認はできなかったが、現地の医師であるエフサン・リハウィの報告では、悪魔に取り憑《つ》かれたような状態になるらしいものの、発症者の状況は確認できていないという。紛争地域では適切な医療態勢が整っていないし、人が人を襲うのは日常のことなので、医師による解剖もされていないのだろう。もしかしたら、発症者は殺された上に焼かれてしまった可能性もあるのではないかと香月は思う。紛争地域では、感染の恐れのある病気の人間を治すのではなく、殺して隠蔽《いんぺい》するケースもある。

ＷＨＯは、狂犬病のほか、ウイルス性脳炎などの可能性を懸念しており、調査団を派遣する予定だと書かれてあった。実際に派遣する日程は書かれていなかった。おそらく、ＷＨＯも重要視していないのだろう。

被害者の数などの表示はない。ただ、数例だけということはないはずだ。ＷＨＯが紛争地域に調査団を派遣すると一応の表明をしているのだから、少なくない数だということだ。

記事を読んで最初に思い浮かんだのは、狂犬病だ。狂犬病ウイルスを病原体とするウイルス性の人獣共通感染症。中枢神経系に影響を及ぼし、極度の興奮、精神錯乱などの神経症状をもたらす。

ただ、気になる一文がある。

――一分前後経つと、凶暴になって人を襲い始める。

狂犬病ウイルスは体内に潜伏し、不安感や精神錯乱、幻覚症状といった兆候が現われる。嚙《か》まれた部位にもよるが、通常は十日から一年程度経過しなければ、こういった症状は現われない。

ウイルスの遺伝子コードが突然変異して潜伏期間が大幅に短くなる可能性は否定できないが、ウイルスが入り込んで一分前後で発症するなんてことは、人間の構造上、どう考えても不可能だ。どんなに強力かつ効率的に宿主《しゅくしゅ》を侵食するウイルスだとしても、一時間から三時間程度はかかるだろう。いや、それも飛躍した考えに近い。

香月はWHOのサイトを閉じて、イントラネットに戻る。

始業時間が過ぎていた。

所員の出所状況を確認してみる。日曜日にもかかわらず、四十人が出所していた。研究室はそれぞれ独立性を保っているものの、他の研究室が持つ機材を使わせてもらったり、専門外の分野の助言をもらうことも多い。そのため、出所している所員がすぐに分かる仕組みを導入していた。

予防感染研究所の所員数は、全部で五百十二人。日曜日なのに、八パーセントほどが出所していることになる。すべての研究室が休日出勤の体制を組んでいるわけではない。中には、下村のように研究が好きで休みを返上している人もいる。

出所している人間の名前を眺《なが》めていると、加瀬祐司《かせゆうじ》の名前が目に飛び込んできた。整った容姿が頭に浮かぶ。

予防感染研究所に勤める女性所員にとって、医学博士の加瀬は憧れの存在だった。背が高く、顔も良い。まだ三十三歳と若いのに、多くの実績を残している秀才。二年間のアメリカ留学をしたときは、現地でヘッドハンティングを打診されたという噂もある。今は主任研究員だが、いずれは部長になるはずだ。当然、所長候補の一人だ。

世間話をするような間柄ではないが、細胞化学部に所属していた頃は仕事上での会話は多かった。秀才ゆえに、人に厳しいところがあり、ときには怒鳴り声を発することもあった。

研究所内で付き合うなら加瀬だが、付き合ったら大変そうだなと詮《せん》ないことを考えつつ、ゆっくりと肩を回す。鎮痛剤が効いたのか、痛みは和らいでいた。

視線を窓の外に転じる。

なんだか、騒がしい気がする。

今いる場所からは、予防感染研究所の敷地を囲う塀が見える。二メートルの塀は、テロ対策の観点から二年前に建てられたものだった。

高さ二メートルの塀が建物の周囲を囲っており、正面の門からしか出入りできないことになっていた。このくらいでテロ対策になるのか疑問だったが、ないよりはましだろう。

塀の向こう側には、工事の間だけ設置されている仮囲いがあり、その先には、隣接する大学の建物が建っている。強い日差しが降り注ぎ、光を反射してきらきらと輝く白い外壁。

普段と変わらない景色。

ただ、なにかが変だ。理由は分からなかったが、突き抜けたような青い夏空や、ゆっくりと形を変える入道雲すら、不安を掻き立てた。

香月は立ち上がり、外の様子を確かめようと窓を開ける。

その途端、サイレンが鼓膜《こまく》に流れ込んできた。防音ガラスで遮《さえぎ》られていた音は、消防や救急、警察のものが綯《な》い交《ま》ぜになっている。異常事態が発生していることは明白だった。また、今まで気付かなかったが、異様とも思える数のヘリコプターが飛んでおり、ことの重大さを物語っている。

いったい、なにが起きたのか。災害でも発生したのだろうか。

そう思った瞬間、研究室の扉が開いた。

驚きに息を止めて振り返る。そこには、下村が立っていた。いつもの温和な雰囲気はなかった。

「ちょ、ちょっと来てもらえますか」

「……なにかあったの？」

香月の問いに、下村は強張《こわば》った顔を僅《わず》かに歪《ゆが》める。

「なんて説明したらいいのか……えっと、あの、ともかく、ちょっと来てもらえますか」

伝える語彙《ごい》が思い浮かばないかのような、もどかしい調子だった。

「早くしてください」

急《せ》かす言葉に頷《うなず》いた香月は、下村の後を追って研究室を出る。

連れて来られたのは、一階にある食堂だった。

すでにそこには、多くの所員が集まっていた。皆、壁の上方に掛けられた七十五インチのテレビを見上げていた。

香月も画面を見上げる。

ニュース番組のようだが、映っている映像はニュース番組のものとは思えなかった。

異様としか言いようがない。

どこかの街中を撮影しているのは間違いない。撮影者も走っているのだろう。画面が前後左右にぶれている。しかし、なにが起きているのかは分かった。

人間が、人間を襲っている。

襲われた人間に複数の人間が覆い被さっていたり、嚙みつくような襲い方をしてから、すぐに別の標的を追いかけ始めている。

建物からは火の手が上がり、追突している車も多数映っている。

映画やドラマの宣伝なのかと疑う。

撮影者が再び走ったのだろう。画面が激しく揺れていたが、やがて、映像のピントが、襲われたばかりの人間に合う。先ほどとは別の角度。

嚙まれたと思《おぼ》しき人間は、横たわったままのたうち回り、ぎくしゃくした動きをする。

激しい痙攣《けいれん》。

歯車が狂って、手足がそれぞれ別の意思で動いている人形のようにも見えた。

やがて、一瞬だけ動きを止め、立ち上がった。そして、歯を剝《む》き出しにして、獲物を探すように周囲を見回す。肌が、青白くなっているように見える。人間の容姿は保っていたが、人間だとは言い切れない存在になっていると分かる。

その間、十秒ほど。

先ほどまで、普通の人間だったはずだ。こんな短時間で起こるような変化には、到底思えなかった。

「……まるでゾンビだな」

誰かが呟《つぶや》いた。

たしかに、そのとおりだなと香月は思う。容姿や動きが、映画に出てくるゾンビそのものだった。香月は、ゾンビ作品をまったく観ていなかったが、ゾンビの映画やドラマが流行《はや》っているのは知っていた。

襲っている人間が、カメラ撮影者に気付く。

その顔のアップで、画面が静止した。

テレビ画面の下部に表示されている〝謎の暴動が発生〟というテロップが〝ゾンビ発生か〟という文字に切り替わる。

カメラを見つめているゾンビ。目が僅かに白濁《はくだく》している。

映像が切り替わり、スタジオが映る。男女のキャスターの顔に余裕がない。局内も混乱しているようで、どことなくざわついている印象を受ける。

〈大変ショッキングな映像でした……ご覧いただきましたように、現在、日本各地で発生している暴動について、原因などは分かっておりませんが、まさに今起こっていることです。これは作り物の映像ではなく、日本で実際に起こっていることです。どうか、絶対に外には出ないでください。現在、政府によって対策と原因特定を進めているようですが、まずは身の安全を第一に――〉

男性キャスターが喋《しゃべ》っている途中で、画面の端から人が現われて、女性キャスターに紙を手渡した。

〈たった今入った情報です……えっと〉

女性キャスターは、視線を紙に落としながら喋ったが、言葉が続かなかった。書かれていることが信じられないといった様子だった。

男性キャスターの不審そうな視線を受け、ようやく続きを喋る。

〈……今回の暴動について政府は、すべての都道府県での発生を確認したということです。また、現在分かっている限りでは、アメリカ、イギリス、韓国、オーストラリア、インドといった国々でも同様の現象が見られるという確認が取れており、非公式の情報では中国やロシアも含まれ、より多くの国で同様のことが起きているということです。また、原因については、今のところ分かっていないということです〉

　女性キャスターの言葉に、男性キャスターは口をパクパクさせている。思考停止に陥っていた。それでも、職業意識が高いからか、すぐに気持ちを切り替えたようだ。

〈……ただいまお伝えしたとおり、この暴動は世界中で発生しており、日本全体にも広がっています。どうか、絶対に家からは出ずに、外にいる場合は、すぐに建物内に避難してください。人が人を襲っている理由は分かりませんが、襲われた人も、ほかの人を襲い始めるということが確認されています。どうか、絶対に家から出ないでください。外にいる方は、ただちに避難してください。安全なところに避難してください。今すぐ逃げてください！〉

〈これゾンビでしょ〉

　別の声。

　画面が変わり、コメンテーターが映る。四角い眼鏡をかけた、肥満気味の男性。経済アナリストという肩書きが画面下に表示される。

〈これ、やっぱりゾンビじゃないですかね〉

　酒焼けしたような声だった。

〈……どうして、そう思われるんですか〉

　女性キャスターが、不審そうな表情で訊《たず》ねた。

コメンテーターは顔を歪める。

〈いやだって、どう見てもゾンビでしょ。噛まれた人もゾンビになって別の人を襲っていますし。映画とか観ないんですか？〉

女性キャスターは、瞬《まばた》きを繰り返す。

〈あ、いえ、映画は観たことがありますが……でも、これは現実に起きていることで……どうしてこんなことが起きるんでしょうか〉

〈そりゃあ、ウイルスかなにかでしょう〉

〈ウイルスって、いったいどんな……〉

〈そんなの知りませんよ。地球温暖化で永久凍土が溶けて、未知のウイルスとかが解凍されて出てきたとか。それか、どこかの機関が、研究中のウイルスを漏《も》らしたって可能性もありますよ〉

〈……それが世界的に蔓延したということでしょうか？〉

〈新型コロナウイルスとかだってそうでしょ。瞬《また》く間に世界中に感染が広がりましたし。同じですよ、同じ。潜伏期間を経て、一気にドーンって蔓延したのかもしれませんん〉

経済アナリストに発言を求めること自体が間違っていると思いつつ、それほど混乱を極めているのだろうと香月は推察する。

　このアナリストはウイルス説を唱えているが、映像を見る限り、十秒ほどでゾンビ化し、人を襲い始めている。こんな性急な変化を人間にもたらすウイルスなど、あるのだろうか。

〈あ、新しい映像が入ってきたようです〉

視線を外した男性キャスターが言った後、画面が切り替わる。

映像が流れる。

先ほどとは違い、屋上から地上の様子を撮影しているらしい。メッシュフェンス越しに、暴動の様子が映し出されている。

走っているゾンビもいれば、歩いているゾンビもいる。

個体によって、動きに差異があった。

香月は、この差はなんなのだろうという疑問を浮かべる。そして、それらの疑問を抱く余地すら与えないような、大きな問い。

　この現象は、いったいなんなのか。

「なんだよ、これ……」

呟き声に視線を向ける。

いつの間にか、香月の右に加瀬が立っていた。

「なんだよこれ……」

同じ言葉を繰り返す。

驚いた顔をしているが、そこに絶望の色はない。そして、この状況にそぐわない面《めん》貌《ぼう》になっていた。

あぁ。この顔こそ、研究者の業だ。

香月は思う。

未知の難敵に遭遇したときに研究者が浮かべる表情。絶対に、自分の能力で屈服させてやるという傲慢《ごうまん》さ。その強固な自信を裏打ちする努力をひたすらに続けてきたからこそ抱ける感情。

香月も、人のことは言えなかった。

恐怖心はあったが、それ以上に、目の前に広がる疑問を暴《あば》きたいという闘争心が湧《わ》いていた。

「ゾンビですねぇ」

香月の左に立つ下村が言う。

「……根拠《エビデンス》は？」

素っ気ない調子で問う。加瀬は、年下の下村に対抗意識を抱いている。下村本人だけは気付いていないようだったが、所員の間では周知の事実だった。一つのポストを巡るので、衝突は避けられないだろう。所長の座へ進んでいくであろう研究所きっての秀才二人。

「まだ根拠はありませんが、どの報道でもゾンビだと考えているようですね」

そう答えながら、下村はスマートフォンを操作している。香月は横から画面を覗《のぞ》き込む。ネットの記事には、ゾンビという言葉が散見された。

加瀬は、大きなため息を漏らす。

「原因も結果も考えない素人《しろうと》たちの、無責任な決めつけだ。馬鹿は、どうも手っ取り早く物事を枠《わく》にはめたがる」

「原因や結果は、これから僕たちが証明していくんです。ここは、日本でもっとも感染症に情熱を注いでいる優秀な頭脳が揃《そろ》っていますからね」

朗らかな声の下村を見た加瀬は、苦々しそうに顔を歪めただけだった。

自分で言うのもどうかとは思ったが、下村の発言を否定するつもりはなかった。

予防感染研究所は、日々さまざまな感染症について研究し、人間に害を及ぼすものを制圧しようとしている。日本で発生した感染症はすべてこの研究所の研究対象となるし、世界各国の研究機関との連携もしている。

周囲を見渡した香月は、電話をかけている所員が目立つことに気付く。

「そっちは大丈夫か！　全員無事なのか！」

近くの男性所員が声を張った。

「あぁ……こっちは大丈夫だ。今のところ、この建物は安全だ。絶対に、家から出るなよ！　様子を見て、帰るからな！　絶対に大丈夫だから！　子供たちを頼む！」

「良かった……なんなんだろうね、これって……なにかの攻撃かな……でも、どうしてこんなこと……」

別の女性所員が、スマートフォンを指の先が白くなるほど強く握りしめて、泣きながら言っていた。

「学校は大丈夫なのか!?　お、お前は大丈夫なんだな！　泣くな！　部活の友達が死んだのがショックなのは分かるが、今はしっかりしろ！　生き残ることだけを考えろ！　ともかく、学校にいるんだ！　お前はお前が生き残ることだけを考えろ！」

声を震わせた所員の顔は、血液が失われたように真っ青になっていた。

皆、大切な人の安否を確認しているのだろう。

その様子を見て、少し羨《うらや》ましいなと香月は思った。二年前に母を亡くし、父とは六年前に死別した。親戚はいたものの、連絡を取るような間柄ではない。

ポケットからスマートフォンを取り出す。緊急地震速報のような警報はないのだなと思いつつ、すぐに戻した。

「下村くんは、誰かに連絡しなくていいの？」

「……僕ですか？」

香月の言葉を聞いた下村は、突拍子もないことを質問されたかのように目を丸くした。そして、困ったような表情を浮かべる。

「父親とは、もう何年も話していませんから」

父親は、この研究所の前所長だ。そして、下村は同じ道を歩んでいる。てっきり仲が良いのだろうと想像していたが、親子関係は芳《かんば》しくないようだ。

「加瀬さんは、誰かに連絡しなくていいんですか？」

自分の話題から逃げようとするように、下村は加瀬に訊ねる。

「俺の家は、すべてが自己責任だ。死のうが生きようが自由だし、互いに干渉しないことにしている」

眉間に皺を寄せた加瀬は、突き放したような口調で答える。

死のうが生きようが自由。そんな家庭などあるのだろうかと香月は疑問だった。

「……結構シビアな教育方針ですね」

「淡泊なだけだ」

吐き捨てるように言った加瀬は、顔を背《そむ》ける。

下村は、香月を一瞥《いちべつ》したが、なにも言ってこなかった。前に一度だけ、両親が他界したことを話したことがあった。それを覚えているのだろう。

香月は安堵《あんど》する。時間が経っているとはいえ、大好きな母親を失ったのは、今でも深い傷として残っていた。母親が死んだことを説明するのすら、今でも苦痛に感じる。

「ゾンビ、ここにも来ますかねぇ」

「それは、今のところ大丈夫そうですよ」

下村が不安を口にすると、背後から返答があった。振り返ると、管理人の市川の姿があった。多少、顔は強張《こわば》っているが、いつもとほとんど同じ雰囲気をまとっている。

「敷地内を見回ったところ、侵入はありませんでした。侵入されそうな危なっかしいところもなさそうです」

「テロ対策で塀を高くしたことが功を奏しましたね」

下村の言葉に、市川は頷く。

「それに、今は外壁の工事をしていて、塀に沿うように仮囲いが設置されているのもよかったんでしょう。侵入しようとする奴もいないですね。仮囲いが目隠しの役割をしているんですよ、多分。囲いのない正面の門扉も背が高いので、とりあえずは大丈夫そうです」

香月は、人間を襲うゾンビの映像を思い出す。

獲物を探すように頭を左右に動かし、見つけた途端、走り出して襲いかかっていた。走るスピードは、普通の人と同じくらいか、少し速いくらいだった。

あんなものに追いかけられたら、足がすくんで上手《うま》く逃げられないかもしれない。

「外の様子はどうでした？」

下村が食いつくような勢いで問う。

それに対して、市川は首を横に振った。

「確認していません。見つかったら大変ですから」

「たしかに。それなら、ゾンビの声とかしました？」

「ええ……まぁ」市川は痛ましそうに顔を歪める。

「ゾンビのものと思われる呻《うな》り声《ごえ》とか、襲われている人の悲鳴とか、いろいろ……」

「ゾンビは声を発するのか」

加瀬が話に入ってくる。

先ほど下村にゾンビであるエビデンスを求めていたのに、自分もゾンビと呼称するのだなと香月は思う。

「喋ることはできるのか？」

答えを求められた市川は首を傾《かし》げた。

「少しの間しか確認していないので確実なことは言えませんが、喋っていないようでしたねぇ。ただ、呻《うめ》くような声というか、低い音を発していましたけど」

顎《あご》に手を当てた加瀬は、眉間の皺を深める。

「会社からなにか連絡は？」

「電話は繋がりませんでしたが、持ち場で待機するようメールで指示がありました。応援が来るかは、不明です。あと、警察に通報しようとしましたが、繋がりませんでした。コールはするんですけど、誰も出ません」

110番通報が繋がらない。そんなことがあるのかと思ったが、こんな状況下なのだ。警察の通信指令室がパンク状態なのも頷《うなず》ける。

連絡。

そういえば、どこからも予防感染研究所に連絡がきていないことに香月は気付く。予防感染研究所は、日本でもっとも感染症についてのデータを保有し、原因を突き止める設備が整っているのだ。日曜日とはいえ、こうして感染症に特化した頭脳も揃っている。ゾンビ化の原因は不明だが、ゾンビに噛まれた人間がゾンビ化していると いうことは、なにかしらの感染があると推測できる。それならば、ここに問い合わせがあって然《しか》るべきではないのか。

「香月はどう思う？」

騒然としている所員を尻目に、加瀬が問う。質問の意図が分からなかったので返答に窮していると、加瀬は苛立《いらだ》った顔つきになった。

「この状況に、思い当たる節は？」

強めの口調に、香月は少し気後れする。

容姿端麗の秀才で、予防感染研究所のアイドルのような存在。ただ、同時に近づき難くもあった。その一因が、神経質な性格だ。鋭敏なのは研究者として必要な要素だったが、加瀬はそれが顕著だった。そのため、研究所内に親しい友人はいないようだったし、精神的に追い詰められた同僚もいるという。

ただ、香月はそういった圧力をあまり気にしない人間だった。そして、下村もそういったことには疎《うと》いようだ。

「思い当たる節ですか……」

そう呟き、ふと気付く。

「そういえば、WHOのサイトの見出しを見ましたか」

「WHO？　いや、見ていない」

答えた加瀬は、好奇の目を向けてくる。たしかに、重大なトピックが発生していない平時に、WHOのサイトに行き、見出しを確認する人は多くない。香月は、自分が珍しい部類の人間だと自認していた。

香月は、軽く咳払《せきばら》いをした。

「原因不明の病気の蔓延で人が凶暴化する可能性があるという記事が、今朝掲載されていたんです。一週間ほど前に確認されたようです」

「……一週間？　現時点で、なにも分かっていないのか？」

加瀬は訝《いぶか》しがる。

「発生地域が、アフガニスタンやシリアといった紛争地域なので、まだ実態の把握ができていないようです」

紛争地域の医療態勢や研究機関がどういった状況なのかは分からなかったが、少なくとも、十分な安全が確保されている国よりは整っていないだろう。

「暴徒を病気だと勘違いしているだけじゃないのか」そう言った加瀬は頭を掻く。

「まぁ、まずはその記事の確認をしよう。紛争地域と日本じゃ条件が違いすぎるが、感染症は国境などお構いなしだからな」

「その前に、ちょっと屋上に上ってみません？」

「屋上？」

　香月の言葉に、下村は頷く。

「今、外がどうなっているのかしっかり見ておいたほうがいいと思うんです」

　歩き出した加瀬に、下村が提案する。

　加瀬は目をすがめる。その表情から反発心を抱いているのは明白だったが、口から出たのは同意だった。

「……たしかにそうだな。屋上からなら安全だろう」

　この目で、ニュースのような光景を目の当《ま》たりにする。画面を通して見るのとは、比べものにならないだろうなと香月は思った。

「あ、屋上は鍵がかかっているので入れないようになっています。私が案内しますので待っていてください」

人懐っこい表情を浮かべた市川は、早足に食堂から出て行った。

香月は、テレビ画面を見る。そこには、渋谷《しぶや》のスクランブル交差点をゾンビが徘徊《はいかい》する映像と、〝原因不明〟の文字が映し出されていた。

原因不明。

本当に、そのとおりだ。

管理室から鍵を取ってきた市川と一緒にエレベーターで五階に行き、そこから階段を上った。

「あの、空気感染ってことはないですよね？」

下村の言葉に、鍵を解錠した市川は動きを止める。

「え、空気感染するんですか？」

「その可能性もあります。なんていったって、感染経路が明確ではないですから」

「そ、そうなんですねぇ……空気感染ですか」

「していたとしたら、すでに俺たちは手遅れだ」

素っ気ない口調で加瀬が言い、取っ手を握って扉を開けた。

風が吹き込んでくる。

真夏の噎《む》せ返るような空気。ただ、出勤してきたときとは明らかに違う。熱せられたような焼けついた空気には、焦《こ》げたような臭いが混じっていた。吸い込むと、気道が焼けるような錯覚に陥る。

香月は顔をしかめつつ、外に出た。予防感染研究所に入って四年だが、屋上に入ったのは初めてだった。

メッシュフェンスに囲われた空間には、たくさんの室外機が置かれていた。フル稼働した室外機から出る熱。屋上に出た瞬間に感じたものはこれだったのかと思ったが、原因が別にあることはすぐに分かった。

屋上から見る新宿の街。

その各所から煙が上がっていた。多くの建物で火災が発生している。家屋が密集したエリアでは延焼し、火の海だった。燃えるに任せた建物の数々。消防の手が足りていないのは明らかだった。

誰もが絶句し、身動きを取ることができなかった。

人を探すため、視線を地面に落とす。

いなかった。

ゾンビと思しき群れが歩いているのが見える。ぎこちない動き。獲物を探して彷徨《さまよ》っているようだ。

車道には、多くの車が停まっていた。電柱などに衝突している車や、玉突き追突している車で道がふさがっていた。消防車や救急車もある。救助をしているわけではなく、その場に放置されているようだ。横転しているものもあった。

「あれ、見てください！」

下村が指差したのは、ゾンビに囲まれている車の方角だった。中に人が取り残されているのかもしれない。車体を叩《たた》いたり、フロントガラスに頭を激しく打ちつけるゾンビもいた。ゾンビに道具を使う様子はない。車の上に登っているゾンビもいない。ただ、中にいる獲物を最短距離で得ようとしているように見える。

動きに、知性は感じられなかった。

予防感染研究所の建物の近くで蹲《うずくま》っているゾンビが二体いた。目を凝《こ》らす。

なにをしているかが分かり、香月は顔を背けた。人を食べていた。身体を血に染めたゾンビが、人の内臓を喰らっている。

一見して、逃げ惑う人の姿はない。香月たちと同じように、屋上から様子を窺《うかが》っている人々もいた。〝SOS〟という文字を書いている屋上もあった。空を飛ぶヘリコプターに向かって手を振っている人もいた。

地上にいた人たちは皆、避難できたのだろうか。

街から人の姿が消え、ゾンビが跋扈《ばっこ》している。

「僕たちも、ここにいることをアピールしておいたほうがいいかもしれません」

下村の提案に香月は同意しようとしたが、加瀬は反対する。

「今はまだ、様子を見たほうがいい。ここは安全だ。無理に救助を要請するよりも、ここに留まるべきだ。少なくとも外の安全が確保されるか、避難先が安全だという確証が得られるまでは」

加瀬の言葉に、皆は同意する。

ここから逃げ出したいという気持ちもあったが、逃げ出した先が安全かどうかの保証はない。不確定要素が大きい。

まだ、ここは安全だ。それは間違いなかった。

しばらく無言で周囲の様子を観察する。

ゾンビ。喰われた遺体。道を染める血。

現実味がないからだろうか。それとも、無意識に研究者の視点で観察しているのか、吐き気は催さなかった。

「……ゾンビって、元は人だったんですよね」

　下村の言葉に、香月はどきりとする。

　ゾンビを異物として観察していたが、元々は人間なのだ。スーツやシャツ、ワンピースを着ているゾンビ。日曜日にお洒落《しゃれ》をして出かけたであろう装いの人も、今や獲物を狙う徘徊者になっていた。

　それでも、人間だったのは間違いない。

「ゾンビって、たしかリビングデッドとも言うんですよね」

　市川が呟く。

　リビングデッド。生きている死体。たしかに、その表現がぴたりと当てはまる。しかし、動いているからには、生きているはずだ。嚙まれた人間がなにかに感染して一度死に、生き返るなんてありえない。おそらく、死んだのではなく、死んだような状態になっている元人間。知性は残っているのだろうかという疑問が浮かぶが、動きを見る限りでは、それは確認できなかった。

　香月は、予防感染研究所の敷地に目を向ける。市川の言うとおり、ゾンビの侵入はないようだ。近くを徘徊しているゾンビはいたが、二メートルの塀と、その外側に設置している仮囲いが目隠しの役割を担っているのだろう。

「……ゾンビの目的は、人を喰うことか」

冷静な口調で言った加瀬の視線は、近くにある寺の境内《けいだい》に向けられていた。本堂から出てきたと思しき人が外の様子を窺うために顔を出していた。

群れたゾンビがそれに気付き、襲いかかる。

襲撃に気付いた人は、慌てて本堂内に戻ろうとしたが、ゾンビの動きのほうが速かった。次々に侵入される。

やがて、本堂から十人ほどが飛び出してきた。逃げ惑う人々に、走るゾンビが襲いかかる。現実感のない光景だったが、この現象を見極めようと、脳内で情報を処理する。

走って追いかけるゾンビたちが人々に嚙みつき、後から歩くゾンビが追いついて、獲物に歯を立てる。

走るゾンビと、歩くゾンビ。

また、食べられ続ける人間もいれば、嚙まれただけで喰われることのない人間もいた。前者は動き出す気配はないが、後者は、しばらくして立ち上がり、ゾンビとして人間を襲う。

食料となる人間と、嚙まれてゾンビになる人間。この差はなんだろう。

現時点では推測すらできないが、興味を惹《ひ》かれた。

本堂から出てきた人は、誰も逃げ切ることができなかった。

「あれ、猫には反応しませんね」

下村が指摘する。

脱力したような動作で歩くゾンビの前を、猫が横切っていた。その猫の動きに、ゾンビが反応する素振りはない。

香月は、ニュース映像に映っていたゾンビを思い出す。たしか、目が僅かに白濁していた。白内障の症状に似ている。あの目で視認は可能なのか。そもそも、どうして目が白濁しているのだろうか。そして、あまり白濁していないゾンビもいた。この個体差は、いったいなんなのだ。

「人間を食料と認識するが、猫は対象にならない。猫だけが例外なのか、それとも小動物全般なのか。興味深いな」

あくまで冷静さを失わない加瀬。実験用マウスを観察するような視線。その目に、香月は寒気を覚えた。

「一度戻りましょう」

下村が提案する。

このまま眺めていても、なにもできることはない。空を飛び交うヘリコプターを一瞥してから、屋上を後にした。

鍵は開けたままにして、階段で五階へと下りる。

足下を見ながら、香月は屋上で見たことを思い出す。まったく、現実感がない。人が人を喰っている。そのことを理解するのを、脳が拒否しているかのようだった。

そのとき、電話が鳴っていることに気付く。

顔を見回す。

「電話、ですね……」

下村が呟いた。

その言葉に香月は身体を震わせ、音のする方に向かって走った。

すぐに、五階にある総務部が入っている部屋に辿《たど》り着く。ここは研究室とは違い、事務作業をするためだけのスペースだったので、実験台や実験器具はない。普通の事務所のように机が並んでいる。

その机の上に置かれた固定電話の、〝代表〟と書かれたボタンのランプが赤く明滅していた。

受話器を取ると、すぐに声が聞こえてきた。

〈ようやく繋がった。そこにいるのは誰だ？〉

神経質そうな声。どことなく加瀬の声に似ていると香月は思った。

「……えっと、どなたでしょうか」

名前を名乗りそうになったが、相手の出方を窺うことにする。

〈私は、厚生労働大臣政務官の津久井《つくい》だ〉

電話の向こう側の人物が、口早に告げた。

政務官。厚生労働大臣、副大臣の下に位置する重役。

予防感染研究所は厚生労働省の傘下にあるので、職員とのやりとりはあった。しかし、政務官レベルと話すことなどない。少なくとも、香月のような下《した》っ端《ぱ》には縁がない。

名前を名乗るよう急《せ》かされたので、香月は答える。

〈責任者は？〉

「……え、責任者ですか？」

〈所長はいるか？〉

声に焦《あせ》りがあった。

「いえ、いません」

先ほど出所者を確認した限りでは、管理職クラスはいなかった。

そのことを伝えると、受話器越しに舌打ちが聞こえてきた。

〈……所長の携帯にかけたんだが、繋がらなくてな。君でもいい。そちらの状況を教えてくれ。急ぎ、簡潔に〉

ずいぶん偉そうな言い方だなと反感を覚えたものの、実際に偉い人だし、この事態に厚生労働省も混乱しているのは明らかだったので、自制しているほうだろうと考え直す。

「ここにいるのは四十一名で、今のところ建物は危険にさらされていません」

〈今のところ？　それはつまり、ゾンビに侵入される恐れがあるということか？〉

厚生労働省内でもゾンビという呼称になっているのか。

「いえ、塀があるのと、工事用の仮囲いが目隠しの役割を果たしてくれているようで、危険はないと思います」

本当に危険はないのだろうかと思いつつ答える。

「誰と話しているんだ？」

横に立っていた加瀬が問う。

「厚生労働省の政務官です。津久井さんって方です」

受話器の送話口を手で塞いだ香月が答える。

「それなら、スピーカーモードにしてくれ」

そう言いながら、加瀬は自分で電話機のマイクボタンを押した。

「細胞化学部主任研究員の加瀬です。いったい、どうなっているんですか」

やや高圧的な口調で問う。

少し間を空けて、津久井の声が聞こえてくる。

〈状況把握に努めているところだ〉

「状況把握？　どうしてこんな事態になったんですか？　急にこんなことになるなんておかしいでしょう」

〈……たしかに、この急激な変化は理解できない。今は、テロ攻撃も視野に入れて情報収集を行なっているところだ〉

本題に入らせてもらう、と津久井は急くような声を発する。

〈現在の状況はニュースで流れているとおりだが、状況は想像以上に深刻だ。原因は不明だが、研究施設からウイルスが漏洩《ろうえい》したのではないかという意見もある〉

「つまり、ここが疑われていると」

加瀬が片方の眉を上げながら言う。

〈いや、個人的にはあり得ないと考えている。今回の件は世界中で同時多発的に発生しているから違うとは思うが、確認しろというお達しが出ているんだ。そちらに異常はないのか？〉

「あるわけない」加瀬は鼻を鳴らして笑った。

「この研究所が保管している細菌やウイルスがすべて漏れていたとしても、ゾンビ化するような代物はあるはずがない。そして、漏洩は一切ない。その確認のために、わざわざ連絡してきたのか？」

完全に、喧嘩腰《けんかごし》の口調だった。

〈いや、違う〉言葉に力がこもる。

〈その建物を死守しつつ、早急にゾンビ化の原因を突き止めてくれ。そう伝えるために電話をしたんだ〉

「……なんだと？」

加瀬の顔が歪む。

〈言ったとおりだ〉

「ちょ、ちょっと待ってくれ。死守といっても、俺たちはただの研究者だ。自衛隊とか警察は来ないのか？」

一瞬の間。

〈……まず、警察組織が治安維持に奔走《ほんそう》しているが、まったく抑え込めていない。むしろ、警察官の被害が広がっていて、組織が崩壊しつつある〉

「拳銃を使えば、制圧できるんじゃないですか」

下村は、名乗ってから問う。

〈元人間だから当然だが、ゾンビの機動力は人間のそれを超えるものではない。むしろ劣っている場合も散見されるから、拳銃での制圧は可能だろう。ただ、元人間だからこそ厄介なんだ〉

厄介とは、どういうことだろう。

〈いくらゾンビになって襲ってくるからといって、殺していいのかという問題が出ているんだ。お偉方から〉

「そんなことを言っていたら感染が広がるだろ！」

加瀬が机を叩きながら言う。

普段は冷静な加瀬が突然激高するのは、珍しいことではない。香月は仕事上で、そういう場面に遭遇することが多々あった。

「お偉方かどうか知らないが、早く対処しろよ！」

咳払いが聞こえてくる。

〈そのとおりだと、個人的には思う。ただ、国は、国民を守るために存在している。その国がなんの根拠もなしにゾンビ化したからといって、元々人だったものを闇雲《やみくも》に殺していいとは言えないんだ。そもそも、ゾンビ化した人間と、そうでない人間を明確に区分することができていない。なにを基準にゾンビと決めるのか。誰が決めるのか。科学的根拠はあるのか。ゾンビ化している途中なら、ゾンビなのか、それとも人間と定義するのか。それすらも分からない状態なんだ。ゆえに、現時点で火器による交戦は認められていない。現状、迫ってくるゾンビに対して警察は、警棒と盾で応戦していると聞いた。そういった状況だから、警察官もどんどんゾンビになっているらしい。分かってほしい。ゾンビが元々は人間というのが、とても厄介なんだ〉

たしかに、そのとおりだと香月は妙に納得してしまった。

たとえばゾンビが宇宙人とか怪獣ならば、そういった倫理的な部分は省略できそうだが、元人間だった場合は、判断に困るだろう。

「……そんな悠長なことを言っていたら、取り返しがつかなくなるぞ」

苦々しい声を発した加瀬は、頭を掻いた。

〈そんなことは百も承知だが、法治国家というのはそういうものなんだ。国は決まりごとに縛られている。ただ、国がなにもしていないわけではない。今、自衛隊に防衛出動を要請できるよう手配している。が、問題も山積している〉

「なにが問題なんですか」

香月が問うと、呻くような声が返ってくる。そんなことを話している暇はないという考えと、無下《むげ》にはできないという思いで葛藤《かっとう》しているようだった。

やがて津久井は、先ほどよりも少し低い声で話す。

〈自衛隊に要請しようとしている防衛出動の要件は、日本が外部から武力攻撃を受けているか、外部からの武力攻撃が発生する明白な危険があると認められる場合に限るんだ。ゾンビが果たして武力攻撃の結果によるものなのか、今のところ判断できない〉

「武力攻撃かどうかが問題なんですか」

〈そういう決まりだ〉

下村の問いに、津久井は即答する。

「でも、震災があったときに自衛隊が派遣されているじゃないですか。災害派遣って形ならいいんじゃないですか」

〈武器の使用をしなくていいなら派遣できるが、それでは自衛隊員を見殺しにするよ

うなものだろう。防衛出動なら、保有している武器を使える〉

悔しさの滲《にじ》んだ声。津久井自身、忸怩《じくじ》たる思いなのだろう。

〈それと、ここでいう外部というのは、国または国に準ずる組織のことだ。これがどこかの国による細菌攻撃などだったら要件を満たすが、現時点で国は、その可能性は低いと考えている〉

「その根拠はなんですか」

〈まだはっきりしたことは分かっていないが、この現象は、世界中のすべての国で起きている可能性が高い〉

香月は目を見開く。

先ほどのニュースで、アメリカやイギリスといった国でゾンビが確認されていると言っていたが、実態はもっと酷いのか。

目眩《めまい》がした香月は、机に手をついて身体を支えた。

〈全貌を把握していないが、状況は最悪だと断言できる。いつ国家が崩壊してもおかしくはない状態なんだ。それでも、この国を守らなければならない。だから、国がゾンビに対処できる状態になるまでの間、君たちでその場所を死守してくれ。そして、早急に原因を明らかにしてほしい〉

「……ここから出たくても、現状では出られないから、ここに残るのは問題ない。ただ、死守なんて無理だ。俺たちには武器もない。自分の命を守るためなら、俺はここから逃げる」

加瀬が言う。

〈その考えでいい。でも今は、守りを固めることこそが、もっとも生き残ることのできる手段だと理解してほしい。官邸も、なるべく早く自衛隊を動かせるように努力しているようだ〉

「防衛出動ができたとして、ここにも応援がくるのか？」

〈……約束はできない。たとえ自衛隊が防衛出動できたとしても、重要拠点の守りを固めることが先決だ。すでに災害派遣という形で、一部の自衛隊員は出動してインフラ施設の防御に当たっている。インフラを守らなければ、二次被害が起こる〉

この暑さで電気が止まったら、熱中症などの死者も増えるだろう。人員をインフラに割《さ》くのは理にかなっている。

〈インフラだけではなく、原子力関連施設や石油コンビナート、可燃性ガス貯蔵施設なども優先度が高い〉

「この研究所の優先度は？」

〈……細菌やウイルスの保管をしているという点では危惧《きぐ》すべきだが、現時点で侵入の恐れがないようだから、最優先ではない〉

先ほど香月は、危険はないと回答していた。それで優先度が下がったのかもしれないが、嘘《うそ》は吐《つ》けない。

「まぁ、綺麗ごとを言わないだけ、信用できるな」

加瀬は片頰を上げて笑う。

「ここに留まるのは、言われなくてもそのつもりだった。ただ、原因を突き止める件だが、それは約束できない」

〈……なぜだ？〉

「原因解明には、ゾンビの生体か死体が必要だ。ここから出ずに、どうやって確保するんだ？」

返答がない。熟考しているのだろう。

〈……なんとかしてくれ〉

やがて発せられた言葉には、なんの指針もなかった。

「だと思ったよ。でも、まぁ、そう期待をかける気持ちは分かる。予防感染研究所は、日本でもっとも感染症を研究することに適した場所だ。ここで原因が分からなければ、ほかでも無理だと断言してもいいくらいだ」

〈だからこそ、こうして頼んでいるんだ〉

「期待はしないでほしい」

肩をすくめた加瀬が答える。

〈……分かった。ともかく、まずは生き残ることを最優先に考えてほしい。君たちの頭脳も、問題解決に必要な要素になり得るからな。また定期的に連絡するが、念のため、携帯電話の番号も教えてくれ〉

津久井の言葉を受け、それぞれが番号を伝える。そして、電話を取った香月が代表者ということになった。

〈進展があれば、遠慮なく連絡してくれ〉

そう言ってから、少し言い淀《よど》んだ。

〈……これは、情に訴えかけるわけではないが、私の妻子も安否不明の状態だ。それでも、こうして職務を全うしようと踏ん張っている。私は死ぬ気でやるつもりだ。だから……頼む〉

電話が切れる。

津久井がどんな人間なのかは分からなかったが、必死なのは伝わってきた。少しでも力になれればと香月は思う。

「後味の悪いことを言うなよ」

最初に声を発した加瀬は迷惑そうな顔をしながら歩き出す。

皆も、それに続いた。


食堂に戻る。

所員たちはテレビに釘付《くぎづ》けになっていた。人は減っていない。誰もが信じられないといった表情を浮かべ、テレビから流れてくる情報を注視している。

今のところ、パニックにはなっていなかった。動揺したり、泣いたりしている人はいたが、秩序は保たれている。

テレビ画面に視線を向ける。こんな状態になっても、報道は止まらないのかと少し感心した。

〈今まで感染症の可能性を前提に話していましたが、もしかしたらハイブリッド戦争という可能性もあります〉

テレビに映っているコメンテーターが言う。

〈ハイブリッド戦争、ですか？　それはいったい、どういうものなのでしょうか

……〉

アナウンサーが怪訝《けげん》な表情を浮かべる。

コメンテーターは、重々しい調子で頷いた。

〈二〇一四年にロシアがウクライナに侵攻しましたが、そのときにロシアが取ったのが、ハイブリッド戦争ともいうべき方法でした。簡単に言うと、サイバー攻撃を使って国家機能を麻痺《まひ》させて、インフラ設備などの拠点を占拠する方法です〉

〈インフラ設備というと、電力やガス、水道設備ということですか〉

〈ウクライナ侵攻のケースでは、主に地方政府庁舎や議会、軍施設、空港などですね。所属を表わす標章のない迷彩服に身を包んだ武装集団がウクライナのクリミア半島に出現し、それらを次々に占拠していきました。正体不明の集団による攻撃に、国民は大混乱に陥ります。その隙《すき》を狙い、侵攻するんです。ロシアはウクライナのレーダーを電子戦で使用不能にし、サイバー攻撃で発電所やメディア機器を乗っ取り、砲弾の電子信管を作動不能にしたんです。当然、情報網も乗っ取り、フェイクニュースを流して、混乱に乗じて占領するんです〉

〈なるほど……サイバー攻撃や情報戦を組み合わせる戦い方を、ハイブリッド戦争と言うんですね〉

〈そのとおりです。各国は、サイバー攻撃の対策を強化していますが、今回は、ゾンビ化するなんらかのウイルスを市中に撒《ま》くことで、国家機能を麻痺させたとも考えられます〉

〈えっと……つまり、今回のゾンビは、ウクライナ侵攻時の迷彩服の武装集団に当たるということでしょうか〉

〈そうです〉

コメンテーターは自信を持って頷く。それに対し、アナウンサーは、半信半疑といった様子だった。

〈……ですが、いったいどこの国がそんなことをするのでしょうか？　政府の発表では、先進国と呼ばれている国すべてで同様のゾンビ化現象が発生しているということですが〉

〈今は、テロ組織も侮《あなど》れませんからね。それに、ゾンビ化するウイルスなどを保有できれば、軍事力をそれほど持たない国にだって、世界征服は可能でしょう。民衆がゾンビ化して勝手に人間を食い殺してくれますし、核爆弾などと違って、環境汚染もないですから。地球を汚すことなく、人間を抹殺《まっさつ》できる〉

コメンテーターが言い終わった直後、画面の中から悲鳴が聞こえてくる。叫び声が幾重にも重なり、すべてを覆う。先ほど話をしていたコメンテーターやアナウンサーが驚愕《きょうがく》の表情を浮かべて立ち上がり、逃げようとしていた。

カメラが倒れたのか、映像が横向きになる。いくつもの逃げ惑う足が映り、やがて暗転した。

ブラックアウトした画面の中央には〝現在放送されていません。番組表などで放送時間を確認してください。雨や雷などの天候の影響で一時的に受信できない場合もあります〟と表示されているだけだった。

「くそっ、ここも駄目か」

所員の一人が悪態を吐きつつ、別のチャンネルに切り替えるが、黒い画面が続く。テレビ局もゾンビの影響を受けているようだ。

「聞いてくれ！」唐突に声を張り上げた加瀬は、手を叩《たた》いて注目を集める。

「まず、備蓄品をここに集める！　皆、力を貸してくれ！」

「……どうしてそんなことをするんだ？」

所員の一人が問う。

加瀬は、聞き分けの悪い子供に向けるような、苛立ちのこもった視線を向ける。

「この建物には、所属している五百人が三日間食うに困らない量の備蓄がある。今こここにいる所員は四十人、それと管理人が一人。一ヵ月は余裕で籠城できるが、備蓄品は地下に置いてある。エレベーターが使えるうちに手に取りやすい場所に移動させておいたほうがいい。喉が渇くたびに移動するのは非効率だ。こういう状況だからこそ、極力、体力の消耗は避けるべきだ」

加瀬の言葉に動揺が広がるものの、それはすぐに収まった。そして、ほとんどの所員が頷く。

ただ、先ほど声を発した所員は、懐疑的な表情を浮かべたままだった。

「でも、ずっと、ここにいるつもりか？　助けがくるんじゃないのか」

「先ほど、厚生労働省の津久井という政務官から連絡があった。外はゾンビによって壊滅的な状態で、警察の被害も甚大《じんだい》らしい。外に出ても、ゾンビに喰われるだけだ。ここに留まることこそが、もっとも生き残る確率が高い。生き残っていれば、いずれ助けも来る」

加瀬の言葉に一瞬静まるが、皆が一斉に疑問を口にし始め、食堂内が騒然となる。

「私は帰る！」

一際《ひときわ》大きな声によって、一人の女性所員に注目が集まる。泣き腫《は》らした顔。目には決然とした意志が宿っていた。

「……子供と連絡が取れないの。家で待っていると思うから、私は帰る」

同調するような声がいくつか上がる。彼らも、大切な人が研究所の外にいて、連絡が取れないのだろうと香月は思った。

加瀬は僅かに笑みを浮かべる。心の底から蔑《さげす》むような表情。

「帰るのは別に構わない。好きにすればいい。できるかぎり協力する」

その言葉が意外だったのか、帰ることを希望していた女性はきょとんとした顔になった。

加瀬は続ける。

「それぞれ、戦うべき場所がある。無理に引き留めるようなことはしない。ただし、ここを出る際は細心の注意を払ってくれ。まず、運良く建物の周囲には工事の仮囲いが設置されている。それが目隠しになっていると考えられるから、壊さないでほしい。唯一、仮囲いがないのが正門だが、門は防壁の役割になっているから開けられない。出るなら、門を乗り越えてくれ。そして、絶対にゾンビに見られないタイミングで脱出してくれ。ゾンビにこの建物が注目されたら面倒だからな。夜の脱出が一番いいが、そこまで待てないようなら今から出てもいい。俺が屋上から携帯を使って、ゾンビがいなくなったタイミングを見計らって指示を出す。それなら、少しは生存率が上がるだろう」

的確かつ、正論だ。しかし、人間味に欠ける言い方だった。残酷なまでに、突き放した調子。ただ、今やこの建物内のリーダーが加瀬になっているのは明白だった。追従するような多くの声が、それを物語っている。

加瀬を睨《にら》んだ女性は、目に涙を浮かべた。

「……分かったわよ」

「ほかに、ここから出たい者は？」

女性から視線を外した加瀬の問いかけに、四人が反応するが、一人は迷った末に、手を下げて、再び上げた。真菌部に所属する、宮本陽子《みやもとようこ》だった。

「……とりあえず十五分考える時間をやる。それまでに、ここに残るか、外に出るか決めてくれ」

加瀬の言葉が終わると、所員たちは口々に話し始めた。

香月は、食堂の端にいる宮本に近づく。年齢が一回り以上離れている先輩。面倒見が良く、いつも笑顔を絶やさない女性。椅子に座っている宮本は、肩を落とし、顔を伏せている。

「大丈夫ですか」

声をかけると、宮本は今にも泣き出しそうな顔を向けてきた。

「あ、香月さん……なんか、私、どうしよう」

涙が浮かんだ瞳には、恐怖が浮かび上がっている。

一度手を下ろしてから、再び上げた宮本。どう声をかけたらいいのか分からなかった。

「……どなたかと、連絡が取れないんでしょうか」

その言葉に、宮本は苦しそうな笑みを浮かべる。

「娘と。顔を合わせると喧嘩ばかりで、電話もほとんどしたことがないくらいなんだけど……メールとかでも、返信がなくて」

不安に押し潰《つぶ》されそうになるのを堪《こら》えるように、スマートフォンを持つ手に力を込めているようだった。

周囲を見渡す。

安堵したような顔で電話をしている人がほとんどだったが、なかには、悲痛な表情の人もいた。安否を確認したいのに、電話が繋がらないのだろう。

「娘さんとは、一緒に住んでいるんですか」

宮本は頷く。

「四谷《よつや》だから、ここから歩いて行ける距離なの。今日は休みだって言っていたから、家にいるはずなんだけど……夫も、今日に限って朝からゴルフなんて行っているから……」

「混線して不通になっているだけかもしれません」

下村の声。

いつの間にか、背後に立っていた。

「現に、かなり繋がりにくい状態のようです。災害用伝言ダイヤルは試してみましたか。ほかの所員の人が、それで連絡が取れたと言っていました」

災害用伝言ダイヤル。地震や噴火などの災害が発生すると、電話が繋がりにくくなる。こういったケースが発生すると、声の伝言板が提供されることになっていた。

「それはさっき試したわ。でも、娘からはなんの反応もなくて……ほんと、どうすればいいの……」

声が震える。その問いに答えられない香月も、胸が苦しくなった。

「もう少し、様子を見たほうがいいと思います。娘さんは、きっと大丈夫ですよ」

香月は、自分でも根拠のない慰めだと感じる。それでも、なんとかして励ましたかった。そして、ここから出ることを思い止《とど》まってほしかった。

下村が頷く。

「ゾンビは超人的な力を持っているわけではなさそうですので、娘さんが家の中にいれば無事だと思います。そして、宮本さんも、ここにいれば安全なのは間違いありません。ですが、外に出たら、高確率で死ぬと思います」

声に突き放す調子はなかったが、少し冷たく感じる。

ただ、真実だった。

ここを出たら、死が待っているというのは、誰もが感じていることだ。

「警察とかが出動して、事態は収束しますよ」

香月の言葉に、宮本の瞳が揺れる。

「警察……でも、さっきのニュースの映像って、今起こっていることでしょ？　ちゃんと警察が来てくれたらいいけど、あの子、一人きりで逃げ回っているかも……」

「建物内にいれば、ひとまずは大丈夫そうですが」

下村の言葉に、宮本の顔が歪んだ。

「でもあの子、今日、もしかしたら買い物に行くかもと言っていたの……家にいてくれればいいけど……」

身体が震えている。

「買い物ですか……どこに行くって言っていましたか」

下村の問いに、宮本は新宿だと答える。

「近いですね……うーん、ただ、買い物に出掛けていたとして、どうやって見つけるかという問題もあります」

冷静な調子で下村は言う。

宮本も、そのことは分かっているようだったが、それでも、外に出たいと主張する。

「やっぱり、もう少し待ってもいいと思います。電話が繋がってから会いに行っても――」

「私……私は、娘を守りたいの」

香月の言葉を遮り、宮本は告げる。

「……娘を失うなんて、考えたくない。もし家にいて、怖い思いをしているなら、傍《そば》にいてあげたいの」

悲痛な声の中に、力強さがあった。

そのとき、香月は気付く。

宮本の目に浮かんだ恐怖心。これは、ゾンビに襲われる恐怖ではなく、大切なものを失うことへの恐怖なのだろう。

不意に視線を感じる。目を転じると、加瀬がこちらを見ていた。正確には、宮本を。

その目は、つまらないものを見るような冷淡なものだった。無表情の顔を背ける

と、歩いていってしまった。

十五分が経った。

最終的に、宮本を含む男女五人が、予防感染研究所から出ることが決まった。

準備が始まる。

加瀬と宮本は電話でのやりとりを確認し、ほかの四人は、それぞれ正門を乗り越え

るための椅子を運ぶ。また、武器を見繕う者もいた。食堂の調理スペースにあった包

丁を確保した男は、その刃を不安そうに眺めている。ただ、顔には強さが漲（みなぎ）ってい

た。今回の五人は、大切な人と連絡を取ることができず、すぐにでも会いたいという

一心なのだろう。外に広がる危険を顧みないほどの情があるのだろう。

「噛まれる可能性を考えれば、長袖を着たほうがいい。ただ、機動性も確保するべき

だから、ディスポーザブルガウンがいいと思う」

ディスポーザブルガウンは、BSL3の実験室に入るときに着る防護服だ。厚みは

ないが、破れにくいし、なにより走るのに邪魔にならない。

加瀬の指摘に、五人は素直に従った。

準備が整った。

皆、青色のディスポーザブルガウンを着ていた。ラテックスグローブをつけている手には、それぞれが武器を持っていた。包丁や、柄の長い棒。金槌《かなづち》を握っている人もいる。

五人は、親しい所員と握手をしたり抱き合ったりしてから、外に向かう。

「あの、宮本さん」

香月は、最後に残った宮本に声をかける。

「やっぱり、もう少し待ったほうが……」

語尾が萎《しぼ》む。

宮本は、覚悟を決めたような真剣な表情になっていた。

「ありがとう。でも、私、やっぱり娘が心配だから」

ぎこちない、ほんの僅かな笑みを浮かべた宮本が出て行った。

食堂が、しんと静まり返る。

「どうする？」

加瀬は、香月と下村を見る。加瀬は、屋上から指示を出すことになっていた。屋上に一緒に行くかを聞いているのだろう。

「いや、僕は遠慮しておきます」

下村の意見に、香月も同意する。同僚がゾンビに襲われるかもしれないのだ。そんな光景は見たくない。

無表情の加瀬は、一人で屋上へと上がっていった。

食堂にある大きな窓越しに、正門を見ることができた。

門の傍に置いてある椅子に立ち、一人が恐る恐るといった調子で顔を覗かせて外の様子を窺うが、すぐに引っ込める。ゾンビがいたのだろうか。

その様子を見ていた香月は、視線を足下に落とす。彼らの気持ちを考えると、胸が張り裂けそうだった。

「……やっぱり、止めたほうがいいよね」

香月は呟く。

今からでも、遅くはない。ここを出るのは、絶対に危ないことだ。

「もう決心しているようなので、無駄だと思います」

一歩踏み出した香月に、下村は声をかける。苦悶《くもん》するような表情だった。

香月は、窓越しに五人を見る。

すでに迷いはなさそうだった。なにかを話し合っているようだが、内容を聞き取ることはできない。

彼らは、ここを出る危険性を承知しているだろう。それでも、命を賭《と》してでも会いに行きたい人がいるのだ。

なんとか辿り着いてほしいと、香月は願う。

「さっきの話、香月さんはどう思いますか」

「……さっきの話って？」

「あ、電話で津久井さんが言っていた、ゾンビ化の原因を探ってくれって話です」

香月は僅かに口をすぼめた。

「どうだろう……加瀬さんが言っていたように、ゾンビの生体や死体があれば解明の方法はあるかもしれないけど……少なくとも、組織はほしいかな。でも、この建物にいる限り、それらは手に入らないし」

下村は唸《うな》るような声を発する。

「……たしかに、検体があればいいんですけどねぇ。テレビで、ゾンビ化するウイルスとかが散布された可能性があるって言っていましたけど、眉唾《まゆつば》ものですね。ゾンビ化するウイルスなんて聞いたことないですし。それに、ゾンビ化するまでの時間が短すぎますよね。人間の構造上、ありえない」

否定しつつも、その口調には好奇心が見え隠れしていた。

下村は、ゾンビ化の原因を究明したくて仕方がないのだろう。明らかに浮き足立っている。研究者の業《ごう》だ。

「最初は、凶暴化しているのを見て狂犬病かとも思ったんですけどね」

「狂犬病に感染しても、発症は十日から一年だけどね」

腕を組んだ下村は、視線を遠くに向ける。

「そうですよねぇ。それに、一体のゾンビがどのくらいの人間を感染させるのか不明ですが、スーパー・スプレッダーだと、かなりやばいですね」

下村と同じ懸念を、香月も抱いていた。

たとえばウイルスの場合、一人の感染者から人に感染《うつ》すのは、通常は数人とされているが、スーパー・スプレッダーの場合は数十人単位で感染させる可能性がある。ゾンビ化がどういった原因で引き起こされるのか不明だが、感染力も懸念すべき点だ。

「あ、行きそうです」

つらそうな表情を浮かべた下村が正門を指差す。

スマートフォンを耳に当てた男は、四人と顔を見合わせていた。そして、互いに肩をたたき合ったあと、椅子に足をかけ、門を乗り越えた。

香月は、強く目を瞑《つぶ》った。心臓が激しく鳴り、肋骨《ろっこつ》を打っていた。

十秒ほどして、恐る恐る目を開ける。五人の姿は、すでになかった。

耳を塞《ふさ》ぎたい衝動に駆られる。襲われた人の声が聞こえてきそうで、心臓が締め付けられる思いだった。

食堂に残っている他の所員たちも、固唾《かたず》を飲んで正門に視線を向けていた。

しばらくしてから、加瀬は戻ってきた。いつもどおりの、冷静を保った顔。手には、双眼鏡が握られていた。

「どうでした？」

下村が聞くと、加瀬は肩をすくめてから、顔を背けた。

「全員、ゾンビにやられた」

加瀬の表情は見えなかったが、まるで、芳しい結果を得られなかった実験の結果報告をするような口調だった。

「喰われた者もいれば、ゾンビになった者もいる。ゾンビ化の時間は、やはり十秒から二分ほどだった」

その声に、熱がこもっていた。少し、顔が赤い。そのときのことを思い出して興奮しているようにも見えた。

場の空気が凍り付く。

訊ねた下村も、硬直していた。

「……宮本さんも、ですか」

香月は震える唇《くちびる》を動かした。上手く喋ることができない。

「ああ。ゾンビにはなっていないが、喰われた」

加瀬は淡々と答える。

それを聞いた香月は、その場にへたり込んだ。先ほどまで生きていて、会話を交わしていた人が、もうこの世に存在していない。その事実に打ちのめされた。

涙が溢《あふ》れ、耳鳴りがする。

加瀬は頭を掻く。

「状況を観察していたんだが、どうやらゾンビは目が見えないか、非常に視力が落ちた状態のようだ。走らず、遠くで静かに歩いていた奴は、ゾンビが見逃していた。あの白濁した目は、白内障なのかもしれない。ただ、目が悪くなっているせいか、聴覚が少し鋭い気がする……いや、単に聴覚に頼らざるを得ないだけなのか。悲鳴を上げた奴は、すぐに襲われていたよ。あとは、ゾンビは鼻をひくつかせていたから、嗅覚も生きている可能性がある」

興奮を抑え込むように単調に語るその様子を見ながら、香月は思う。

加瀬にとって、今回の件は収穫だったのだ。五人を建物の外に出すことによって、ゾンビについての情報収集と、ここを脱出したらどうなるかを確かめる実験だったのかもしれない。

「あとは、五人についてだが、一人は完全に食料としてゾンビに喰われていたが、残りの四人はゾンビ化した。不思議なことに、ゾンビ化する個体は、噛まれても喰われる様子はなかった。それと、発症まで時間差がある。テレビの映像でも確認したが、噛まれてから十秒が最短で、長くても二分ほど。それ以上はかからなかった」

冷めた口調と、観察力。研究者は、いかなるときも冷静に物事を見て判断するべきであり、そこに情を挟んではいけない。動物実験で、動物を可哀想だと思ったら研究は進まない。

加瀬は研究者として非常に優秀なのは間違いないし、その毅然《きぜん》とした態度が頼もしくも思うが、香月は反感を覚える。

「なにか言いたいみたいだな」

言葉を投げかけられた香月は、慌てて顔を背ける。思っていることが顔に出てしまっていたらしい。

「あの五人は、自分の意志で外に出た。俺はそれを最大限サポートしただけだ。批難されるいわれはない」

そのとおりだった。

そのとおりなのだが、同調したくはなかった。宮本の顔が、頭に浮かぶ。涙を拭い、下唇を強く噛んだ。

「たぶん、言い方が少し、あれなんじゃないでしょうか」

下村が告げる。

その言葉を聞いた加瀬は、下村に咎《とが》めるような視線を投げかけた。

「俺が間違っているって言いたいのか？」

「……いえ、そういうわけでは」

消え入りそうな声を発した下村は、身体を萎縮《いしゅく》させた。

加瀬は、下村を快く思っていないだろう。いずれ予防感染研究所の所長の椅子を争うだろうと言われている二人だ。下村は飄々《ひょうひょう》としたタイプだったのでなにを考えているか摑《つか》めなかったが、加瀬は日頃から意識しているのは間違いない。

落ち込んだ様子の下村を満足そうに見た加瀬は、視線を周囲に向ける。

「さぁ、備蓄品を運ぶのを手伝ってくれ」

手を叩き、皆を促す。この研究所内でもっとも発言力のある人物の加瀬の言葉に、皆は素直に従った。

食堂に十八人を残し、残り十八人で備蓄品を運ぶことにした。

ロビーを抜け、階段で地下に下りる。外にゾンビが徘徊しているのが信じられないほど、棟内はいつもどおりだった。

「さっきは、すみませんでした」

香月は、前を歩いている加瀬に追いつき、謝る。

「なんのことだ？」

一瞥した加瀬が訊ねる。嫌味を言っているわけではなく、本当に心当たりがないといった様子だった。

「えっと……」

反感を表情に出したことについて謝ろうと思ったのだが、そもそも、どうしてこの程度で謝ろうと思ったのかと香月は考える。普段だったら、謝罪などしない。こういった異常な状況下で、自分の価値観が揺らいでいることを自覚した。

管理人の市川が、地下にある倉庫の扉を開ける。中には使われていない机や椅子が置かれ、その一角に備蓄品が積んであった。

「手伝ってくれ」

加瀬が保存水の入った段ボール箱を指差す。

頷いた香月は、台車に段ボール箱を置く。

「備蓄品のこと、よく知っていましたね」

「前に、総務からメールが来ていたのを覚えていただけだ」

素っ気ない調子で答えた加瀬は、ほかの人にも指示を出し、効率良く台車に備蓄品を載せた。

総務からのメール。見たような気もするが、覚えていなかった。

台車を押した香月は、荷物用エレベーターで一階に上がった。食堂に戻ると、所員たちが騒然としていた。

なにかあったのだろうか。まさか、ゾンビが侵入してきたのか。

「どうしたんだ？」

「誰かが、敷地内に入ってきました」

加瀬が訊ねると、一人の所員が答えた。

「ゾンビか？」

「いえ、あの……分かりません」

曖昧《あいまい》な返答だった。

皆が様子を窺《うかが》っている方向を見ると、正面玄関の隣に位置する食堂の大きな窓の前に、一人の男が立っていた。年齢は、三十代半ばくらい。身長が高く、眼光の鋭い男。長袖のワイシャツを腕まくりしている。髪は乱れ、顔も汚れている。上着は着ておらず、シャツと黒いスラックス。シャツはもともと白のようだが、血で大部分が赤く染まっている。返り血なのか、出血によるものなのかは分からなかった。

それだけでも異様なのに、表情の険しさは尋常ではなく、今にも窓を割って侵入してきそうだった。

男が手に持っているものを見て、香月は目を見開く。

大きな銃だった。拳銃ではない。詳しくは分からないが、マシンガンとかそういった類《たぐ》いのものだろう。日本ではおよそ見ることのない銃。

「あれは、２０《ニイマル》式５・５６㎜小銃ですね」市川が目を丸くしながら言った。

「陸上自衛隊の主力小銃です。前は、〝ハチキュウ〟と呼ばれた89式が主力だったんですけど、20式は二〇二〇年に調達が開始されました。約三十年ぶりに主力小銃が代わったんですよ。ちなみに、国産なんです」

「詳しいですね」

香月が言うと、市川は恥ずかしそうに頭を掻く。

「武器のことを調べるのが趣味でして。老後の、唯一の楽しみなんです。ちなみに、20式の弾薬であるNATO5・56ですが、もし、ゾンビの体液とかを浴びただけでも感染する恐れがあるのなら、これは非常に有効な弾薬です。弾が体内に入った途端に破裂して、破片で身体の組織を破壊しますし、組織が体外に散乱する恐れも少ないんです」

話を聞きながら、顔をしかめる。弾薬が身体に入るのを想像して、気分が悪くなった。

「あの男は自衛隊ですか？」

下村の言葉に、市川は首を傾げる。

「そうかもしれませんが、迷彩服二型を着ていないですし……先ほどの電話で津久井さんという方が言っていたように、自衛隊って、まだ防衛出動していないんじゃないでしたっけ？」

市川の発言どおりだ。あの電話から一時間ほどしか経っていない。

「何者だ！」

加瀬は、窓の近くに移動して大声を発する。

男は、ポケットからなにかを取り出し、提示する。

「……警察官？」

眉間に皺を寄せた香月は呟く。

警察手帳だった。警部補という表記。そして、その下には一条信《いちじょうしん》という名前が書かれてあった。顔写真は、たしかに本人と同じだ。ただ、目の前にいる鬼気《きき》迫る現在の一条の表情と、口を一文字に結んでカメラを見つめる写真の顔には大きな開きがあった。今の一条は、熱に浮かされているようにも見える。

「その銃はなんだ！」

「本部庁舎から持ってきたものだ」

一条は、加瀬を見つめながら答える。落ち着いた、深みのある声。声量が大きいわけではないのに、しっかりと内容を聞き取ることができる。

「もう少し、声を落としたほうがいいかもしれません。ゾンビに気付かれるかもしれませんから」

香月が伝えると、加瀬は分かっていると言いたげに舌打ちする。

「その銃は、自衛隊のものじゃないのか」

声量を落として訊ねる。

一条は視線を落とし、小銃を上げる。撃ってくると身構えたが、小銃はすぐに降ろされた。

「たしかに自衛隊でも使われているが、これは警視庁にも採用されているものだ。俺は捜査一課の刑事で、この銃は本部庁舎から持ってきたんだ」

真偽など分かるはずもないが、一条の目は加瀬から逸《そ》れることはなかった。嘘を吐いてはいないような気がする。

「あれは、警視庁にもあるのか？」

加瀬は市川に向かって訊ねる。

「……えっと、たしかに、警視庁でも採用されていたかもしれません」

自信のなさそうな返答だった。

「20式、警視庁にもありますね。特殊急襲部隊の装備品ですが」

下村がスマートフォンの画面を見せる。たしかに、装備品の一覧に載っていた。

「ここで話してもいいが、奴らは音に反応しやすい。ここに人間がいると気付かれてもいいのか？　質問なら、中で答える」

親指で背後を指差した。

加瀬の見定めるような眼差《まなざ》しを香月は確認する。相手の真意を探ろうとするような視線だった。

「いや、入れたら駄目でしょ！」

一人の女性所員が神経質そうな声を上げた。たしか、松井《まつい》という名前だった。年齢は四十代。パーマをかけた髪は、ダークブラウンに染められていた。

「ゾンビに噛まれているかもしれないじゃない！」

「そうだ、ゾンビの可能性もあるぞ！」

次々と、松井の意見に同調する声が上がる。

香月は、一条の血に染まった服を見る。ここに来るまでに、さまざまな困難を乗り越えてきたであろうことは容易に想像できた。

ただ、どうして予防感染研究所に来たのか。たまたま逃げ込んできたようには思えない。なにか目的があるのだろうか。

「噛まれているかもしれない！」

松井は必死の形相《ぎょうそう》だった。恐怖の裏返しだとは思うが、過剰反応のような気もする。しかし、過敏になるのも頷ける。現在、予防感染研究所は安全地帯だ。ゾンビの侵入を許していないし、塀と仮囲いによって今のところ安全性が担保されている。

ただ、ここには武器と呼べるものがなかった。ゾンビに対抗できる手段がないのなら、守りを固めるのが最善の策だ。

外部の人間を研究所内に入れるのは、それだけでリスクがある。

松井の言葉が聞こえたのか、一条はシャツのボタンを外し始める。

「噛まれているかどうか、自分たちの目で確認すればいい」

シャツを脱ぎ、上半身が露《あら》わになった。そして、ベルトに手を掛けたとき、加瀬の声が聞こえた。

「脱がなくていい」

その言葉に、一条の手が止まる。

所員の視線が、一斉に加瀬に向けられる。

「大丈夫だ。ゾンビ化の心配はなさそうだ」

加瀬は所員を見渡しつつ、手首につけている腕時計を指で軽く叩いた。

話してから二分が経過したということだろう。

「で、でも……」

食い下がってきた松井に対し、加瀬は笑いかける。香月は、その表情に嘲笑《ちょうしょう》を見て取った。

「彼をここに入れる最大のデメリットであるゾンビ化の可能性は、現時点で潰すことができた」

「で、でも、まだゾンビ化の原因が分かってないじゃない？　二分でゾンビになるってことも、統計の母数が少なすぎて信用できないわ」

「そうかもしれない。でも、メリットのほうが遥《はる》かに多い。理由は二つある」

加瀬の目元が僅かに痙攣する。苛立ちを必死に抑え込んでいるようだ。

「まず、ここには武器がない。ゾンビが襲ってきた場合のことを考えれば、彼の小銃は非常に魅力的だし、刑事なら仲間に引き入れて損はない。それと、我々は外の世界を直接見ていない。ニュースやインターネットの報道と、屋上から街を見下ろしただけだ。情報を取得するという意味でも、彼は有用だ」

淡々とした口調。

「ご、強盗かもしれないじゃない！」

加瀬は顔をしかめた。

「強盗だと仮定して考えてみてほしい。それなら彼は、どうしてあの小銃でこの窓を割って侵入してこないんだ？　あの小銃に弾薬が残っているとしたら、我々の命はすでに彼の手に握られている」

反論はなかった。

メリットとデメリットを天秤《てんびん》にかければ、たしかに一条を建物内に入れたほうが得策だと香月は思った。所員たちも、当初の意見を翻《ひるがえ》したようだ。

すべて、加瀬の言うとおりだ。やはり、心強い存在だと再確認する。このような異常事態では、まともに考えることができるだけで驚嘆に値する。

「私が開けに行きます」

香月の言葉に、加瀬と下村も同行すると言った。

正面玄関に向かい、職員証でガラス製の自動ドアを解錠する。

扉を開けると、夏の熱せられた空気と、焦げた臭いが建物内に侵入してくる。それと、一条がまとっている血の臭い。

「怪我《けが》はしていないんですか」

香月は、血で染まった服を見ながら問う。

「これは俺のものじゃない」

素っ気なく答えた一条の目には、なんの感情もこもっていないようだった。

食堂に戻り、一条を椅子に座らせる。ほかの所員たちは、遠巻きに様子を窺っていた。

市川がペットボトルの水を持ってきてテーブルに置くが、一条は手をつけようとはしなかった。代わりに、小銃をテーブルの上に載せた。

「それ、本物ですか？」

それぞれの紹介をした下村が、小銃を指差して訊ねた。

一条が頷くのを確認し、下村が続ける。

「刑事がこんなものを持ち歩けるってことは、警察はゾンビと戦えることになったんですか」

先ほどの電話で話した津久井によれば、警察は交戦を認められていないようだった。

一拍置いて、一条は口を開く。

「警察は、まだゾンビを市民と考えているから、銃器は使用してはならないという通達があった。ゾンビに対しては、あくまで暴徒という対応しか認められていない。催《さい》涙弾《るいだん》などの使用はできるが、あまり効果がないようだ。奴らは、まったく怯《ひる》まない。ひたすらに獲物に噛みつこうとする」

「……警察組織は、壊滅したんですか」

「いや、まだ機能している。頑丈な建物内にいれば、よほどの不注意がない限り、侵入されることはない。今、ゾンビの定義を明確にし、排除対象にできるよう掛け合っているようだ。まぁ、一部ではすでに交戦しているという話だ。警官だって、無駄死には御免だからな。上層部からの正式な許可はないが、現場レベルでは、襲ってくる相手には拳銃の使用を黙認している状態だ」

「では、状況は改善に向かっているんですね」

下村は、安堵するようなため息を吐いた。

それに対し、一条は微《かす》かに首を横に振った。

「拳銃で撃たれた程度では奴らは止まらない。被害は増えていて、そのスピードはどんどん速くなっている。俺たちが減るというのは、奴らの軍勢が増えるのと同じことなんだ。しかも、奴らには恐怖心が一切ない」

「死兵ということですか。それは強いですね」

笑いながら言った市川だったが、すぐに不謹慎だと自覚して表情を引き締める。

「いや、そのとおりだ。死を恐れずに向かってくる奴らを相手にしたことのない我々は、無力だった」

苦痛を受けたように顔を歪める。ここに来るまでに、多くの辛《つら》い場面を見てきたのだろう。ただ、その表情もすぐに消えた。

「医療機関はどうなんですか？　まだ機能しているんでしょうか」

「……特に酷い状況のようだ。理由は不明だが、病院は怪我人や付添人を受け入れるから、そこにゾンビが紛《まぎ》れ込んだのかもしれない。まぁ、今のところ、ゾンビに襲われた人はゾンビになるし、治療法もないから、医者の出番じゃない」

「……そうですか」

下村は落胆する。

香月はその様子を見て、下村が医療機関の無事を確かめた理由には、別の意味があったのではないかと思う。医療機関には、研究設備が整っている施設もある。おそらく、ゾンビ化の原因を追究しようとする動きがあるのかを聞きたかったのだろう。

「日本は、もう駄目なんでしょうか」

おずおずといった調子で、市川が訊ねる。

一条は、眉間に皺を寄せた。

「日本は過密国家だから、他国と比べてもゾンビ化が早まっているようだ。しかも、警察官は先進国の中ではもっとも軽装備で、人口に対して警察官の数が少ない。犯罪発生率が低いことが仇《あだ》になっているのは間違いない。ただ、自衛隊が動けば、どうにかなる。いくら死を恐れない奴らでも、重火器には勝てない」

抑揚のない口調。自衛隊によるゾンビ制圧について、希望も失望もないかのように聞こえる。

「たしかに、アメリカでは軍の出動でゾンビを制圧しつつあると報道が出ていますね」

下村がスマートフォンを見ながら言った。親指を素早く動かしている。情報収集をしているようだ。

「アメリカは暴徒鎮圧で射殺とかもしていますからねぇ。それに、強力な武器も持っていますし。さすがアメリカって感じです。これ、見てください」

ゾンビだったと思しき死体の山が堆《うずたか》く積まれている写真だった。その前でポーズを取る軍人。彼らはサングラスをかけているので表情を読み取ることはできないものの、口角が上がっている。どうやら笑っているようだ。

悪趣味だと香月は思う。案の定、コメント欄には、批判的な文言が多い。元人間の尊厳を主張する者が多数のようだが、ゾンビを駆除する行為を賞賛する意見も少なくない。

ともかく、武力でゾンビを抑え込むことが可能なのは間違いなさそうだった。

目を逸らした香月は、自衛隊の出動によって事態が改善するだろうという期待を抱いた。

「どうしてここに？」

加瀬が問う。椅子に座っている一条は、加瀬を見上げただけで答えようとはしなかった。

香月は、黙っている一条の顔を見て、当初以上に違和感を覚える。

命からがらここに逃げ込んだといった様子は一切ない。むしろ、なにかの目的があり、意志に突き動かされて目的地に辿《たど》り着いたように感じる。その目的地が、予防感染研究所。

考えすぎだろうか。

「あ、記者会見をやってるぞ！」

所員の一人が声を上げ、テレビのボリュームを少し上げた。

画面には、内閣総理大臣の岸本《きしもと》の姿が映し出されている。背後は濃紺のカーテンで、日本国旗が立てかけられている。場所は、首相官邸だろうか。

〈えー、先ほども申し上げましたように、宣戦布告等の通告もなければ、我が国の防衛網が察知した他国もしくは、それに準ずる組織からの攻撃の兆候はありませんでし

た〉

岸本首相の額には汗が浮かんでおり、表情が硬い。どうやら、途中から中継されているようだ。

〈攻撃ではないとすると、感染症ですよね？　世界各国で発生しているのは、どうしてでしょうか。感染源の特定や対応策は進めているんでしょうか〉

記者の声は、切迫していて、ほとんど批難するような口調だった。

〈今回の世界的大流行《パンデミック》の原因につきましては、鋭意調査中です。日本におきましては、現在緊急事態宣言を発令中でして、警察や消防による国民の避難誘導及び、感染者に対応をしている状況で――〉

〈その警察や消防に被害が拡大しているじゃないですか！〉

途中で遮《さえぎ》られたことに顔をしかめた岸本だったが、なんとか怒りを押し込めたようだ。

〈えー、被害を最小限に食い止めるべく、総動員で状況に対処していますし、暴徒鎮圧用の装備で沈静化に当たっています〉

〈襲ってくる感染者に拳銃を発砲したという情報がいくつも入っていますよ！　感染者はゾンビと呼ばれていますが、元は人間ですよね？　倫理的な問題はどうなるんで

すか！　ゾンビを殺したら、殺人になるんでしょうか！〉

質問している記者は、かなりヒートアップしているようだった。香月は今までに首相の記者会見を見たことは何度かあったが、こんなにも熱のこもった口調で質問するのは聞いたことがなかった。それほど、危機的状況なのだろう。

〈……火器の使用許可はしていません〉

岸本は言う。ただ、殺人になるか否かの明言は避けた。

〈でも、実際に使用されているじゃないですか！〉

〈いやいや、むしろ、どうして許可を出さないのかってことですよ！〉

ほかの記者の声が聞こえてくる。

記者は、所属する新聞社名と氏名を言い、続ける。

〈倫理的な問題があるのは分かりますし、人なのかゾンビなのかを線引きする必要もあるでしょうけど、現に警察官などが襲われているんです。混乱しているのは現場なんです！　早急に指針を決めていただきたい！〉

岸本は、記者の言葉を咀嚼《そしやく》するように口元を動かしてから、小さく頷く。

〈被害が大きくなっていることは承知しています。然るべき対応をすべく、自衛隊とも連携し、事態の収拾に当たるようにしています〉

〈どうして自衛隊がすぐに出てこないんですか！　今の状況は、戦争状態と同じじゃないですか！　こういうときのために、高い武器を購入しているんじゃないですか！〉

〈もちろん、防衛出動ができるよう、超法規的な措置の判断を含め、あらゆる手続きを行なっています〉

〈今さら手続きなんて――〉

〈ともかく！〉

岸本が顔を赤くして、記者の言葉を遮った。ほとんど怒声に近い。

肩を上下させ、呼吸を整えてから口を開く。

〈ともかくですね、国民の皆さんは、絶対に家から出ないようにしてください。まず、感染者にならないことを第一に考えてください。外に出るのは危険ですので、絶対に、止めてください。人が密集すると危険が増しますので、避難場所などの開設はしておりません。どうか、家から出ないように。外にいる人は、すぐに建物内に入ってください。必ず救援に向かいますから〉

その言葉に、嘘はなさそうだった。政府も、本気でこの事態を収拾させたいのだろう。

そこで会見が打ち切られ、岸本は去っていった。

画面が切り替わり、キャスターの神妙な面持《おもも》ちが映し出された。会見の内容について話していたが、新しい情報は含まれていないようだ。

「……結局、まだなにも決まっていない感じですね」

下村の言葉どおりだろう。

政府の対応が定まらず、犠牲者が増えている。それは紛れもない事実のようだ。

国民ができることは、外に出ないで感染を避けること。

「とりあえず、この建物の防御を固めたほうがいいんじゃないでしょうか。塀で守られているとはいえ、不測の事態も考えられますから」

市川の提案に、同意の声が上がった。

手分けして作業を始める。食堂の窓側には、テーブルを置いて侵入を妨害できるようにして、カーテンを閉めて視界を遮った。また、一階にある窓も、キャビネットなどで塞ぐ。屋上から外を見たとき、車のフロントガラスに頭を打ちつけるゾンビの姿があった。完全に常軌を逸した激しさ。あの勢いで侵入を試みられたら、キャビネットなどは少しの時間足止めできる程度だろう。しかし、なにもしないよりはましだ。

香月と加瀬と下村、そして管理人の市川は、自然と行動を共にするようになっていた。

食堂の椅子に座っている一条は手伝うことなく、見定めるような視線を所員たちに向けている。なにかを探しているようにも見えた。

できることをやり終えた所員たちは、各々好きな場所で休憩し、備蓄品の水や食料を口にしている。

今のところ、予防感染研究所の中は安全だ。備蓄品の量を見ると、節約しなくても当分は困らないだろう。水道も使えるし、電気も問題ない。インフラは生きているということだ。政務官の津久井が言うように、重要拠点の守りは十分に固められているのかもしれない。

感染が広がる外界と隔絶された世界。

緊張感はあるし、家族のことを心配している所員も多かったが、連絡が取れているのか、彼らの精神状態はそれほど悪くなさそうだ。

ただ、不安に押し潰されそうな人も見かける。先ほど、一条が現われたときに過剰反応した松井は身体を揺すりながら、病的な視線を周囲に向けている。顔には恐怖の色が浮かび、爪を噛んだり、腕を掻いたりしていた。音が聞こえるほどの強さ。腕の引っ掻き傷から血が滲んでいた。かなり危うい印象だった。

時計を見ると、十六時を回っていた。

皆、疲労している。数人が横になっていた。

幸い、備蓄品の中には災害用のマットレスもあったので寝ることもできるが、気が休まらないらしく、起き上がったり、歩き回ったりしていた。

食堂には、香月たちを含めて十人が残っている。ほかの所員は、少しでも安全な場所がいいと、上の階に行っていた。

香月は硬いマットレスに横になり、スマートフォンを見つめる。

どこからも連絡が入っていなかった。

身内がおらず、仲の良い友人もいないので当然だが、少し寂しかった。

半身を起こす。

一条は小銃をテーブルの上に残し、どこかに消えていた。

出されたペットボトルは、まだ未開封の状態で残っていた。不気味な男だったが、悪い人には見えなかった。

やがて、食堂に市川が姿を現わす。

「やっぱり、本社との連絡がつきません」

不安そうな面持ちで報告してくる。先ほどから、何度か所属する管理会社に連絡しているようだが、コール音だけが鳴っている状態らしい。

「困ったなぁ……これからどうすればいいのか」

「とりあえず、ここで待機すればいいんじゃないですか。首相も、建物から出るなって言っていましたし」

香月の提案に、市川は曖昧に頷く。

「そうなんですけどねぇ……いや、今後の方針を本社に確認したくてですね。こんな状態ですが、一応、私はここの管理を任されている身ですから」

そういうことかと香月は目を見開く。その職業意識に感心する。

「ご家族とは連絡が取れたんですか」

問われた市川は、瞬きをしてから、少し寂しそうな笑みを浮かべる。

「十年ほど前に、妻に先立たれましてね。子供もいないので、気楽に生きているんですよ」

悪いことを聞いたなと思ったものの、本人は気にしていないようだった。

「実は私、現役時代は商社に勤めていたんです。商社といっても、防衛とか軍需製品とかを取り扱っていたんですよ」

それで、一条が持っていた小銃に詳しかったのかと納得した。

市川は続ける。

「酒もギャンブルもしないし、金のかかる趣味もありませんでした。ですから、これでも貯蓄はあったんです。それで、五十五歳で早期定年退職に手を挙げて、妻と二人でゆっくり余生を過ごそうと思った矢先に死んじゃって。結局、暇になったんで、嘱《しょく》託《たく》社員としてビル管理会社に入って今に至るということです。そしたら、こんなことが起きちゃって。人生、なにがあるか分かりませんねぇ」

しみじみとした調子で市川は言う。

本当に、なにがあるか分からないなと香月は思う。

昨日まで、なんの変哲もない日常が続いていた。そしてそれがずっと続いていくだろうと漠然と思っていた。それなのに、一瞬で世界が様相を変えた。報道などを見ていると、ゾンビによって、すべての価値観がひっくり返ってしまったかのような気がした。

ただ、個人的にはまだ実感が湧かない。

幸い、予防感染研究所は強固な塀に守られている。周囲に感染者もいない。世界が変わったと思う反面、本当に変わってしまったのだろうかという疑心は残っていた。

「私は管理室に戻って、引き続き本社との連絡を試みます」

立ち去ろうとする市川に、香月は食料と水を手渡す。

「マットレスも持って行きますか？」

「あ、それは大丈夫です。管理室に仮眠用のベッドがありますから。せんべい布団ですけど。夜勤とかでたまに横になっていますから」

そう言って笑い、食堂を出ていった。管理室は、建物の正面玄関の入り口付近にあるが、危険はないだろう。

視線を転じると、ノートパソコンを食堂に持ち込んだ下村が、キーボードを素早く叩き、なにかを入力していた。

立ち上がり、背伸びをしてから近づく。

「なにしてるの？」

香月が訊ねると、下村は一瞬だけ視線を離し、すぐにディスプレイに戻す。

「情報収集です。あと、各国の研究者仲間と情報共有しています」

「研究者仲間？」

下村は頷く。

「はい。僕、学生時代は海外の大学で学んでいましたし、今も交流があるんです。あと、来年からアメリカの研究機関に行く予定だったんですけど……まぁ、この状況だと難しいかもしれません」

特段、誇るでもなく言う。予防感染研究所は、毎年一名ほどをアメリカの研究機関に出向させ、知見を広めさせる取り組みをしている。

対象となるのは、実績豊富で、将来有望な人材。加瀬もこの対象になって出向していた。三十歳に満たない下村が選ばれるのは、やはり将来を嘱望《しょくぼう》されている証《あかし》だろう。

「へぇ……それで、なにか分かった？」

同じ研究者として嫉妬しないでもなかったが、それを表には出さなかった。

「どこの研究機関も、まだ態勢が整っていないようですね。検体もなかなか手に入らず苦戦しているようですし、研究者も被害を受けているみたいで、十分な人員も揃わないって嘆いています。ゾンビに襲撃された研究所もあって、その施設は放棄されたようです。ここは、まだ恵まれています」

下村は、パチパチとキーボードを叩きながら言う。ディスプレイを見ると、英語の文章が並んでいる。どうやら、チャットでコミュニケーションを取っているようだ。

「アメリカの軍部では、検体確保と解剖実験を始めているようですね。現時点ではウイルスは見つかっていないと言っていました。まだ簡易検査の段階のようですが、細菌も発見されていないという結果が出ています。寒天培地でコロニー形成をしているんでしょうけど、ウイルスと細菌の可能性は低いのではないかという見方が多いようです」

「つまり、ゾンビ化の原因は不明ということ？」

「今のところは」

寄生虫や病原体、原生生物の可能性も潰す必要があるが、まだ一日も経っていない。混乱の中で、ウイルス説と細菌説の可能性が低いと分かっただけでも驚嘆に値する。

「我々も、検体があれば原因を探れるんですが……」

口惜《くや》しそうに言う。

香月も同じ思いだった。自分の持っている能力で、この難題に挑みたいという気持ちが沸々《ふつふつ》と胸の内から湧き上がってきている。

もどかしい気持ちをため息として吐き出しながら、テーブルの上に置いてある小銃を見る。徘徊するゾンビを確保するために、武装して外に出る。可能かもしれないが、無謀な策だろう。

「なにか、新しいことが分かったら教えて」

「もちろんです」

香月と目を合わせないままで頷いた下村は、再びインターネットの大海に没入していった。

テレビ画面には、空港のターミナルが映し出されていた。人々が大挙して押し寄せて、国外に逃げることができないかと詰め寄っているようだ。ただ、海外もゾンビの影響下にあり、飛行機はすべて欠航となっている。飛行中のものについては着陸を受け入れるようだとキャスターが伝えていた。

また、クルーザーを保有する富裕層たちが、日本領土の離島に避難するという動きも出ているらしい。日本には七千近くの島がある。ゾンビの影響のない有人島や無人島に向かっているのだろう。

富める者は、逃げ方も豪快だなと香月が思っていると、加瀬が、ペットボトルの水を飲みながら食堂に現われた。そして、真っ直ぐに小銃のところに行き、手に取る。

「それ、どうするんですか？」

香月が訊ねると、加瀬は片頬を上げて笑みを浮かべる。

「さっき、インターネットで撃ち方を調べたんだ」

加瀬が一条をこの建物に迎え入れた理由の一つが、武器の確保だった。しっかりと目的を果たしていた。

「……一条さんに許可は取っているんですか」

その問いに、加瀬は口を歪める。

「持つくらい、別にいいだろ。それに、もしゾンビが襲ってきて、あの刑事が死んだらどうする。使い方くらいは事前に把握して損はない」

たしかにそのとおりなのだが、やはり一般人が銃を持つというのは違和感があった。

小銃を構えた加瀬は、独り言を呟く。撃つまでの動作を確認しているようだ。

「一条さんは、どこに行ったんですか？」

「所内を見て回っているみたいだ」

興味なさそうに答えた加瀬は、小銃をさまざまな角度から眺めていた。

手持ち無沙汰となった香月は、スマートフォンでＷＨＯのサイトにアクセスするが、今朝から更新されていなかった。次に、ニュース記事を見る。当然だが、ゾンビ一色だった。日本や世界が大変なことになっていることを書き立てるものばかりで、気が滅入って途中で読むのを止める。

所員の男性がテレビのリモコンを操作している。放映されているチャンネルは、半分以下に減っていた。テレビ局もゾンビの襲撃を受けているのだ。

やがて、一条が戻ってくる。鋭い眼光で周囲を見てから、加瀬に目を留めると、無言で加瀬から小銃を奪い取った。

双方睨み合うが、鼻を鳴らした加瀬は、肩をすくめてからその場を立ち去る。

小銃をテーブルに戻した一条は、思い詰めた顔で虚空《こくう》の一点を見つめていた。

二日目

ほとんど一睡もできずに朝を迎えた。

香月の研究室は二階にあるため、窓の前にキャビネットを置くなどの措置は取っていなかった。研究室には、香月のほかに誰もいない。誰かと一緒にいたいという気持ちもあったが、なるべく身体を休めるために自分の研究室で寝ることにした。

六時三十分。

起き上がろうとすると、全身が痛かった。頭や肩の痛みも酷かった。マットレスのせいだろう。

顔を歪めながら立ち上がり、リュックサックから鎮痛剤を二錠取り出し、水で喉に流し込んだ。最近、鎮痛剤を飲む頻度が上がっている。

軽い柔軟体操をしてから、食堂に向かう。

すでに所員たちの姿があり、テレビ画面を見つめていた。彼らもしっかりと睡眠を取ったとは言いがたく、疲れた表情を浮かべていた。スマートフォンで電話をしている所員も多い。離れた家族などと連絡を取り合っているのだろう。

「進展なしですね」

近づいてきた下村が言う。

「政府の報道発表は？」

「官房長官などの会見はありましたが、これといって新しい情報はないです。ラジオなども聞きましたが、政府は繰り返し、外出禁止を要請しているだけのようです」

香月は片目を細める。

悲観的な報道がないのは、しっかりと状況を抑え込めているということだろうか。それとも、隠しているだけなのか。

下村が、保存食のパンを渡してきた。一口囓《かじ》ってみる。なかなか美味《おい》しかった。

そのとき、スマートフォンの着信音が鳴る。ディスプレイには、津久井の名前が表示されていた。

「はい」

〈どうだ〉

開口一番に問われる。津久井の声だった。

「とりあえず、建物は安全です」

〈そうか……それで、ゾンビ化の原因についてはどうだ？　突き止められそうか〉

言葉に詰まる。やはり、求められているのはそこなのだ。

「検体が確保できないので、進んでいません」

大きなため息が聞こえてくる。

〈どうにか確保できないのか〉

無責任な言葉。寝不足も相まって、香月は少し苛立《いらだ》つ。

「たとえば、自衛隊のヘリコプターとかで検体を運んでくれればいいじゃないですか。それくらいならできるんじゃないですか」

やや、間があった。

〈……ヘリコプターの数が圧倒的に足りない。戦闘機を含め、陸海空で約千機の航空機を保有しているが、それらはフル稼働で動いている。防衛出動のような大型の武器の使用はできないが、災害派遣ということで主要施設の守りを固めているんだ〉

香月は顔を歪める。

「本当ですか？　主要施設に人員を送るだけでパンクするんですか？」

〈……東京の感染者が突出しているし、関西も多いという報告を受けている。ただ、このゾンビ化は全国で発生している。全国に主要施設がいくつあると思っているんだ。それら主要施設などに人員を送るのだって苦労している。道路は事故車両が邪魔で使えないし、空路だけでは、輸送がなかなか進まない〉

香月は、津久井の言葉に引っかかりを覚える。

「主要施設に人員を送るのは分かりますけど、などって、なんですか？　主要施設に人員を送る以外に、なにかあるんですか」

唸《うな》るような声が耳に届く。

〈……隠しても仕方ない。主要施設に人員を送る以外にも、要人を安全な場所に護送する任務がある〉

「要人？　要人って、政治家とかですか？」

頭に血が上る。

〈政治家だけじゃない。自衛隊に率先して助けを求められる地位にある人間だ。私だって、忸怩たる思いなんだ。分かってくれ。先にやるべきことが多くあるのは理解しているし、この対応が間違っていることも重々承知している〉

津久井の悔しそうな声が、遠くに聞こえる。怒鳴りそうになったが、なんとか堪える。

怒りをぶつけても仕方ないし、津久井は味方なのだ。

「……分かりました。検体がなければ、こちらは動きようがありません。ですが、考えてみます」

妙案が出るとは思わなかったが、考えることはできる。なんとかしたいという気持ちもあったし、ゾンビ化の原因を明らかにしたいという思いに嘘はなかった。

〈すまないが、頼む〉

祈るような口調。津久井も必死に足掻《あが》いているのだろう。そう思うと少しだけ納得できた。

「ちなみに下村くんが、海外の研究者と連絡を取り合っています。まだ原因が分かっていないということでした。ただ、ウイルスや細菌の可能性は低いということです」

鼓動一拍ほどの間。

〈……その情報は入っているが、引き続きウイルスや細菌については重点的に調べるようだ。ゾンビのせいで、研究機関も十分に機能しているとは言い難いし、見逃しもあるかもしれない。ほかに、なにか聞きたいことがあれば言ってくれ〉

聞きたいことは山ほどあったが、津久井も暇ではないだろう。質問を絞り込む。

「自衛隊の出動はできそうなんですか……その、防衛出動でしたっけ？」

〈防衛出動の発動は、国またはそれに準ずる組織による武力攻撃が要件となっている。これについては、第三国から細菌兵器の攻撃を受けたということにした。首相がそれで行けと大号令を発して、閣議決定は後回しにすることになったらしい。これによって、憲法解釈の問題はクリアできる。今日にでも、首相から防衛出動の下命がある。間違いない〉

岸本首相がテレビ中継で発言していた、超法規的な措置というのは、嘘ではなかったようだ。

「分かりました。あと、ゾンビを殺したら、殺人になるんですか」

〈殺人にはならない〉即答だった。

〈あくまで、ゾンビ化しており、襲ってくる相手という条件ではあるが、正当防衛になるという解釈だ。国民に対してゾンビを殺していいとは明言できないが、罪にはならない。そして、自衛隊の防衛出動が決まれば、日本国のすべての火力でもって、ゾンビを制圧することができる〉

電話の向こう側が騒がしくなった。電話が切れる空気を察した香月は、急いで喋る。

「あともう一つ。医療機関はどうですか。ちゃんと機能している場所はあるんですか」

一条から聞いた話が本当かどうか、確かめたかった。

〈……医療機関は完全にやられている。世界中でも、同様の現象が起きているようだ。原因は不明だ〉

「あの、国際医療研究センターは？」

予防感染研究所の隣にある施設の名前を出す。あの場所にも、研究設備はある。

〈……連絡が取れない。おそらく、ゾンビの影響下にある〉

それを聞いた香月は、下唇を噛んだ。

昨日の一条の話でも、医療機関の被害が大きいと言っていた。ゾンビに噛まれたら、約十秒から二分の間でゾンビ化する。つまり、噛まれた人が運ばれて発症し、感染を院内に広げるというケースはないはずだ。それなのに、どうして病院の被害が大きいのか。

なにか、病院にゾンビ化を助長する要因があるのか。それとも、単純に病人や怪我人を受け入れなければならない特性上、防御が手薄になっていたからだろうか。

〈すまないが、一度切る。またあとで連絡する〉

そう告げ、返事を待たずに電話が切れる。

スマートフォンをポケットにしまい、先ほどの会話を思い出す。今日、防衛出動が発令される。このことを所員に周知したほうがいいのかと考えたが、止めておくことにする。津久井は間違いないと言っていたが、決定が覆ることもあるだろう。期待が絶望に変わるほうが、精神的に堪《こた》える。

ふと、食堂に一条の姿があることに気付く。

迷ったが、警察官には知らせておいたほうがいいだろうと思う。

「あの、これは内緒にしてほしいんですけど」

声を潜《ひそ》め、防衛出動が発令されるという内容を伝えた。

無言で聞いていた一条は、椅子の背もたれに寄りかかる。

「早いに越したことはない。長引くと、ゾンビとは別の危険も出てくるだろうからな」

意味深長な言葉。

「……別の危険って、なんでしょうか」

香月が訊ねると、一条は片方の眉を上げた。

「まぁ、そのうち分かる」

そう言った一条は、周囲に視線を向ける。所員一人一人の顔を確認しているようだった。関心事は、ほかにあるようだ。

そのとき、食堂に市川が入ってきた。香月と目が合うと、駆け足で近づいてくる。

「あ、あの……」顔に驚きの表情を浮かべた市川は続ける。

「また、外に人がいるんですけど」

その言葉に、周囲の所員たちがざわついた。

「まさか、また警官ですか」

香月の問いに、市川は首を横に振った。

「隣の敷地にある大学の学生ということでした」

「……大学生？」

「はい。今、正面玄関の前にいます。どうやら、ゾンビがいないのを見計らって敷地内に侵入したようです……話をしたんですが、昨日はずっと大学の構内にいて、それで、中に入れてほしいということでした」

説明している市川は、明らかに困惑している。

「ともかく、会ってみます」

香月は歩き出す。下村と加瀬、数人の所員が後ろからついてきた。

正面玄関に行くと、すぐに市川が狼狽《ろうばい》していた理由が分かった。

香月は唾《つば》を飲み込み、ガラス製の自動ドアの向こう側にいる人物を見つめる。

異様だった。

頭に、フルフェイスのヘルメットを被っている。シールド部分は透明なので、目は確認することができるが、それ以外は隠れていた。長袖で覆われた両腕には、かなりの量のテーピングが施されている。足にはサッカー用のソックスを履《は》いているらしい。脛《すね》の部分が盛り上がっているのは、おそらくプロテクターを付けているのだろう。

そして、金属バットを持っている。

「あ、どうも。おはようございます。城田《しろた》竜二《りゅうじ》と申します」

面の奥から、声が聞こえてくる。普通の声だ。

「……その格好」

「あ、これですか。ゾンビ対策です」

香月の指摘に、城田は、グローブをはめている手で胸の辺《あた》りを叩く。どうやら、胸部にもプロテクターを付けているようだ。肩も、盛り上がっていた。

「テレビの報道を見たり、大学の屋上から昨日一日観察したところ、ゾンビに嚙まれたら感染するのは間違いなさそうですね。つまり、嚙まれないような格好をする必要があるというわけです。脚にはサッカー部の部室から拝借したプロテクターを付けています。この腕のテーピングも同様です。かなり弾力のあるテープを何重にも巻いているので、万が一の際も、ゾンビの歯を防いでくれるはずです。このフルフェイスのヘルメットも、バイク部から勝手に借りました。ただ、ヘルメットは視界が狭まるので失敗でした。もう被りません。走るゾンビと歩くゾンビが混在していたので、やはり機動力を重視したほうがいいですね。歩くゾンビだけだったら、もう少し軽装にして、機動力を上げたんですけど。ちなみに、この服の下には、薄い長袖を三枚重ね着しています。噛まれるのは防げないかもしれないですけど、ゾンビに引っ掻かれて身体を傷つけられないための対策です。引っ掻かれてゾンビ化するというのは現時点で確認されていないみたいなので判断保留ですが、対策しておいて損はありませんし」

流暢《りゅうちょう》に語る城田を見て、不思議な感覚に襲われる。

城田は、ゾンビ慣れしている。そして、ゾンビの出現を楽しんでいるかのようだった。たしかに、機動力を削がれることなく、ゾンビに噛まれることも想定した格好だった。

「ずっと、大学にいたの？」

「はい。一昨日《おととい》、サークルの部室で酒を飲んでいたんですが、そのまま寝てしまって。それで、昨日の昼頃に目覚めたら、もうこんな世の中になっていました」

「ご家族は？」

香月の問いに、城田は首を引っ込めるような所作《しょさ》をする。

「僕、養護施設で育ったんです。親に捨てられて。今は一人暮らしです。あ、ちなみに、サークルってのはテニスサークルです。よく、オカルト研究会所属って間違われますが」

真面目な表情をしながら、どうでもいい情報を付け足す。

「……どうして、大学に残らなかったの？」

その問いに、城田の目が三日月のようになった。どうやら笑ったようだ。

「大学で籠城をしようとも考えたんですが、残っている学生たちの動揺が酷かったですし、正常な判断ができない人が多い状態でした。そういった人が多いほど、そのコミュニティーの崩壊は早まります。これ、常識です」

それに、と続ける。

「皆、予防感染研究所からウイルスが漏れてゾンビになったと言っていましたが、屋上から見る限り、建物内の人はゾンビ化していませんでした。つまり、予防感染研究所原因説は間違いだと判断しました。この建物は、高い塀に囲まれていて、防御は文句なし。極めつけに、この建物にはバイオセーフティーレベル3の設備があるとインターネットに書いてありました。そういった設備は、当然物理的な遮断もしているでしょうし、だからこそ安全だと思ったんです。本当は、逃げるならショッピングモールというのが定番なんですけど、僕は生き残りたいので、ショッピングモール案は却下しました」

「……ショッピングモール？」

「いえ、気にしないでください。ゾンビ映画好きには常識ですが、説明すると長くなりますから」

爽やかな声。

調子が狂うなと思う。

「……それで、大学を脱出して、ゾンビが徘徊する道を通って、塀を登って、ここに来たということ？」

「脱出をしたというか、まぁ、大学構内にゾンビが侵入して大惨事になったので逃げ出したんです。ここへの侵入は、正面玄関の門を乗り越えました」

「よく辿り着けたね」

香月は言う。純粋に凄いことだと思う。

城田は、誇らしそうに胸を張った。

「ゾンビは、嗅覚を使って獲物を嗅《か》ぎ分け、音に反応します。あの濁《にご》った目を見る限り、視力はかなり低下しているようですから、ほかの感覚に頼っているんでしょうね。まぁ、なぜか目が濁っていないゾンビもたくさんいますけど……ともかく、爆竹《ばくちく》を使って、その音で注意を逸らしました。ゾンビとは戦わないに限りますし、逃げるのが最善の戦略です。これも常識です。ちなみに爆竹は、中華料理研究サークルから貰《もら》いました。なんで爆竹を持っていたのかは不明ですが」

いろいろなサークルがあるんだなと思いつつ、ゾンビと戦わないのが最善の策と言い切る城田が不思議だった。自信に満ちあふれている。

「早く建物内に入れてくれませんか？　この格好、暑くて」

加瀬が一歩前に出た。

「ここに入れるわけにはいかない。メリットがないからな」

メリット。

昨日招き入れた一条については、小銃という強力な武器と、警察官という立場で得られるであろう情報があった。城田の場合、情報はあるだろうが、目新しいものではないと考えられるし、武器は金属バットのみだった。

目を点にした城田は、ヘルメットのシールドを上げた。

「もちろん、お土産《みやげ》がないわけではありません」

そう言うと、肩に掛けているウエストポーチを開けて、中から黒いものを取り出した。

拳銃だった。

「……それは、本物か?」

加瀬の問いに、城田は頷く。

「制服警察官が携帯している回転式拳銃です。弾は五発、フルで入っています。ここに来る途中で見つけました。ゾンビに食べられた警察官のものです。食べられる人と、ゾンビになる人がいるのは、不思議ですね。そこで思ったんですが、ゾンビものの映画とかドラマも、ゾンビに食べられているのに、次のシーンではゾンビになっているというのも変ですよね。お前さっき食べられていただろって。今までそんなこと、気にしたことはありませんでしたけど。今考えてみると不自然ですよね」

城田は、楽しそうに考察を繰り広げている。そして、拳銃を渡すことを約束する。

腕時計を確認した加瀬は、城田を中に入れるために職員証で扉を解錠した。

拳銃を加瀬に渡した城田は、物珍しそうに棟内を見渡しつつ、食堂に入った。

椅子に座り、ヘルメットを脱ぐ。汗で髪がびっしょりと濡れていた。

「すごい数ですね」

食堂の隅に積み上げられている非常食の段ボール箱を指差しながら言う。

「五百人が三日間過ごせる量だからね」

下村がペットボトルの水を渡す。お辞儀をして受け取った城田は、半分ほどを一気に飲んだ。

ほかの所員たちは、関わりたくないと言いたげに近づいてこなかった。

一条の姿はない。どこに行ったのだろうか。

「拳銃を渡してもよかったの?」

下村が問う。

「僕のではありませんし、それに、拳銃なんて使ったことがないので、しっかりと狙いを定めて撃つなんてできないと思うんです。それよりも、こっちのほうが心強いです」

城田は立てかけている金属バットを指差した。

「これは、野球部から借りたってこと?」

「いえ、軽音部の部室に転がっていたものを借りました。返す予定はないですけど」

聞いた下村も、答えた城田も笑う。

その後、城田から外の情報がもたらされるが、多くのゾンビが徘徊しているのは相変わらずで、救助隊や自衛隊の姿はないということだった。

「ラジオで聞いたんですが、昨日の時点で、東京都は人口の二パーセントが感染したと言っていました。政府による公式発表ではないみたいですけど」

東京都の人口の二パーセント以上。二十八万人近い人間がゾンビ化しているということだ。

「ゾンビの数は、今も増え続けているってことだよね？」

城田は頷いた。

「たぶん、そうだと思います。皆さん、基本的には建物内から出ないようですが、中には移動を試みる人もいるようです。家族とかを探そうとしたんでしょうね。大学に籠城していた学生も、そういって外に出て行った人たちがいました」

その言葉を聞いた香月は、ここを出て行った五人の所員のことを思う。彼らも、大切な人に会いにいくために外に出たのだ。同じような考えを持ち、同じように行動する人がいてもおかしくはない。

「ただ、建物内にいれば安全というわけではありません。僕がさっきまでいた大学ですけど、敷地内にゾンビがいましたが、建物の出入り口をすべて閉鎖して、ゾンビの侵入を防げていたんです。でも、どこかの馬鹿学生が、サバイバルゲーム同好会の部室にあった電動ガンを持ち出して、ゾンビを撃ち始めたんです。しかも、音楽までかけ始めたので、どんどんゾンビが集まってきてしまって……」

当時のことを思い出し、身震いしていた。さすがに恐ろしい体験だったのだろう。

「それで、建物に侵入されたの？」

「はい」

「でも、出入り口は塞いでいたんだよね」

下村は指摘する。

「そうです。でも、ゾンビたちは獲物を見つけると凄い勢いで襲ってくるんです。最初の奴らは建物に激突したんですが、次の奴らが最初の奴らの上に重なって、そしてその次の奴らもその上に乗ったので、やがて二階部分に到達して、一体のゾンビが侵入したんです。それからは、どんどん学生たちを襲って、ゾンビ化した学生がほかの学生を襲っていったって流れでした。区画が分かれているので、まだ持ちこたえている人たちもいるようですが、あの大学も危険地帯になってしまいました」

「……ゾンビたちが協力して、壁を乗り越えたってこと？」

「いえ、偶然、そういうふうになった感じでしたけど」

そんな現象も起きるのか。

予防感染研究所は、周囲を二メートルほどの塀に囲まれているので安心していたが、獲物がいると分かれば、城田の大学と同じ運命を辿るかもしれない。

「でも、やはり知能は備わっていないでしょうね。原因は分かりませんが、なんらかの理由で、脳がやられているんじゃないでしょうか。それが通説ですし。あとは、朝までゾンビの動きを観察していましたが、奴らは一睡もせずに、ただただ獲物を探して徘徊しているようです。寝ないのも、まぁ、通説ですね」

――通説。

「どうして、そんなにゾンビに詳しいの？」

香月は疑問を口にする。

先ほどから城田は、常識やら通説といった単語を使っていた。期待をこめて聞いた。もしかしたら、ゾンビについて詳しい情報が分かるかもしれない。

「僕、ゾンビオタクなんです」

その回答の意味が理解できず、香月は首を傾げる。

「あ、ゾンビといっても、創作物ですが。ジョージ・ロメロ監督の『ゾンビ』って映画は超有名ですよね。そこからゾンビにハマりました。まぁ、古典ゾンビも好きなんですが、個人的には『28日後…』でゾンビが全速力で走ったのが最高にクールでしたよ。『ワールド・ウォーZ』なんて、五十回は観ましたし、『新感染』って映画には度肝を抜かれましたね。もちろん『ウォーキング・デッド』や『Zネーション』『今、私たちの学校は…』といったドラマも好きですし、『ショーン・オブ・ザ・デッド』や『ゾンビランド』『感染家族』のようなコメディータッチのものも愛しています。変わり種ももちろん楽しく観ていて、『アナと世界の終わり』や『ウォーム・ボディーズ』は、感想サイトでかなりの閲覧数だったんですよ。あ、感想サイトってのは、僕が作っているものですよ。誰でも閲覧できます」

呆気に取られている香月に気付いた城田は、咳払いをする。

「……えっと、僕は昔からそういった映画とかドラマを大量に観ていたので、ゾンビには詳しいんです」

そういうことかと、香月は額を掻いた。そして、なにを期待していたのかと自分に呆れる。城田のような大学生に、今起きている現象を説明できるはずがない。

ただ、下村はそうは思っていないようだった。

「ちょっと教えてほしいんだけど、そういったゾンビもので、ゾンビ化の原因って描かれているの？」

「原因ですか？」城田は腕を組む。

「たとえば、製薬会社がゾンビウイルスを作っているというものが有名です。あと、定番では、細菌でしょうか」

「実は、ウイルスや細菌の可能性は低そうなんだ」

「えっ！　そうなんですか？」

下村の言葉に、城田は驚きの声を上げる。ただ、予想に反して、目が輝いていた。

「もう原因究明が始まっているんですか？　ここで研究しているんですか？　ゾンビの人体実験とかですか？」

矢継ぎ早に質問をしてくる。

「いや、ここには検体がないから、まだ始めていないんだ。でも、やるつもりではいる」

下村のその口調には、決然たる意志が滲み出ていた。

「そうなんですね！」

嬉々とした声。城田の様子は、まるで夢物語に浸る子供のようだった。

「それで、ほかの原因は？」

「ほかの原因ですね……えっと、宇宙からの放射線によってゾンビ化するっていうのがありますね」

「うーん……それは、現実的ではないし、もしそうだとしても、ＪＡＸＡとかＮＡＳＡの領域だなぁ」

「では、化学兵器や有毒ガスってのはどうですか？」

下村は頭をゆっくりと左に倒し、次に右に倒す。

「ＶＸとかの神経ガスなら、数秒で意識が消失するけど、ゾンビに嚙まれてゾンビ化することの説明にならない。ほかに――」

「ちょ、ちょっといい？」

会話を止めた香月は、下村を見つめる。

「いったい、なにをしているの？」

小声で訊ねると、下村は真面目な顔を向けてきた。

「ゾンビ化の原因を聞いているんですよ」

「だって、映画とかの話でしょ？　それを聞いてどうするの？」

「いや、なにかのヒントになるかなって思いまして」

「ヒント？」

下村は頷く。

「少なくとも、宇宙からの放射線と、化学兵器や有毒ガスといった原因が、今起きているゾンビ化の現象に当てはまらないということは認識できました。それに、薬を作るのだって、研究で埋もれた真実を追究するのだって、想像力が絶対不可欠ですよね。つまり、たとえフィクションといえども、先人たちがゾンビを解釈したのなら、その原因となるものは一考の余地はあると思ったんです」

ふざけている様子は一切ない。

香月は目の覚める思いだった。

ゾンビの解釈をした人たちが、ゾンビとはなにかを必死に考えたのは間違いない。そういう意味では、過去に描かれた原因を検証し、潰す作業は理にかなっている気がする。少なくとも、検体が手に入らない時点での作業としては有効だ。

「ごめん。続けて」

返事をした下村は、城田に続きを促す。

「ほかには、言語によって感染するケースとか、魔法、超自然的な憑《つ》き物、無気力症ってパターンもあります。さすがに、今回のものとは違うと思いますけど」

「……うん。たしかに」

下村は同意する。

「あとは、生物による感染とかですかね？　猿とか、コウモリとか……あ、これはウイルス説とか細菌説ですね。蜘蛛《くも》の糸のような菌糸で人間を取り込んで、記憶や遺伝情報を吸い上げるってパターンも……でもこれはＳＦですね……あ、ほかにも、寄生生物ってのもありましたね」

「寄生生物か。どうだろう……」

しかめ面になった下村は、手で顎を擦《こす》る。

「冬虫夏草《とうちゅうかそう》とか？」

香月は思いついたことを口にする。

冬虫夏草は子囊菌類《しのうきんるい》で、きのこの一種だ。冬の間、宿主である昆虫などに寄生し、宿主を栄養素にして体内で菌糸を増やし、夏になって宿主の殻《から》を破って生えてくるきのこだ。

「人間に寄生する冬虫夏草ですか。寄生生物といえば、エメラルドゴキブリバチは、ゴキブリを子供の保育所にするために、寄生して意思決定能力を奪いますし、アリを操る吸虫や、宿主であるコオロギを水の中に引きずり込むハリガネムシとかもありますね」

「ジャンルはゾンビものではなくてSFですけど、胞子が人の脳内に寄生して行動をコントロールするって作品もありますね」

　城田の言葉に、下村はゆっくりと顎を擦ってから頷く。

「……可能性はある。でも、たとえこういった寄生虫や胞子が突然変異で人間に巣食うようになったとしても、嚙まれてすぐに感染し、なおかつ十秒から二分で発症したりはしないと思う」

　香月も同じ意見だった。宿主の意識を乗っ取る寄生虫はいるが、感染経路や感染スピードの説明ができない。

「たしか、アメリカ軍で解剖が始まっているって言ってたよね？」

　香月は問う。

「はい。友人にチャットで聞きました。軍と共同研究もしている奴なんで、情報はたしかだと思います」

「それならなおさら、寄生虫じゃなさそう。解剖すれば、すぐに分かると思うし」

　人をゾンビ化するほどの寄生生物の影響下にあれば、解剖すればすぐに分かるはずだ。寄生生物ではないのか。それとも、見逃すほど小さなものなのだろうか。ただ、見逃しがあったとしても、身体の状態の変化からなにか推測ができるはずだが、これについては切り開いてみないことには判断できない。

寄生虫という可能性はゼロではないが、あの発症スピードは先例がない。そもそも、人を噛んだだけで、寄生生物が移動するというのも疑問だった。人間には、蛇《へび》のような牙もなければ、注入するような器官も備わっていない。

「ともかく、検体がないと確かめようがないね」

伸びをした香月は、立ち上がる。

「ちょっと棟内を散歩してくる」

「僕も一緒に行きましょうか」

「いや、一人で行くから大丈夫」

申し出を断り、食堂を出る。一人で頭を整理したかった。歩きながら、城田が語った内容を反芻《はんすう》する。

ゾンビ化の原因については、さまざまな説が考えられているようだが、どれも現在のゾンビを説明できるものではなかった。

——検体があれば、今よりは状況が摑めるだろう。

やはり、原因を確かめたい。

その衝動を抑えきれずに、焦りを覚えた。

気持ちを落ち着かせようと、深呼吸をしながら建物内を歩く。

昨日から食堂に居続ける所員もいたが、ほとんどは、自分の研究室に戻っているようだ。ガラス越しに見える所員たちは、電話をしたり、ラジオでニュースを聞いたり、インターネットで情報収集をしているようだ。

五階には研究室はなく、管理部門である総務部と業務管理部、人事部のほか、企画調整部という、研究に関わる事業の企画や実施の調整を行なう部門があった。これらの部門は休日出勤がないため、ひっそりとしていた。

心なしか、ほかのフロアよりも室温が低く感じられる。

人感センサーの照明が消えた長い廊下に視線を向ける。進むべきか悩んだが、階段を下りることにする。ゾンビが潜んでいるとは思わないが、わざわざ人気のない場所に行く必要はない。

踵《きびす》を返すと同時に、物音が聞こえてきた。

振り返り、目を凝らす。所員のだれかがいるのだろうか。

このまま立ち去ってもよかったのだが、妙に気になった。そして、香月は気になったら確かめたい性格の持ち主だった。

廊下を進む。すぐに人感センサーの照明が点灯した。

音がしたのは、どの部屋からだろう。

歩きながら視線を移動させ、総務部の入る部屋の前で足を止めた。

電気は点いていなかったが、キャビネットが開けられたままになっている。鍵を使わず、無理やりこじ開けたようだ。

そして、パソコンが起動していた。

扉を開けて、部屋の中に入る。

「誰かいますか」

「俺だ」

開けた扉の陰から現われたのは、一条だった。手に、小銃を持っている。

驚いた香月は飛び上がりそうになった。

一条は鋭い眼差しを向けてきたが、すぐにその険が取れた。

「隠れないでくださいよ……」胸を手で押さえる。

「なにをしていたんですか」

問われた一条の視線が、香月の顔に向けられる。なにを考えているのかまったく読み取れなかった。そして、目の奥を直接見られているような居心地の悪さを覚える。

「……あの、なにかあったんですか」

沈黙に耐えられずに問う。

ようやく、一条は視線を逸らした。

「さっきのフルフェイスの男、この建物に入ることができたのか？」

「え？」

香月は瞬きをする。城田のことを言っているのだと気付くのに数秒かかった。

「あ、あの大学生の彼ですか。最初は駄目だって加瀬さんが言っていたんですが、拳銃を渡すという条件で入れてもらっていました」

「拳銃？」

「ここに来る途中の道で拾ったみたいです。ゾンビに食べられた警官の……」

失言だと気づき、口を閉じる。刑事である一条に言うべきではないと思ったが、一条はとくに気にしてはいないようだ。一言、そうかと呟いただけだった。

「ここで、なにをしていたんですか」

再び問うと、一条は背を向けた。

「この研究所内の情報を詳しく知りたい。あとは、所員の情報も」

「……どうしてですか」

小銃を机に置いた一条は、開いているキャビネットを閉じる。

「助けが来るまで、ここに籠城することは間違いない。建物の構造や特徴を知っておけば、万が一のときに対応することができる」

万が一とは、ゾンビが塀を突破して侵入してくることを指しているのだろう。城田の話を聞く限り、絶対に安全というわけではなさそうだ。

たしかに、構造を知って損はない。

ただ、もう一つの要請の意図が分からなかった。

「所員については、どうして知りたいんですか」

一瞬の間。

「俺は刑事だから疑《うたぐ》り深い。運命共同体の素性が知りたいだけだ」

もっともらしいことを言う。真偽を確かめたい気持ちもあったが、無駄だろう。刑事に心理戦で勝てるとは思えなかった。

「……人事の部屋は隣です。おそらくそこに、所員のデータがあります」

この状況になって、個人情報の保護を考えても仕方ない。

香月は少し迷ったが、一条に協力することにした。そこには、小銃を持つ一条を味方にしておきたいという打算もあったし、刑事という職業に対する信頼もあった。

ただ、一条の説明が本当だろうかという疑念を拭い去ることができなかった。

一条を人事部の部屋に残し、食堂に戻る。

数人がテレビを眺めていたが、ほかの人は寝転んでスマートフォンを見たり、不安そうな顔を突き合わせて話し込んだりしていた。

「テレビ、新しい情報はあった？」

下村に問う。一条の動きを知らせようと一瞬思ったが、止めておいた。

「外に出るなって繰り返し言っているだけですね。新しい情報はないです。たぶん、報道規制などが敷かれたんでしょうね」

つまらなそうな顔をテレビ画面に向けたが、すぐに目を輝かせる。

「でも、インターネット上は結構盛り上がっていますよ。皆、ゾンビの映像を投稿したりしていますね。サイトの運営側もゾンビの襲撃に遭《あ》ったのかは分かりませんが、今のところ削除されてはいないようです。けっこうグロテスクな映像も、修正なしで見ることができますよ」

「……そんな動画を見て、楽しい？」

その問いに、下村は鳩が豆鉄砲を食ったように目をパチパチとさせた。

「いえ、全然。胸くそ悪くなるだけです。でも、ゾンビの情報収集にはなります」

そう言って、ノートパソコンの横に置いてあるノートを指差す。そこには、ゾンビの特徴がぎっしりと書かれてあった。

「あとは、ゾンビ化の原因を作ったのは誰かって議論がされていますね」

香月は眉間に皺を寄せる。ゾンビ化の原因を探るのなら分かるが、誰がゾンビの原因を作ったのかということが議論されるとは、どういうことだろうか。この現象が人為的なものだという証拠でも出たのだろうか。

「もっとも多いのは、製薬会社ですね」下村は画面をスクロールさせる。

「実験中の動物が逃げ出して誰かを噛んだとか、政府と組んでゾンビ兵器を作っていた製薬会社から薬品が流出して感染が広まったとか。ゾンビを使えば、土壌汚染なしに敵国を侵略できるって説がトレンドのようです」

「……根拠は？」

「僕が調べた限りでは、ないですね」

当然だろう。

人間をゾンビ化させるメリットもなければ、それを侵略する手段にするというのもナンセンスだ。土壌汚染というのは核爆弾などを想定しているのだろうが、既存の生物兵器を使えばいい。炭疽菌《たんそきん》や天然痘《てんねんとう》など、わざわざゾンビ化して噛ませて感染させるよりも、よほど効率的だ。

「あ、それは『バイオハザード』っていうゲームの影響だと思います」

大学生の城田が話題に加わる。

「カプコンっていうゲームメーカーから出ているゲームで、そこでは製薬会社が暗躍するんです。ハリウッドで映画にもなりましたよ。ゾンビって、そもそもはブードゥー教の〝ンザンビ〟が由来なんですが、最初は墓から這い出てきたり、死者がゾンビとして蘇《よみがえ》って人間を噛んでゾンビを増やしたりするのが主流だったんです。でも、『バイオハザード』の出現によって、それまでの超自然現象や呪術《じゅじゅつ》や魔法的な原因よりも、ウイルス説や細菌説が主流になっていったんです。つまり、超自然現象や魔法でゾンビになるのが元祖であり、言うなれば〝ゾンビ1・0〟で、ウイルス説や細菌説が〝ゾンビ2・0〟ってところですかね。でも、今回のゾンビ化は、ウイルスや細菌ではなさそうなんですよね。まさか、元祖の超自然現象だとも思えないので、これは〝ゾンビ3・0〟と呼べるかもしれません。ゾンビという概念に明確なものはないんです。でも、曖昧であるがゆえに、どんどん進化しているんです。ゾンビは歩いたり這いずり回ったりするものだという常識を壊して、全速力で走らせた『28日後…』という映画は、誰がなんと言おうとブレイクスルーとなった作品ですし、個人的には走るゾンビのほうが迫力もあって……あ、すみません。どうぞ、続けてください」

興奮気味に喋っていた城田は、一人で突っ走っていることに気付いたらしく、口を閉じた。

香月は、ため息を吐く。妄想力が逞《たくま》しいというべきか。

下村が、話を再開する。

「陰謀論についてですが、製薬会社説に迫る勢いなのが、保険会社説です」

「保険会社？」

「はい。今日、アメリカ最大手の保険会社が〝ゾンビ保険〟を発表しました。インターネットで申し込みを受け付けているようですね」

「……そんな保険、入る人いるの？」

「加入者が殺到しているようです」

香月は、信じられなかった。

ゾンビの世界的蔓延《まんえん》は昨日から起こっている。わずか一日で、保険商品にしたのか。一方が妄想力逞しければ、こちらは商魂逞しいと言うべきだろう。

「被保険者がゾンビ化し、それが証明されれば、掛け金に応じた金額が支払われるということです。免責事項としては、被保険者がゾンビ化してもなお活動を続けていることと、受取人は一親等以内であること、そして、受取人がゾンビ化していないことですね。インターネットで申し込みが完結するようですよ」

「それで、ゾンビ化についてはどう判断するの？」

人間とゾンビを分ける基準はできていない。まさか、外見で判断することはできないだろう。

「その保険会社の説明によると、アメリカ政府やＷＨＯの見解に基づき、総合的に判断するそうです……実に曖昧ですね」

支払う気はなさそうだなと香月は思う。

「僕が個人的に主流だと思っていた、どこかの国がウイルスを散布したって説ですが、そういった意見はほとんどないですね。世界のどの国でも、ゾンビ化の影響は深刻のようで、だれにもメリットがない状態です」

「そんなに酷いの？」

「そうですね。かなりやばそうです。インドとブラジルの感染者は十パーセントを超えたようです。インドの人口が十三億人、ブラジルが二億人として、一億五千万のゾンビがいます。日本の人口を軽く超えていますね」

「海外でこんなに多くの感染者が出ているんです。さっきラジオでやっていましたが、東京の人口の二パーセントしか感染していないって発表は、嘘っぽいですね」

城田の発言に、下村は同意する。

「世界の動きは速いです。インド陸軍百万人と、アッサム・ライフル部隊の三十三個大隊が出動して、重火器によるゾンビ鎮圧を行なっている状況ですし、ブラジルの陸軍も、ゾンビを即時撃破対象にして射殺しまくっているって記事に書いてありましたので、まだ対処できていない日本の感染者数のほうが多いと考えていいと思います」

東京都の感染者が二十八万というだけでも恐ろしいのに、それ以上にいるのか。香月は、暗澹《あんたん》たる気持ちになる。

「反対に、アメリカの感染者は一パーセントだというのが、ジョンズ・ホプキンス大学によって発表されています。抑え込みができている要因として、大規模な軍事作戦が展開されていることと、銃社会というのが影響しているようです。自分の身は自分で守るっていうのを実践しているんでしょうね。ただ、アメリカは別の問題が起こっているという報道があります」

下村は、ペットボトルの水を飲んでから説明を続ける。

「ゾンビの混乱に乗じて、各地で暴動や略奪が発生しています。あとは、ショッピングモールに立てこもる集団もいますし、ゾンビは救世主《メシア》だと主張する団体が、積極的にゾンビになろうと呼びかけているって記事がありました。ゾンビピクニックって称して感染しにいくようですよ。日本も混乱が長引けば、ゾンビ以外の問題が発生するかもしれません」

香月は唾を飲み込む。

——長引くと、ゾンビとは別の危険も出てくるだろうからな。

一条の呟いた言葉が、脳裏をかすめる。そのときは意味深長な言葉だなとだけ思っていたが、おそらく、このことを指していたのだろう。

「中国や韓国はどうですか?」

城田が訊ねる。

「えっと、中国については、感染が確認されているものの、問題なしという見解だね。韓国は徴兵制が功を奏したのか、それほど被害が広がっていないよ。日本については、自衛隊の出動によって事態が改善するだろうという記事が載っている」

「やっぱり、自衛隊の出動が鍵なんですね」

納得したように頷いた城田は、自分のスマートフォンの画面に視線を移した。インターネットに投稿されたゾンビの動画を見ているようだ。

「話は変わりますが、少し気になることがあるんです」

下村が香月を見上げる。

「海外の研究者仲間と連絡を取り合っている中に、ゾンビに噛まれる以外にも、ゾンビ化する恐れがあるという報告があるんです」

「……どういうこと？」

内容が上手く咀嚼できず、聞き返す。

「詳しいことは分からないんですが、ゾンビに噛まれた人は感染し、十秒から二分の間にゾンビ化するのは間違いないようなんですが、ゾンビについての報告を確認していくと、噛まれた痕《あと》のないゾンビも発見されているようなんです。それと、ゾンビのいない地域で発生していることも確認できたようです」

「……どうして、ゾンビのいない地域でゾンビが発生するの？　保菌者《キャリア》が紛れ込んだとか？」

「そうかもしれませんが、現地の責任者は、保菌者がいた可能性はないと断言しています。完全な安全地帯だったと主張しています」

「それでも、発生したんでしょ？」

「まぁ、そうですね」

安全地帯での発症。ゾンビがいない地域でゾンビ化が起こるということは、接触による感染は除外していいだろう。

「……飛沫核《ひまつかく》感染とか？」

口にした香月は、悪寒《おかん》に身体を震わせる。

ゾンビ化の原因が物理的接触であれば、感染拡大のスピードはある程度予測できるし、拡大を阻止することも比較的容易だろう。しかし、飛沫核感染の場合はそうはいかない。飛沫核とは飛沫の水分が蒸発した小さな粒子のことで、これを吸いこむことで感染する。ただの飛沫の場合は水分を含んでいるため、体内から放出されたらすぐに地面に落ちてしまうが、飛沫核は水分がないので長時間空気中に漂い、風などで遠くまで飛んでしまう恐れがあった。このため、感染者から距離をとっていても感染する。

特効薬や対処法を早急に見つけなければ、ゾンビ化の歯止めがかからなくなってしまう恐れがある。

「飛沫核感染ならば僕たちも手遅れかもしれませんが、まだそうと決まったわけではありません」

下村の声は明るく、悲観した様子はない。希望的観測を言っているわけではなく、根拠のないものを思い悩むつもりはないようだ。

「もう一つの特徴として、嚙まれた痕のないゾンビは、事故などで大きな怪我を負っている可能性が高いという報告が各所から出ているみたいですね。因果関係は不明ですが」

香月は眉間に皺を寄せる。

怪我をして、ゾンビになったということだろうか。

怪我を負うと、免疫力が亢進《こうしん》し炎症が起こる。炎症とは、身体の治癒のために起こる生体内の反応だ。その過程で熱や腫れが出る。これらの反応が過度にならないために、コルチコステロンなどのホルモンを分泌し、免疫力に一定のブレーキをかける。この作用は全身に影響するため、怪我をした場所以外の免疫力は低下することになる。

ゾンビ化と、免疫力の低下にはなにか関係があるのか。それとも、怪我自体になにかしらの意味があるのか。まったく分からない。しかし、それがもし本当ならば、病院が壊滅した理由が分かる。怪我人が運ばれてからゾンビ化すれば、病院内から感染が広がる。いくら守りを固めていても、怪我人を受け入れないわけにはいかない。

不意に、テレビの音量が上がった。香月と下村は画面に注目する。

首相である岸本が画面に映し出されている。報道発表が始まったようだ。背景には、いつもの濃紺のカーテン。官邸は、ゾンビの影響下にはないらしい。もしかしたら、カーテンだけ同じで、別の場所からの放送なのかもしれない。

〈えー、日本政府は、国家を揺るがす事態に直面していることを厳粛に受け止め、現在、緊急事態宣言を発令しております〉

岸本は、視線を落とす。無理やり声を張っているような奇妙な口調だった。かなり疲れた様子で、顔色も悪い。

どうやら、手元の原稿を読んでいるようだ。

〈感染者の急増、また、治安維持にあたる警察や消防に甚大な被害が発生しており、もはや一刻の猶予もありません。今回の感染症、そしてこの感染爆発は世界中で同時多発的に発生しております。テロ攻撃という可能性は非常に低いものの、何者かによる武力攻撃ということも否定できません。そこで、武力攻撃事態等及び存立危機事態における我が国の平和と独立並びに国及び国民の安全の確保に関する法律を適用することといたしました〉

憲法解釈の問題にけりが付いたようだ。香月は期待に胸を膨らませつつ、岸本の言葉を待つ。

岸本は、視線をカメラに向ける。

〈この事態対処法の適用により、事態対策本部を設置し、自衛隊に防衛出動を要請しました。これによって自衛隊は、保有しうる全戦力を使い、感染者の対処に当たります。先ほどテレビ会議を実施し、G7の首脳と議論を交わし、足並みを揃えました。これから話すことを、どうかよくお聞きください〉

一度区切り、岸本は顔を歪めた。

次の言葉を発するのに、相当のストレスがかかるらしい。

〈感染者は、ゾンビと呼称します。もはや、ゾンビは人間ではありません。脅威となりました。襲ってくるゾンビに対しては、火器の使用によって無力化します。ゾンビなのか人間なのかの科学的根拠は明確になってはいませんが、襲いかかってくる相手に対しては、射殺の許可を出しております。どうか、ご家族が感染された場合、すみやかに隔離し、絶対に接触しないようにしてください。感染者は、人間ではありません。すでに死んでいると考えてください。彼らはゾンビなのです。匿《かくま》う場合は武力により対処します。また、抵抗する場合、射殺も辞さない覚悟で事態に臨みます〉

その言葉に、香月はショックを受ける。

ゾンビ化した人間の射殺は想定の範囲内だったが、匿う人間に対しても武力行使をするというのは想像以上だった。ゾンビ化した家族を守ろうとする動きは、当然予測されるものだ。その場合の対処法として、岸本は射殺すると明示したのだ。

日本政府は、ゾンビ化した人間が治療によって治るかどうかの検証もされていない段階で排除を決定した。それはつまり、検証する余裕もないくらいに、差し迫った状態だということだ。これもG7での共通認識ということは、世界は着実に崩壊へと突き進んでいるのだろう。

〈ゾンビの特徴を申し上げます。まず、目が白濁して、皮膚が乾燥したり炎症を起こしています。ただし、決して外見だけで判断しないでください。目が白濁していないゾンビや、皮膚の炎症が少ないゾンビもいます。見た目が普通の人間に近いゾンビもいます。ただ、彼らに共通しているのは、人を襲い、人を嚙んだり喰ったりすることです。こういった兆候が現われた人間には、絶対に近づかないでください。まず自衛隊は、襲ってくるゾンビや、重要拠点を奪還するために排除の必要性ありと判断したゾンビの射殺を実行します。威嚇《いかく》発砲などは行ないません。国民の皆様は、どうか建物から絶対に外に出ないでください。また、自衛隊に抵抗しないようお願いします。今、この放送をご覧の皆様、大切な方が感染者になってしまった皆様、どうか、ご理解とご協力をお願いいたします……ただいまより、北部方面区、東北方面区、東部方面区、中部方面区、西部方面区の全駐屯地《ちゅうとんち》及び分屯地の陸上自衛隊を総動員し、武器

を使用し、事態の打開に当たります。　国民の皆様、今は、ともかく生き残ることだけを考えてください〉

　そう言った岸本は、頭を下げた。

　正直なところ、香月は驚きを禁じ得なかった。日頃から、政治家というものは信用の置けないものの代名詞で、ニュースなどで語る姿は嘘っぽさが滲み出ているように見えていた。ただ、今の岸本の態度は真摯《しんし》で、聞いている人の心を打つものだった。この未曽有《みぞう》の事態を、必死に打開しようとしているのだと感じる。

　それは、ほかの所員も同じようだった。報道発表が終わってもなお、テレビ画面を凝視している。

　そのとき、外から遠雷のような音が聞こえた気がした。

「今の音って、自衛隊かな」

　香月の呟き声に反応した下村は頷く。

「たぶん、そうですね。作戦が始まったようです」

　そう言って、パソコンの画面を指した。

　動画配信サイトに、続々と新着の動画が表示され始めていた。その多くが、ライブ配信のようだ。

「あ、10式《ヒトマル》戦車も出ていますよ」

城田は嬉しそうな声を上げる。

スマートフォンの画面には、見慣れた日本の街中を戦車が走っている映像が映し出されていた。家の中から、窓越しに撮影しているもののようだ。

自衛隊員が攻撃拠点を屋上に置き、徘徊するゾンビを撃ち続けている動画もあった。その圧倒的な組織力と火力に、ゾンビが排除されていく。

香月は、視線を窓の方向に向ける。

遠雷のように聞こえた音が、どんどんはっきりとしてきていた。

小太鼓を叩くような音。爆発音。地響き。

これで、感染を抑え込むことができる。

科学によってではなく、武力で。

すでに感染した人は、切り捨てられる。これについては今後議論を呼ぶだろうが、これ以上、状況を悪化させるわけにはいかない。

ただ――。

先ほどの、下村の言葉が頭から離れなかった。

――嚙まれる以外にも、ゾンビ化する恐れがあるという報告がある。

ゾンビ化の原因は、いったいなんなのか。

嫌な予感がした。


十九時。

再度報道発表があり、陸上自衛隊の防衛出動により、事態は急速に収束しているということだった。速やかにゾンビを排除した上で、救助隊の展開も実行に移すということだった。

それを聞いた所員たちも、ゾンビが出現してから初めて、笑みを浮かべていた。

ゾンビは掃討《そうとう》され、やがて助けがやってくる。

そのことを、誰もが信じて疑わなかった。

三日目

1

一夜明けた朝。

昨日の報道発表で希望を抱いた所員たちの顔には、焦燥と絶望の色が浮かんでいた。ほぼすべての所員が食堂に集まり、口々に不安を訴えている。

空を飛び交う飛行機やヘリコプターが忽然《こつぜん》と姿を消した。自衛隊が交戦するような音も、一切なくなっている。

状況が悪化しているという情報が、インターネット上に散見されるようになった。

それは、日本だけではなく、世界各国でも起こっていることだった。

世界一の軍事力を誇るアメリカですら、軍隊内からゾンビ化する人間が多数発生し、収拾がつかなくなっているという情報すらある。

予防感染研究所の内部は、動揺に包まれていた。

「どういうことなんだ」

吐き捨てるように言った加瀬は、腰の辺りに手を置く。小さなポシェットをベルトに付け、そこに拳銃を入れていた。歩くたびに、羽織っている白衣の隙間から、拳銃のグリップ部分が見え隠れしている。

「状況が改善したって、あいつは言っていたじゃないか！」

あいつとは、首相である岸本のことを指しているのだろう。

たしかに、昨夜の報道発表では、自衛隊がゾンビを圧倒しているということだった。そのことを告げる岸本の顔も明るかった。

ただ、今日の十二時の報道発表では、調子が一変していた。画面に映し出されている岸本は終始しかめ面《つら》を維持しつつ、自衛隊に多少の損害が発生していることを告げた。

その多少の度合いを記者から質問されても、確認中だと濁《にご》した。それでも記者が食い下がったので、しまいには顔を赤くして怒りだしてしまい、すぐに口を閉じるか出て行くかしろと暴言を吐いていた。

日本の状況はどうなのか。各都道府県に陸上自衛隊を出動させたが、成果はどれほど上がっているのか。どのくらい家に居続けなければならないのか。食料はどうするのか。国民の救助はいつになるのか。自衛のためにゾンビを殺した場合の責任はどうなるのか。世界の状況はどうなのか。

ほかの記者からの質問に対しても、岸本は明確な回答を避け、家からは一歩も出ずに、なんとかやり過ごしてほしいと繰り返すばかりだった。

「家から出ないってのも大変ですね。この研究所はいいですけど、食料を何日も備蓄している家ばかりじゃないですからね」

そう言った城田は、備蓄品のビスケットを頬張っていた。手には、災害時に無償提供される自動販売機から取り出した缶コーヒーが握られている。

ゾンビ発生から、三日目。

予防感染研究所は豊富に備蓄品を保管していたが、一般家庭はそうはいかない。食料を求めて外に出てゾンビに襲われた人が、ゾンビになる。そういったケースは当然あるだろう。しかし、それは自衛隊員の被害が増えている要因ではないはずだ。なにが、状況を悪化させているのだろうか。

「これ、見てください」

下村がインターネットに投稿されている動画を、画面いっぱいに拡大する。ライブ配信ではなく、保存記録《アーカイブ》のようだ。

そこには、商業ビルの屋上からゾンビを射撃する自衛隊員の姿が映っていた。どうやら、タワーマンションの上階から撮影しているようだ。地域は不明だった。見下ろすアングルなので、自衛隊員たちの様子がつぶさに分かる。狙撃手が二人に、観測手が一人。狙撃を続けている。

「ちょっと早送りします。問題の箇所は、四分過ぎからです」

下村は言いながら、動画の再生バーを進める。

再生が始まった。突然、フィールドスコープを覗いていた観測手が倒れて痙攣《けいれん》し、手足を突き出したり折り曲げたりしていた。そのことに気がついた狙撃手二人が狼狽した様子で観測手に近づき、様子を確認する。やがて、痙攣が治まった観測手が起き上がった。それぞれの表情は確認できなかったが、狙撃手二人は異変を察知したらしく、後退《あとずさ》っている。次の瞬間、観測手が狙撃手の一人に襲いかかった。もう一人の狙撃手は逃げようとするが、すぐに転んでしまう。観測手が一人目を噛むが、喰うことはせずに、目標を二人目に定めて走り出す。狙撃手は拳銃で応戦し、銃弾に当たった観測手が地面に倒れるが、最初に襲われた狙撃手がゾンビ化し、二人目を噛んで、今度は喰い始める。迷彩服を着たゾンビが、商業ビルの屋上を徘徊する。

そこで映像は終わっていた。

画面を閉じた下村は、不安そうな面持ちだった。

「これ、どう思いますか」

「どうって言われても……」

混乱した香月は、背中に冷や汗をかいていた。

意味が分からなかった。

屋上の、安全地帯からの狙撃。

周囲に脅威はない。屋上だから当然のことだが、見通しの良い場所での出来事だ。

映像を見る限り、屋上にゾンビの存在はない。また、動画撮影から四分以上経った後で観測手がゾンビ化しているので、動画が始まる前に噛まれていたということもないだろう。

「飛沫核感染でもないってことだよね……」

香月の呟きに、下村は頷く。

「そうです。ゾンビは地上にいて、自衛隊員は建物の屋上にいました。飛沫核感染する可能性はないといっていいでしょう。しかも、なぜか観測手だけが発症しています」
下村は、苦しそうに喉仏《のどぼとけ》を指で揉《も》んでから続ける。
「考えられることは二つ。この動画が始まる前に、観測手のみが飛沫核感染してお
り、しかもその飛沫核感染での発症は、噛まれたときのような十秒から二分という発
症時間以上の時間を要するケースがあるということ。もう一つは、ゾンビ化発症の、
まったく別の要因があるという可能性です」
前者であってほしいと思いつつ、後者のほうを検討するほうが現実的な気がした。
ただ、なにもできることはなかった。現時点で、ゾンビ化の原因も分からなけれ
ば、ゾンビ化の発症要因も特定できていない。この状況で、今の映像の内容を解釈す
ることなど不可能だ。
「研究したいなぁ……」
香月の、心の奥底から漏れ出た言葉。
ゾンビ化などという、非現実的な現象を、自分の知識を総動員して明らかにしたい
という欲求を抑えられず、頭が痺《しび》れた。
未知の病気の発生は、一見すると偶然の出来事のように思える。しかし、なにごと
にもロジックがあり、一連の理由と原因がある。そして、それは解き明かすことがで

きるものなのだ。

「やりましょうよ！」下村は目を輝かせる。

「現時点でも、海外の研究者仲間から原因を特定したという連絡はありません。政府や自衛隊員が必死に状況の打開に乗り出していますが、被害が拡大しているんです。人類は今、ゾンビとの戦いをしていますが、やっぱりゾンビ化の原因を明らかにしない限り、勝利はないと思うんです」

熱量のある声は、やや上擦《うわず》っていた。

「僕が予防感染研究所に就職した理由は、人に害をなす感染症をなくしたいという気持ちもありましたが、それ以上に、いずれ発生するであろう新たな感染症に立ち向かいたいと思ったからです。世界を救いたいと考えたからです。僕が今まで勉強してきたのは、たぶんこのためだったんです」

エゴを隠さずに告げる。

思い上がりだとは感じなかった。香月自身、同じことを思っていたからだ。

研究者の業。好奇心と探究心と野心。

人類が存続するかぎり、新たな感染症は発生する。今まで、ペストやスペイン風邪《かぜ》、新型インフルエンザといったものが人々を襲い、人間はそれを克服してきた。

原因を突き止め、対処法を確立することができたからだ。そして、それらを考えたのは、感染症と対峙《たいじ》してきた研究者だ。

好奇心と探究心と野心。

研究者は、感染症と闘い、人々を守る責務がある。その自負と誇りがあり、それを裏付けるのは、今までの弛《たゆ》まぬ努力だ。

感染症に対峙するための武器は、考える力。そして英知だ。

周囲に、ほかの所員たちも集まってきている。皆、口々に原因究明のために力を使いたいと声を上げ始めた。

「なんとか、検体を手に入れなきゃね」

香月は言う。

検体がないことを言い訳にしてきたが、このまま放っておいたら、世界が崩壊してしまうかもしれない。

日本でもっとも感染症のことを考えている所員を擁《よう》し、日本でもっとも感染症について研究できる設備を整えた建物の中にいるのだ。

検体を入手する計画を立て、すぐに実行に移すべきだ。

そう決心したとき、建物内でなにかが割れる音がして、食堂内にいた所員たちが動きを止めた。ガラスが割れるような音だったが、大きなものではない。コップとか、ビーカーとかが、同時に複数割れるような音。

上階からだ。

ゴッ、ゴッ、ゴッ――。

所員たちは天井を見上げる。

なにか、硬いものを打ちつけるような音が続き、不意に止んだ。

「……なんだろう」

皆、腰が引けている様子で、動こうとしない。

仕方なく、香月と下村、そして加瀬の三人で様子を見に行くことにした。

香月は階段を上りながら思考を巡らせる。

この建物は、完全に閉鎖され、外部から遮断されているはずだ。そして、ほぼすべての所員が食堂に集まっていた。あの場にいない人物は誰だっただろうと考え、すぐに思い至る。

ここの所員である松井。そして、刑事の一条だ。一条は建物の構造や、所員についての詳しい情報を把握しようとしていた。なにかを企《たくら》んでいるようにも感じた。

この建物内で、なにかが起こったのだろうか。頭の中に、松井が一条を建物内に入れることを拒絶した光景が蘇る。一条の出現に、過剰に拒絶反応を示していた。ゾンビが発生してからというもの、誰もが不安を抱えていたし、他者に対して疑心暗鬼になるのは理解できる。松井の反応も、ゾンビに対して尋常ではない恐怖心を抱いているゆえだと思っていたが、なにか別の要因があったのだろうか。

先頭が下村で、真ん中に加瀬。最後尾についた香月は、加瀬が一番安全な場所にいるなと思ったが、口には出さなかった。

研究室を確認していくが、異常はない。

ゴッ、ゴッ、ゴッゴッ、ゴッ——。

静まり返った棟内に響く、不規則な音。奥にある研究室のようだ。

廊下を進むと、廊下の最奥《さいおう》にある研究室の扉が開け放しになっていることに気付く。あそこはたしか免疫部であり、松井が所属する研究室だ。そしてそこは、食堂の真上だった。

自然と、忍び足になった。

先頭にいる下村が、扉の前に立つ。

「……松井、さん？」

声が震えている。

香月も、研究室の中を覗く。

安全キャビネットと実験台の間に、人がうつ伏せで倒れていた。その周囲に、散乱したガラス。やはり、実験器具が割れたようだ。窓ガラスは無事で、外界と遮断された状態を保っている空間だった。外部からの侵入はない。

香月は、口内に溜まった唾を飲み込んだ。顔は見えなかったが、松井だということは分かる。

普通、倒れている人がいたら、助け起こす。倒れているのが知っている人ならば、なおさらそうするだろう。しかし、近づくことができなかった。

松井は身体を痙攣させていた。

小刻みなものではなく、バタバタとしたもの。大きく動く手足が実験台に当たっている。その音が、食堂に響いていたのだろう。

てんかんではないのは、すぐに分かった。

この痙攣は、この三日間何度も見てきたものだ。しかし、どうしてこの建物内に――。

「これって……」

加瀬が声を発すると、松井は動きを止めた。

そして勢いよく立ち上がり、香月たちを見る。その目は僅かに白く濁っており、顔の皮膚は赤くなって乾燥し、腐敗しているように見えた。なにより、表情が異様だった。獲物を狙う獣《けもの》の顔。理性を失い、本能のみに駆られている動物のような獰猛《どうもう》な顔つき。

「に、逃げましょう！」

下村の言葉が合図となり、三人が走り出す。

呻り声が、背後から迫る。

松井だったものが、勢いよく追ってきていた。がむしゃらに手足を動かし、獲物に食らいつこうとしている。

「くそっ、走るゾンビかよ！」

加瀬は悪態《あくたい》を吐く。

もっとも背の高い加瀬は走るスピードも速く、先頭を行く。もっとも遅いのは下村だった。

廊下を過ぎ、階段を駆け下りる。

ゾンビは上手く方向転換ができずに体勢を崩して壁に激突するが、まったく痛がっている素振りはなかった。獲物を求め、階段を下ってくる。転んでもすぐに起き上がって追ってくる。

香月が階段を下りきったところで、ロビーに二人の所員が姿を現わした。

「いったい、どうし……」

言い終わらないうちに、ゾンビの姿を認めたようだ。目を見開いて硬直していた。

「ゾンビです！　逃げてください！」

香月が声を張る。

その声に打たれたかのように身体を震わせた二人の所員は逃げようとするが、ゾンビのほうが速かった。

ゾンビが、一人の所員に飛びかかった。

叫び声が棟内に響く。ゾンビは所員に嚙みついたあと、その肉を食いちぎって喰らった。ただ、そのまま喰い続けることはせず、すぐにもう一人を追い始めて嚙みつく。先に嚙まれた所員は、身体を痙攣させている。

ゾンビ化の兆候だ。

少なくとも、現時点で二体のゾンビが棟内に発生した。ゾンビと化した松井は、所員の腹のあたりに顔をうずめていたが、やがて香月たちに狙いを定める。

「おい、行くぞ！」

加瀬の声が聞こえてくる。香月は慌てて加瀬と下村のほうに走った。

食堂に戻り、扉の鍵を閉める。

皆が不安そうな顔を向けてきた。

「研究所内にゾンビが発生した」

加瀬の説明に、ざわめきが起こる。

「は、発生っていうのは――」

「ゾンビ化したのは、所員だ！」

「そ、それって、どういうことですか？　ゾンビが侵入して襲っているんですか？」

質問が飛んでくる。

加瀬は首を横に振った。

「分からない。一人目の奴は研究室内に単独で倒れていて、俺たちの目の前でゾンビ化した。外からゾンビが侵入してきた形跡はなかった。そして、俺たちが逃げている途中で、二人の所員も噛まれている。ほかに、食堂の外にいる奴は――」

そこまで言ったとき、食堂の前に二体のゾンビが現われる。一体は松井で、もう一体はロビーで襲われた所員だ。残りの一人は、どうなったのだろうか。

食堂の扉の構造は観音開きで、クリアガラス製のため、鮮明に姿を確認することができた。

二体とも、口を大きく開けて歯を剝き出しにしている。生前の面影は一切残っていなかった。そして、顔が血まみれになっていた。肌が赤く染まっている。

食堂にいる所員たちが悲鳴を上げて窓側に逃げ出した。

悲鳴に反応したのか、ゾンビの動きが激しくなる。

香月は二体のゾンビを見て、不思議に思う。どうして、この二体は共喰いをしないのだろうか。

そのとき、かつて松井だった一体のゾンビが頭をガラス製の扉に打ちつけ始めた。

生半可な打撃ではない。頭皮や頭蓋骨の損傷を一切考えないほどの勢いだった。

繰り返しの打撃に、扉のガラスにヒビが一筋入った。その一筋を認識した瞬間、ガラスが割れてゾンビが侵入してきた。

割れたガラスで皮膚が裂けているが、まったく痛がっていない。

食堂に侵入したゾンビが突進してくる。

突然の耳鳴りに、香月は耳を覆って顔をしかめた。視線を彷徨《さまよ》わせ、そして、加瀬が拳銃を発砲したのだと気付く。

拳銃を前に突き出した状態の加瀬。

その眼差しには、なんの感情もこもっていなかった。

目の前にいるゾンビは、先ほどまで人間だったのだ。少しは逡巡《しゅんじゅん》や躊躇《ちゅうちょ》といったものを示しそうなものだが、そういった素振りは一切ない。

胸部を撃たれたゾンビは、銃弾の反動で一度床に伏すが、すぐに起き上がって加瀬に向かってきた。

「頭を狙ってください！　頭です！」

大学生の城田が叫ぶ。

その声に応じるように、加瀬は正確にゾンビの頭を撃った。

ようやく、ゾンビの動きが止まった。

しかし、呻り声は消えていない。

もう一体が、食堂の扉を叩いて中に入ろうとしているが、なかなか上手くいかないようだ。松井だったゾンビが割った部分に気付いていない。思考能力が低下しているのか。

それに、動きも激しくなかった。ずいぶんと個体差がある。

「……あれ、どうしましょう」

下村が問うが、返答する者はいなかった。

その時、発砲音が二度聞こえてきて、食堂の前にいたゾンビが横倒しになる。動かない。正確に頭を打ち抜かれたようだ。

弾が飛んできたであろう方向から、一条が姿を現わす。険しい表情を浮かべた顔を食堂に向けてくる。

香月は小走りで近づき、ガラスの破片に注意しながら扉を開けた。

「無事だったんですね」

食堂の中に入った一条は返事をせずに、周囲を見渡した。

「……ゾンビの数は？」

低い声で問う。

「それよりあんた、いったいどこに行っていたんだ」

加瀬が批難するような口調で言うが、一条は無視する。

「ゾンビの数は？」

再度問う。

「え、えっとですね……」下村がぶつぶつと言いながら、所員たちを見回す。

「この建物を管理している市川さんもいますし、昨日まで一条さんたちを含めて三十八人いて、今ここに三十五人いるということは、三人が食堂の外にいます。今、二人が、その、ゾンビになって死にましたから、残りは一人です」

一条は床を睨む。

「一階の隅で一人死んでいた。ゾンビに首を嚙まれて、腹を割《さ》かれていた。内臓は喰われたようだ」

「……食べられていたんですか」

「ああ、文字通り」

感情が一切こもっていない口調。

香月は首を捻《ひね》った。

嚙まれて感染し、ゾンビ化する個体がいる一方、そのまま喰われる個体もいる。

動きにも、明らかな差があった。松井だったゾンビは、ほとんど全速力で追ってきて、食堂の扉のガラスを割るときも激しく頭を打ちつけていた。まるで、リミッターが外れたかのような動作。

それに対して、もう一体は、動きこそ速かったが、ややぎこちなさが残り、しかも、激しさはない。動画には、歩くだけのゾンビもいた。

これらの差は、ゾンビ化の原因となにか関係があるのだろうか。

「あと三発か」

加瀬は、ポシェットに拳銃を入れてから呟く。拳銃の残弾のことだろうと香月は思った。

「よく、ゾンビを撃てましたね。僕なら躊躇してしまうかもしれません」

下村が加瀬に言う。

「殺して問題があるのか？　自衛隊も殺しているんだろ？」

加瀬はつまらないことを聞かれたような反応を示した。

「あ……いえ、別に問題があると言ったわけでは」

睨《にら》まれた下村は、すごすごと加瀬の元を離れていった。その様子を見ながら、香月は乾いた唇に指を当てる。

日本政府は、国民に対してゾンビを殺す是非を明確にはしていない。自衛隊がゾンビを殺害しているのだから、国民がゾンビを殺したところで罪に問われることはないだろう。ただ、国が国民に対して、ゾンビを殺していいとは宣言できない。

そんな微妙な環境下で、下村のような反応が普通だと香月は思う。

ゾンビは、かつて人間だった。その事実は揺るがない。それが躊躇に繋がるし、その優柔不断さがゾンビに襲われる隙になる可能性は大いにある。

香月は、ゾンビに襲われるようなら、迷わず殺そうと心に誓う。生き残り、そして、ゾンビ化の原因を明らかにするのだ。

香月は、食堂の中央に置かれた椅子に座る城田に近づく。相変わらず、スマートフォンでゾンビの動画を見ていた。

「さっきは、助言どおりだったね」

自分が声を掛けられたとは思わなかったのだろう。一瞬の間があり、やがて驚いたような顔を向けてくる。

「……助言、ですか？」

怪訝な顔で聞き返す。

「ほら、ゾンビの頭を撃てって教えてくれたでしょ？　さすがゾンビオタクというだけあって、よく知ってるね」

言われてもなお、訝しげな表情を崩さない。

「……ゾンビを撃つなら、ヘッドショット。これって、常識ですよ」

常識。本気でそう思っているのだろう。ふざけた様子はない。

城田は、鼻の頭を掻く。

「でも、あの回転式拳銃の威力で頭蓋骨を貫通して脳を破壊できるかは、正直分かりませんでした。ゾンビといっても、頭蓋骨は人間のものですからね。でも、見た目は腐敗している感じですから、骨が脆《もろ》くなっていたのかも。あ、でもゾンビ化してすぐだったんですよね。それだと脆くなってないかもしれないので、弾道の角度が良かったんでしょうね……たぶん」

その後も、ぶつぶつと呟いて一人で考察していたので、そっとしておくことにする。

香月は、ゾンビの遺体を確認する。

仰向けに倒れていた。弾薬は眉間の中心から入っているが、脳組織が飛び散っていないことを考慮すると、中に留まったままなのだろう。

赤い血が流れている。それが、今まで人間だったことを物語っているが、容姿には生前の面影は一切ない。口を大きく開き、獲物を捕食しようという意思にのみ駆り立てられているような獰猛な顔で事切れていた。

銃創を確認後、身体を眺める。食堂に入るときについたと思われるガラスの傷はついていたが、それ以外にはなさそうだ。

大きな怪我を負ってもゾンビ化する可能性があるというが、その要因となる傷は認められなかった。

感染の要因は、ゾンビに噛まれることと、大きな怪我をすること。それ以外にもあるというのか。

考えれば考えるほど、深みにはまり込んでいく気がした。

香月は頭を振って、思考を止める。

ともかく、検体を手に入れることができた。これで、ゾンビを調べることができる。

「まずは、解剖かなぁ」

香月は呟く。

本体棟のＢＳＬ２のエリアに剖検室がある。普通の人間の解剖でも、結核菌や血液媒介感染ウイルス、プリオン、そして伝染性疾患病原体などのバイオハザードが生じないように注意が必要なため、ＢＳＬ２エリアのもっとも奥まった場所にあった。

手順や、解剖メンバーについて考えていると、ポケットの中にあるスマートフォンが鳴った。

画面を見ると、津久井だった。

「香月です」

〈無事か〉

焦りが滲んだ口調で返ってくる。

「なんとか」

〈被害はどうだ?〉

香月は、所員二人がゾンビ化して、一人がゾンビに喰われたことを報告し、それらを対処済みであることも付け加える。

武器になるようなものはあるのかと聞かれたので、小銃と拳銃があると答えた。また、所員のほかに、刑事と大学生も加わったことを伝える。

〈刑事?〉

「一条信って人です」

〈……一条〉

津久井は呟くが、とくになにかを訊ねることはなかった。

「それより、どうなっているんですか。ゾンビに嚙まれていなくて、怪我もしていない人がゾンビになったようなんです」

〈そういった現象が発生していることは把握している〉

「理由はなんですか」

〈分からない。現在確認中だ〉

予想していた答えだったが、香月は落胆を隠せなかった。

「……自衛隊の状況はどうなんですか？　昼の首相の放送では、自衛隊に多少の損害が発生しているということでしたが、ゾンビをしっかりと駆除できているんですか」

駆除という言葉が自然と出てきたことに、香月は驚く。すでに、ゾンビを人ではなく、倒すべき対象と認識しているということだ。

〈……最初は順調だった。それは、政府の報道どおりだ。ただ、自衛隊員の中から、ゾンビになる者が続出していて、組織全体が混乱を極めているんだ。もちろん、全員がゾンビ化しているわけではない。不思議なことに、ゾンビ化しない者もいる。ただ、ランダムにゾンビ化が発生していて、そのせいで内部崩壊を起こしているようだ〉

一度言葉を句切り、話が続く。

〈直接聞いたわけではないが、アメリカ軍も総崩れになっているという噂だ。アメリカ軍の作戦は、各軍事拠点を中心に、安全区域《グリーン・ゾーン》を拡大していくというものだった。アメリカ本土での作戦であり、大型兵器の使用ができないため、ほぼ人海戦術といっていい方法で事態を掌握していたようだが、本来安全であるはずのグリーン・ゾーンからゾンビ化する人間が多発し、内側から崩れていっているようだ。ゾンビ化は、兵士にまで及んでいて、軍の統制が取れていないと聞いた。ともかく、ゾンビ化の原因が

分からないことには、この混乱は収まりそうにない〉

想像に難くないと、香月は思う。

ゾンビ化しないために、ゾンビに噛まれることなく、大きな怪我も負わないということなら対処できるし、ある程度コントロール下における内容だ。しかし、原因不明のゾンビ発症は恐怖以外の何物でもない。しかも、隣にいる人が、次の瞬間にゾンビ化して襲ってくるかもしれないのだ。背中を任せられない状態では、まともに戦うことはできないだろう。

世界最強の軍隊であるアメリカ軍が苦戦しているなら、自衛隊も同様だろう。ただ、原因不明のゾンビ化があると知れ渡れば、世界が混乱するのは目に見えている。もはや、建物内にいたら安全だという状況ではないのだ。

ただ、香月自身はそれほどこの状況を恐れていなかった。実感が湧かないというのが主な要因だろうが、自分は大丈夫だという根拠のない楽観があった。

そして、それ以上に、原因を明らかにしたいという熱量が、不安を圧倒していた。

「今、こちらには検体が二体あります。まずは解剖し、組織の確認をしてみます」

元同僚をすぐに検体と言っている自分を薄情だとは思わなかった。平時だって、死んだ人は解剖の対象になるのだ。

〈頼む〉

絞り出すような声。そこで初めて、津久井が置かれている状況を聞いていないことに気付く。厚生労働省は霞《かすみ》が関《せき》の中央合同庁舎に入っているはずだ。

「そちらの状況は、どうなんでしょうか」

〈そちら？〉

「津久井さんのいる場所です」

〈……こっちか？　霞が関もゾンビが徘徊しているよ。正直なところ、私のいる合同庁舎も安全とは言い難い。ゾンビに占拠されているビルもあると聞いている。窓の外を見ている限りでは、着実に日本が終わりに近づいているって感じはするな。まぁ、私は私の仕事をするだけだ〉

困り果ててはいるが、希望を失ってはいない。津久井の複雑な感情が入り混じった笑みが見えた気がした。

「我々のすべての知識をフル動員して、ゾンビ化の理由を突き止めます」

〈よろしく頼む。それまでは、こっちも踏ん張るつもりだ。状況は芳しくないが、国内でもゾンビの原因を究明しようと動き出している研究機関もあって、とりまとめをしているところだ。予防感染研究所にも、期待している〉

僅かな沈黙の後、津久井が続ける。

〈先ほど出た一条という刑事についてだが、もしかしたら――〉

そこで、唐突に通話が途切れてしまう。

強制的に通話が切断されたような終わり方だった。

嫌な予感がする。スマートフォンの通話履歴から津久井の名前を探し、通話を試みるが、繋がらなかった。ほかの番号にかけても同様だった。

「……携帯電話の交換局が駄目になったかも」

香月の言葉を聞いた下村がスマートフォンを操作するが、結果は同じだった。

「動画も見ることができなくなりました」

城田が声を上げる。

所員たちもスマートフォンを操作しては、首を横に振っていた。

「あれ、どの番組もつかないぞ」

所員の一人が、リモコンを手にして言った。テレビ画面には、〝現在放送されていません〟と表示されている。

交換局やテレビ局にゾンビが侵入して、獲物を追う過程で設備が破損したのか、それとも設備を維持する人間が全員ゾンビ化してしまったのか。

どちらにしても、ゾンビの影響が広がっていると考えて間違いないだろう。

香月は食堂を出て、一番近くにある研究室の固定電話の受話器を手に取り、ボタンを押す。こちらも繋がらなかった。ただ、研究室内のＬＡＮケーブルに繋いだパソコンを操作すると、インターネットにアクセスすることは可能だと分かった。このラインがいつまで生きているかは分からないが、今のところは大丈夫そうだ。

食堂に戻り、パソコン通信は生きていると報告する。安堵する所員もいたが、ほとんどが、外界で起こっている悲惨な状況を想像して、暗澹たる表情を浮かべていた。

「ラジオも使えそうです」

下村が、備蓄品の中にあったラジオを掲げて言う。たしかに、ラジオから声が流れてきていた。ゾンビについての情報を喋っている。

「Ｗｉ－Ｆｉも繋がりません。有線ＬＡＮの設備が整ったパソコンしかインターネットにアクセスできないようですね」

ノートパソコンのキーボードを叩きながら告げる。予防感染研究所にはＷｉ－Ｆｉ環境が整っていない。下村個人のモバイル通信機を試したのだろう。

現時点で、使えるのは有線ＬＡＮに繋がったパソコンと、ラジオのみ。そして、今後、これらを使い続けられる保証はない。

早く行動しなければと香月は思う。加瀬と目が合った。どうやら、同じことを考えているようだ。

「二体の検体が手に入った。これからゾンビの解剖を行なう。ここで寝転んでいる一体は、俺が執刀し、香月を助手にする」

勝手に助手にされたが、香月は嫌な気はしなかった。異論はないことを示すため、無言で頷く。

「もう一体についても、もちろん、俺と同様に医師免許を持っていて、人体の解剖をした経験のある人に任せたい」

その呼びかけに、二人の所員が手を挙げる。どちらも医師免許所有者だった。

「ゾンビを運ぶのを手伝ってもらう要員は必要だが、解剖をする四人以外は、インターネットでゾンビについての情報収集をしてくれ。フェイクニュースかどうかは気にしなくていい。ともかく、できるだけ多くの情報を集積して、情報の多寡で判断する。情報の取りまとめは――」

「僕が情報の取りまとめをします」

下村が、天井に向かって真っ直ぐに手を伸ばした。

「あ、僕もやりたいです。そういった細かい作業、好きですから」

城田も声を上げる。

四人の解剖担当。

二十九人の情報収集担当。

所員たちは全員、感染症に対して詳しい知識を有している。加瀬は医学博士で、下村は薬学博士。そして、香月は獣医師だ。専門知識を用い、予防感染研究所の設備を駆使してゾンビ化の原因を探る。謎に立ち向かうには、これ以上ない環境だ。

管理人の市川は、引き続き管理室で本社との連絡を試みるということになった。

香月は食堂を見渡す。一条は、自分が射殺したゾンビの身体を調べているようだった。服をめくり、表面を観察している。

ゾンビ化した人間の観察というよりも、なにかを探すような見方だった。

いったい、なんだろう。

一条はやがて立ち上がり、食堂の扉の前から去っていった。

それを見送った香月は、津久井が最後に言いかけた言葉を思い出す。

――一条という刑事についてだが、もしかしたら。

なにを言おうとしていたのだろうか。

厚生労働省の政務官が警察方面に明るいとは考えにくい。津久井に、なにか思い当たる節があるのだろうか。

一条信。

それなりに珍しい苗字《みようじ》だ。なにか――。

「では、情報収集を始めます。ニュース記事はもちろんですが、個人のゾンビについての発言や、音声、動画などのチェックもしてください。ゾンビの特徴などを拾い上げていけば、なにか見えてくるかもしれません」

下村の言葉が合図となり、各々が動き出した。

2

YouTubeライブ配信。

アカウント名：マサルCH

日本。

「どうもこんにちは。マサルチャンネルの、マサルです」

低く、くぐもった声の後、マサルの顔が映し出される。日焼けした頬を擦った。下ぶくれの顔。

「そして、弟のカズです」

テノールに近い声の主は、面長だった。目が真っ赤に充血していて、今も潤《うる》んでいる。泣き腫らしているのは明白だった。

「全然寝ていないですし、目の下のくまとか、ヤバいですね。まぁ、とりあえず配信を始めてみようと思いまっす。といってもね、ゾンビが外をうろうろしているから、今のところずっと家からの配信なんですけどね」

マサルが言い、部屋の状況を映す。かなり散らかっていた。

咳払い。

「えっと、ゾンビ発生から三日になりました。昨日は自衛隊とかが銃とかをぶっ放してゾンビを倒していましたが、ちょっと前から静かになって、再びゾンビばかりが街を歩き回っています」

画面が窓の外に向けられる。

地上を見下ろす角度。

道路にはゾンビが徘徊していた。また、多くの車が至るところで建物や電柱に衝突している。中には、戦車もあった。動いていないところを見ると、放置されているようだ。ビルからは煙が上がっており、木造住宅の焼け跡も散見された。

「古いスマホなんで画質はよくないですが、ご覧のように、札幌《さっぽろ》の街は壊滅状態です。ネット上にはいろいろ書かれていますが、自衛隊もお手上げ状態みたいです。まぁ、ネット情報なんで真偽のほどは不明ですけど、迷彩服を着たゾンビも増えているのは間違いありません。たぶん、自衛隊ですね。東京では、通信網もダメージを受けたみたいで、携帯電話が使えないって情報もあります。やはり過密エリアは、ゾンビの数も多くて大変みたいです」

「札幌も、似たようなものだけどね」

カズが横やりを入れて、マサルが頷く。

「札幌も、完全に終わってる感じです。一日目とか、人の悲鳴とかが聞こえまくって、頭がおかしくなりそうでした。今は、ゾンビの呻き声ばっかりで、それはそれで気が変になりそうですけど」

無理やり笑ったような顔。

「俺たちはマンションに籠城しているんで、今のところは無事です。一応、青森の知り合いと、熊本に引っ越した奴とは連絡が取れていますが、どこも同じようなものみたいです。日本全国、ゾンビばっかり。もう日本、駄目っぽいですよね。駄目といえば、一日目に話題になった金持ちたちが離島に避難した話ですけど、あれも結構悲惨みたいですよ。千島列島とか、沖縄とか奄美とか、あとは小笠原なんかにも自家用のクルーザーで避難したみたいですけど、逃げた島にもゾンビがいたみたいですね。もしくは、昨晩からゾンビ発症者が出ているか。逃げ場がなくて、海に飛び込んで水死したりってケースもあるみたいです。詳しくは離島に避難した人が動画とかインスタグラムに投稿しているんで見てください。最初は、金持ちっていいなって羨ましかったですけど、今回ばかりは金持ちじゃなくてよかったと思っています……まぁ、ここにいても安泰じゃないですけどね」

画面が動き、パソコンのディスプレイが表示される。

「掲示板です。みんな、好き勝手書いていますね。今のところ、ゾンビ化の原因については、東京に本社がある製薬会社がヤバい薬を流出させたってのが一番有力らしいです。東京が一番ヤバい状況ってのが理由のようです。それで、感染した製薬会社の社員たちが旅行とか出張とかをして全国に広めたって説。でも、根拠はとくに見つかりませんでしたし、原因なんて、俺にはどうでもいいことですね」

再び画面が動く。

弟のカズの全身が映し出される。長袖のパーカーにランニングパンツという出で立ち。リュックサックを背負っていた。

「食料もなくなりましたし、昨日から、マンション内にもゾンビがうろうろしている状況です。ちなみに、二時間前から断水しています。母ちゃんとの連絡も、半日ついていません。そこで、ここにいても飢え死にするだけなんで、外に出てみようと思います。武器は、これです」

カメラに映ったのは、高枝切鋏《たかえだきりばさみ》だった。鋏の部分は、包丁が取り付けられている。柄の部分を、ガムテープでぐるぐる巻きにしているようだ。

「高枝切鋏を改造しました。母ちゃんが懸賞で当てたものです。俺の家、マンションなんで、こんなもの使わないって言って押入れの奥にしまっていたんですが、ついに使うときがきました。まぁ、これがどれくらい役に立つか分かりません。でも、とりあえずカズが持って、俺はバットです」

そう言って、マサルは木製のバットを掲げる。

「本当は、釘とかを打ちたかったんですけど、肝心の釘がないっていうね」

マサルは僅かに笑うが、すぐに真剣な表情に戻る。

「この三日間の観察と情報収集で分かったのは、走るゾンビと歩くゾンビがいること。そして、頭を狙うのが一番だということ。ただ、俺たちの力でゾンビの脳を破壊することは難しいと思います。武器も、こんな感じですし。高枝切鋏もバットも、追い込まれたときに距離を取るための手段であって、基本は走って逃げようと思っています。これでも、俺は高校を卒業したら消防士になろうと思っていたんで体力には自信がありますし、カズなんて、道内でも指折りの長距離選手なんです。カズはたぶん、東京の大学にスカウトされて、箱根《はこね》駅伝を走りますよ。そのときがきたら、お茶の間で応援してください。俺も、もちろん沿道で応援しようと思います。旗をむちゃくちゃ振って」

「そんな話、今はいいよ」

「まぁ、いいじゃねぇか。弟の名前は、石原和志《いしはらかずし》って言います。本当に足が速いですし、体力もあるし、俺より頭いいし。自慢の弟です」

「母さん、大丈夫かなぁ」

マサルの発言を無視したカズが呟く。

「大丈夫に決まってるだろ」

声を張る。自分自身に言い聞かせるような口調。

「でも……僕、四日前に喧嘩してババアって言ったこと、謝ってないし……マジで、こんなことになるなら、喧嘩なんてしなきゃよかったよ」

しばらく、沈黙が続く。

「……早く、会いに行こう」

マサルの、自分を奮い立たせるような声。

「そうだね」

準備が終わったカズがスマートフォンを持ち、マサルが映し出される。上下黒のジャージ姿だった。

「ちょっと、しっかりと俺を映して。とくに顔」

マサルの要請に応じたカズは、上半身に焦点を合わせる。

咳払いの後、背筋を伸ばした。

「えっと、この配信は、終了した時点でアーカイブに入って、まぁ、この世界に残ります。どのくらい残るか分からないけど、ともかく、しばらく見ることはできると思います。それで、これが俺たちの生きた証拠になるかもしれないんで、ちょっとだけ真面目な話をします。俺は高校三年生で、カズは一年。二つ違いです。親父《おやじ》は、弟が生まれてすぐ逃げ出したみたいで、俺も全然覚えていません。いわゆる母子家庭ってやつで、貧乏です。でも、ほとんど不自由なく今まで生きてこられました。たぶん、というか絶対、母ちゃんが頑張ってくれたお陰です。ほんと、いっつも馬鹿なことばっかりやっていて、母ちゃんを困らせてばかりだったけど、やっぱ母ちゃんってすげえって思います。そんで、やっぱ、母ちゃんと一緒にいたいなと、今は思います。本当に、会いたいです。気持ち悪いと思われるかもしれないですけど、死ぬなら一緒がいいって本気で考えています……高校生のガキに言われても響かないと思いますけど、みなさん、大切な人がいたら、大事にしてあげてください。俺、馬鹿だから、そんな単純なことに全然気付きませんでした。で、ゾンビが発生して気付くっていうね。マジで遅いっつーの」

最後のほうは、涙声になっていたが、マサルは鼻を啜《すす》っただけで涙は流さなかった。

「なに改まってるんだよ……」

カズの声は震えている。

「……いいだろ、別に。もしものときのためだよ」

「もしもなんて考えるなよ……」

「もちろん、生き残るつもりだ。母ちゃんと合流して、ゾンビを全員倒して、それで、日常が戻ってからこの動画を見るんだよ。平和になってから見るんだ。そしたら、結構笑えると思うぜ？　こいつら、死ぬ気だったみたいだぜって。今もこうして生きてるのに、馬鹿だなって。ほら、一緒に映ろう」

マサルはスマートフォンを奪い取った。

カメラに向かってピースサインをするマサルは、無理に笑っているようだった。その隣で、泣きながらも視線を向けているカズ。

「さて、準備も整ったし、出よう」

精一杯の明るい声。

「外に出たら動画を撮っている暇はないから、カズがランニングのときに使っているアームバンドにスマホを入れることにします。画面を映していると視聴者が酔っちゃうと思うんで、音声だけが聞こえるように設定します」

画面が黒くなり、ごそごそという音が聞こえてくる。

「これで完了。今後は音声だけです。さて、これから外に出るわけですが、俺の家、白石《しろいし》駅の近くにあるんですけど、母ちゃんの職場は札幌駅から十分くらい歩いたところにあるんです。だから、そこが目的地です。線路を進むことにします。ほら、街中を歩くと全方向に気を配らなきゃいけないけど、線路を歩けば、基本的に前と後ろだけを気にしていればいいですから」

「もう行こう」

急《せ》かすようなカズの声。

「オーケー。俺が先に行く」

鍵を開ける音。

「今、家から出ました」マサルは声を潜める。

「ゾンビはいないようです。行くぞ」

微かな足音と、衣擦れの音。

「あ、ストップ。一体ゾンビがいる。迂回《うかい》するか？」

「あれ、走るゾンビかな？」

カズの声。

「どうだろう。今のところ動きはゆっくりだけど、獲物を見つけたら走り始めるかも
……やべっ。見つかった」

「あ、大丈夫っぽい。歩くゾンビだ」

「よし。それなら」

大きな足音。

硬いものが硬いものに激突したような鈍い音。

「よし。跳《と》び蹴《げ》りで倒せるな。歩くゾンビなら対処できる」

少し息が上がったマサルが言う。

「あれって、三階のおじさんじゃない？　ほら、住人に内緒で猫を五匹飼ってる」

「……そうだったか？　まぁいいや。とりあえず、蹴っただけだし」

足音。

「外に出ました。まずいな。ゾンビだらけだ」

「急ごう」

テンポの速い足音から、かなりのスピードで走っているのが分かる。

苦しそうな呼吸音。

「……なんとか、白石駅に到着しました。中にゾンビはいないようです。結構ゾンビに見つかりましたが、歩くゾンビばかりだったので、逃げ切ることができました」

息を切らしたマサルの声。

「これから、線路を進んで札幌駅まで行って、母ちゃんと合流します。二駅だから、走ればすぐに到着すると思います。それからどうするかは考えますが、とりあえず、陸上自衛隊の真《ま》駒内《こまない》駐屯地に行くのが一番良いかなと思っています。自衛隊がまだ存続していれば、安全です。多分」

足音が続く。

「……なぁ、カズ。俺たちの父親って、どんな奴だったと思う？」

「いや、知らないのは分かってるけど。どんな奴だったんだろうなぁって。小さかった俺とお前を置いて逃げ出したって、普通にヤバい奴だよな」

「それ、今話すこと？」

「うーん……今だからこそ話したいのかも」

「……一度だけ、母さんが言っていたけど、弱い人だって」

「弱い人……まぁ、そうだよな。弱い奴だよな。逃げたんだから。まぁ、父親がいなくても、母ちゃんがいたから俺は良かったよ。一度、そう伝えたいって、今思った」

足音が止む。

「前に電車が停まってる」

「兄ちゃん！」

張り裂けそうな声。

「くそっ！　逃げろ！　電車の中にゾンビがわんさかいる！」

ばたばたとした足音。

「出てきた！」

「やばい！　走るゾンビだ！」

「早く逃げろ！」

スマートフォンが、なにか鈍い音を拾う。

「兄ちゃん！　助けて！」

「早く立て！　あぁ、くそっ！　くそっ！　待ってろ！」

叫び声。

雄叫《おたけ》び。

「カズを離せ！　くそっ！　このやろう！　離せっ！　ぐっ！」

「兄ちゃん！　兄ちゃん……母さん！」

不意に、静かになる。

3

YouTubeライブ配信。
アカウント名：Mr.《ミスター》Burton《バートン》
アメリカ。
「世界が終わり始めてから三日。相変わらずゾンビとの戦闘は続いている。どうだ、みんな生きてるか？」

　陽気な声。

「ミスター・バートンは今も生きている。胃の調子がちょっと悪いくらいだ。さて、ゾンビ狩りを始めよう」

　画面の前で親指を立てる《サムズアップ》。

「撮影環境にも慣れたものだ。ゾンビに喰われた州兵のヘルメットを頂戴して、ＧｏＰｒｏのカメラを取り付けている。昨日は、途中でカメラが取れちまったが、今日は大丈夫。しっかり固定した。昨日のコメントどおり、角度も調整したぜ。ＦＰＳのゲームをしている感じになっているだろ？　銃口はちゃんと見えるか？　これなら、視聴者が自分でゾンビを撃っているような体験ができるだろ？　銃社会じゃない国の方々、これがアメリカだ。これがパワーだ。

　さて、初めて視聴する人に向けて、簡単に自己紹介といこうか。俺は退役軍人だ。クソアフガンでの戦闘で嫌気が差しちまっておさらばした。それで、ニュージャージーで軽食レストランをやり始めてから半年。ずいぶんと苦労して、借金までしているのに、こんな世の中になっちまった。ついてない。でも、こんな世の中だから銀行も金を貸したことを忘れてくれるだろ。というわけで、非常事態宣言も出されたことだし、軽食レストランは自主休業して、今は軍や州兵を手助けするために、ゾンビ狩りをしている。軍と雇用関係を結んでいるのかって？　いやいや、勝手にやっているだけだ。ゾンビを殺せば再生数も稼げるし。広告収入が入るかは不明だが、たまには慈善事業でもしなきゃな。ゾンビなんて見たくもないが、神父顔負けの自己犠牲の精神ってやつだ。そういや自己犠牲をすれば、天国に行けるんだっけか？　天国の動画配信をしたら、儲《もう》かるだろうな」

徘徊するゾンビを撃っていく。正確に、頭を狙い、打ち抜く。

「ちなみに、この銃は、喰われた軍人から頂戴したものだ。M４A１カービン。いい銃だ。マガジンもたっぷりあるが、むちゃくちゃに撃ちまくるよりも、セミオートで使うのが好みだ。特に、ゾンビに対してはヘッドショットがもっとも有効。ワンチャンス・ワンショット・ワンキルじゃないが、これでも、射撃の腕はいいほうだったんだぜ」

その発言を裏付けるように、続けて三体のゾンビの頭を打ち抜いた。

「つたく、ゾンビは映画の中だけにしてほしいぜ……そういや、アメリカ人はサメとゾンビが大好きだよな。なんでだと思う？　それは俺が知りたい。ともかく、アホほどゾンビ映画やドラマを作っているし、観ているから、こうやってゾンビが現われたときとか、思ったよ。あぁ、やっぱりゾンビが出てきたなって。そして考えた。ゾンビ映画とかドラマを作りまくっていたのは、このときのためだったんじゃないかってな。つまり、俺たちを事前にゾンビに慣れさせておいて、こうやって本当に現われたときに迅速に対処できるように教育していたんじゃないかって。

どこがそんなことをするかって？

まぁ、ホワイトハウスとかＣＩＡとかペンタゴンとか、そういったところでふんぞり返っている奴らじゃねぇか？

ともかく、予習はバッチリの状態でのゾンビ出現ってわけだ。最初は被害が拡大していったが、ゾンビへの心構えができていたせいか、すぐに反撃に転じることができた。二日間は、そうだな……言ってみれば、お祭り騒ぎに近かった。イースターとか、ハロウィンとか、そういったものを何百倍にしたようなお祭り騒ぎ。

それから、狂乱が始まった。ゾンビに殺され、ゾンビを殺し、好き勝手に暴動し、略奪した。ゾンビと人が戦い、人と人が戦ったが、ゾンビとゾンビは戦わない。どうやら、あいつらは仲間を大切にするらしい。その点では、俺たちホモ・サピエンスよりも優秀かもしれない。

とりあえず、人類は戦いを選んで、ゾンビを殺している。

ゾンビも元人間だから人権があるって？　もちろんそういったことを主張する団体がいるにはいる。ただ、ごく少数だ。虫も殺したことのないような奴とか、これで金儲けしようと企んでいる奴ら以外の大多数は、ゾンビイコール人間ではないと知っている。この共通認識があるから、軍も州兵も行動が早かったんだ。あぁ、ゾンビ？　ヘッドショット。一つのマガジンで何体倒せるか賭けようぜ！　って感じの流れ作業」

バートンはタイムズ・スクエアに到着する。

「見てくれ。人影はないし、普段なら高級なスーツで武装しているデカい面《つら》した米国人《ヤンク》も全然いねぇ。いるのはゾンビばかりだ。この二日間、ゾンビがハロウィンの出し物レベルに当然の存在として認識されて、お菓子じゃなくて弾丸をお見舞いして楽しんでいたときは、タイムズ・スクエアにも人の姿があった。兵士が大多数だったけどな。でも、今朝から状況が一変した。最初の二日間の通説では、映画の例に漏れず噛まれて感染するか、変化球で大怪我をしてゾンビ化するっていう二つのパターンだった。大怪我をしてゾンビ化ってのも意味が分からないし謎だが、ともかく、この二つだけに気をつければよかった。

それなのに、昨夜、原因不明のゾンビ化発症例が多数報告されるようになってから、形勢が逆転しちまった。このことをゾンビ3・0と言うやつもいる。噛まれてゾンビになるバージョン1と怪我してなるバージョン2とも違う、バージョン3のゾンビ化ってことだな。ともかく、三つ目のパターンが出てきてから、兵士の中からゾンビ化する奴が多発して、総崩れになっている。重要拠点には守備隊を残していたようだが、そこも駄目になっているらしい。ゾンビの数がどんどん増えていくし、奴ら、兵站《へいたん》も必要なければ、休息もしないし、眠ることもしない。〝臆病者といわれるより死を〟をモットーにするグルカ兵よりもたちが悪い。

アメリカのプランAは人海戦術でのゾンビ掃討作戦だったようだ。それで上手くいっていた。しかし、完全に失敗。今やホワイトハウスもゾンビハウスになっちまってる。大統領？　どこにいるんだろうな。核のフットボールの中にある核ミサイルボタンを指で撫《な》でながら、金持ちと一緒にゾンビのいない地域でバカンスをしているんじゃないか？

ともかく、軍も州兵も劣勢だ。市街戦で、市民の存在も考慮しなければならないから、SMAW－NEサーモバリック爆弾は使えない。銃社会で暮らしていない平和国家の視聴者に説明しよう。SMAWは、肩撃ち式多目的強襲兵器《ショルダーラーンチド・マルチパーパス・アサルト・ウエポン》の略で、NEは、新型爆薬《ノヴェル・エクスプローシヴ》の略だ。サーモバリックは、可燃性のきめ細かな霧を空中で引火させる。それが火の玉になって、広い空間の酸素を吸い尽くすため、近くにいるものは焼死するか窒息死する。ビルだって、サーモバリックがあれば自重で倒壊するほどの衝撃を与えられる。市街戦用の小型サーモバリックも開発されているが、あれは人間に使うものじゃないってのが個人的な意見だ。ただ、ゾンビにはどんどんやっていい。アメリカは馬鹿じゃないから、プランAが失敗した今、プランB《バックアップ・プラン》を用意しているだろうし、秘密作戦《ブラック・オプス》だってあるはずだ。個人的には、それらの作戦にサーモバリックの使用が組み込まれていないことを祈るばかりだ。まさか、核オプションは考えにくい」

バートンは、どんどんゾンビを殺していく。

話す合間に殺しているというよりも、殺す合間に話しているといった印象。

「どうだ。タイムズ・スクエアの景色は堪能《たんのう》したか？　まだまだニューヨーク観光案内は終わらないぜ。さて、前回のライブ配信時のコメントを確認していて多かった質問に答えよう。どうして、俺が生き延びているかって質問に対して、答えは二つある。

ひとつは、俺は単独行動をしているということ。映画とかを観ると、集団で助け合って行動しているだろ？　そっちのほうが、ゾンビに対処できるし、生存率も上がる。ただ、今回に限って言えば、この一般則は通用しない。集団の中に原因不明でゾンビ化する奴が現われて、そのコミュニティーが崩壊するんだ。軍だって、州兵だって、隣の戦友がゾンビになっていきなり襲ってくるんだぜ？　規律も警戒もあったものじゃない。今回は、一人で戦うスーパーヒーロー方式のほうがいいし、俺はそうだった……今思ったが、どうしてゾンビは集団行動をしているんだろうな。あいつら、喋れないけど、実はテレパシーとか使えているのか？　一緒に行動しようぜ！　あいつは嫌いだから仲間外れにしてよ！　って感じで。笑えねぇ。

　もう一つの理由だが、それは服装にある。上下迷彩服って出で立ちだが、この下がミソだ。実は、シャークスキン・ウェットスーツを服の下に着ているんだ。鎖帷子《チェインメイル》でもいいが、こっちのほうが断然軽い。シャークアタックにも耐えられる新素材。これも正直に白状するが、腕を噛まれたことは二度ほどあった。ただ、まったくの無傷でいられたのは、これのお陰だ。噛まれても痛くない。サメ対策の製品が、今じゃゾンビ対策にも有用だって証明されちまった。あとで社名を公表するから、しっかりとその会社の株を買っておいたほうがいい。まぁ、ご存じのとおり、株式市場はなくなっているけどな」

　画面に、巨大なビルが映し出される。

「これがロックフェラー・センターだ。この超高層ビルにも、人が避難しているはずだ。ただ、中がどうなっているのかは考えたくない。ゾンビが詰め込まれている可能性もある。そして、この金ぴかの像が、プロメテウス像。プロメテウスってのはギリシャ神話の神で、天界の火を盗んで人類に与えた存在で、人類を創造したとも言われている。この神のお陰で、俺は銃をぶっ放してゾンビを殺せているってわけだ。プロメテウスに感謝。皆からの、博学だってコメントが目に浮かぶよ。これでも観光案内を請け負っているわけだからな。昨日調べたんだ。ウィキペディアで」

バートンは移動を始める。その間も、ゾンビを発見しては、撃ち続ける。

「俺がどうしてニューヨークを歩き回ることができるのか、不思議だろう。これにも秘密がある。実は、ゾンビの内臓などを全身に塗りたくっているんだ。おいおい、引かないでくれよ。たしかに見た目はグロテスクだが、背に腹は代えられない。この配信を見て、真似しようと思う人には、注意点が二つある。まず、この擬態《ぎたい》は万能じゃない。ゾンビどもを一時的に攪乱《かくらん》させるというか、初動を遅らせる程度だ。やっぱり、奴らが内側から放つ臭いは真似できるものじゃないし、聴覚や、弱っていても視覚での判断もしているようだから、完全に擬態はできない。気付かれたくないなら、いまのところはゾンビそのものになるしかないだろうな。

そして、もう一つの注意点だ。当然、臭いが強烈だ。ほかにもこの方法を思いついた奴らがいるし、州兵も試みたようだ。しかし、鼻栓《はなせん》をしたり、高性能のマスクをしようとも、臭いで吐いちまうようだ。だからといって外界からの情報を遮断する完全防備の装いだと、機動力が落ちる。結局、ゾンビに擬態するのは、あまり効率的ではないってことになったようだな。

俺？　俺は問題ない。イラク従軍時に頭部に外傷を負って、嗅神経性嗅覚障害になった。今じゃ全然鼻がきかない。

俺はあのときに死んだんだ。だから、ゾンビも怖くない。死も、怖くない」

到着したとバートンは告げる。

「ここはご存じのとおり、セントラルパークだ。雑多な都会のオアシス。しばし、自然を堪能してくれ。だれもいないパークってのもいいな。ゾンビはいるが」

銃撃。

「しかし、本当に人類は終わっちまう感じだな。ニューヨークでこれだから、ほかの州は推《お》して知るべしだ。アメリカ軍も州兵も、被害が甚大。軍事施設も駄目。当初は難民センターもあったが、今じゃゾンビ多発区域。

それだけゾンビの勢力は強大なのに、敵はゾンビだけじゃない。極右とか極左とか、陰謀論者の信奉者とか、ともかく呼吸をするように過激な発言をする連中の一部が暴徒になっていて市民を襲っているんだ。今回のゾンビ騒動を、金持ちを引きずり下ろすチャンスだと公言する奴もいる。商業施設や、金持ちの家がどんどん狙われて、略奪されている。殺されてもいる。人種差別だって起こっている。根拠のない噂でアジア人や黒人が殺される事例も発生しているようだ。本当はゾンビを倒すために一致団結すべきときだろ？　視聴者もそう思うだろ？　でも、現実は違う。混乱に乗じた自己中たちが世の中を荒らしている。そういったことがあるから、国も対策に追われている。ゾンビばっかりに構っていられなくなってる。

まぁ、みんな、現実をしっかり把握できなくなっているんだろうな。しかも、国は明確な指針を示さないから、でかくて派手な声に賛同してしまう。思考を放棄した奴や、自分は利口だって思っていただけの馬鹿どもが、今じゃ過激派になっている。おっと、今のはナシ。俺は天国に行きたいからな。アーメンハレルヤ。世界が正常に戻願いだから、一刻も早く業火に焼き尽くされてほしいと個人的には思っている……おったら、毎週日曜日には礼拝に行くよ。欠かさずにな。

ちょっと息が切れてきたから、ゆっくり散策といこう。

俺には養う家族もいないし、気ままにやってきた。結婚して子供を授かってっていう人生に憧れがゼロってわけじゃないし、それ自体を否定するつもりはないが、今は子供がいなくてよかったと思っている。こんな世の中、見せたくねぇからな」

そのとき、画面に数人の人間が映り込む。

咄嗟《とっさ》にバートンは伏せて、茂みの隙間から様子を窺う。

動きから、ゾンビではないことは明らかだった。

「あいつら、なにやってるんだ！」

小声でバートンが言う。

画面に映ったのは、首を鎖に繋がれた女性。泣き腫らした顔。目は白濁していない。ただ、白濁していないパターンのゾンビもいる。様子を観察する。人を襲う気配がないところを見ると、まだ人間のようだ。その鎖を持っている男と、ほかの二人は武装している。

立ち止まろうとする女性を、小銃の銃口で小突いて歩かせる。

「くそっ……あれはなんだ。タートル・ポンド《亀の池》のほうに向かっているようだ」

静かに様子を窺う。

やがて、女性がタートル・ポンドに到着する。首についている鎖を取り、一言二言会話をしたかと思うと、武装した男が女性を池に突き落とした。

「おい！　なにをやっているんだ！」

その声に驚いた武装集団が撃ってきた。

バートンも応戦する。一人の頭に命中する。画面の端で、一人の男が、池の中で必死にもがく女性を射殺した。

二人は逃走。

その後を追う途中で、画面にタートル・ポンドが映る。そこには、多数の人間の遺体が浮いていた。仰向けに浮いている遺体の目を確認する。瞳孔が開いているが、濁ってはいなかった。

「くそっ！　これが現実だ。混乱に乗じて、力で他人を抑圧したり、レイプしたり、殺したりしている！　人類のくそったれども！」

あいつらを追うとバートンは告げる。アドレナリンの過剰分泌のせいか、声が大きくなっていた。

天に向かってそびえ立つ、グラナイトのオベリスクを横切る。

「どうやらメトロポリタン美術館に逃げ込んだようだ……いや、奴ら、ここに籠城しているらしい。防御壁を築いていやがる」

正面から中に入ろうとすると、銃撃に遭う。

「なんなんだ。奴らは」

防御壁の一つに身を隠し、呼吸を整える。

「このままじゃまずい。銃声でゾンビが集まってきている」

バートンの言うとおり、ゾンビが集結し始めていた。

集まってきた走るゾンビたちに応戦している様子を見たバートンは、貨物用の搬入口に回り、扉の鍵を破壊して、そこから建物内に侵入した。

中に入る。外からは銃撃の音が僅かに聞こえてきたが、館内は静かだった。

展示エリアに入る。

「彫刻といった重いものは残っているようだが、絵画は全部盗まれているようだ。美術品も強奪の対象になったみたいだな。お、ここには『水差しを持つ女』があったのか。フェルメールくらいは履修《りしゅう》している。ゴッホ、これも知ってる。世界が元に戻ったら、これを盗んだ奴は大金持ちだな」

軽口を叩きながら周囲を警戒しつつ、閉じられた扉を開けた。

「……なんだよ、これ」

その部屋には、手足を縛られた女性がいた。十人はいる。服を着ていない女性もいた。

「……なんだよ、これ」

再び呟く。

女性の口に詰め込まれた布を抜き取ると、咳き込んで吐いた。

バートンは急いで離れる。ゾンビの内臓を身体中に塗りたくっているので、臭いで吐いたのだろう。

「どうなっているんだ？」

「あいつらに襲われたの！」涙を流しながら女性が訴える。

「急にこの建物に侵入してきて、男は撃ち殺されて……残ったのは私たちだけ」

「さっき外で、鎖に繋がれた女性を見た」

「あ、あの子は、あいつらに刃向かったの。私を助けようとして！」

涙を流す。拘束されているほかの人たちも、涙を流していた。

「くそっ……奴らは何人いる！」

「五人よ！」

「残り四人か。待ってろ」

耳を澄ますと、銃撃音は続いている。まだゾンビと戦っているようだ。

ナイフを使い、女性たちの手足の拘束を解く。

「俺が、なんとかする」

部屋を出たバートンは、駆け足で正面玄関に向かう。

「四人を一人で殺すのは難しい。ただ、今ならゾンビに気を取られているから勝機はある。それに、さっきの銃撃を見る限り、射撃精度が低かった……兵士が混じっていなけりゃいいが」

正面玄関では、ゾンビとの攻防戦が続いていると思っていたが、バートンが到着したときには撤退し、玄関の扉を閉めたところだった。

四人の男たちと、目が合う。

バートンが放った銃弾が、二人の男に当たって即死。

残り二人は、遮蔽物に隠れて応戦してきたが、制圧するのにそれほど時間はかからなかった。

静かになった館内。

四人の遺体を確認した後、先ほどの部屋に戻った。

「全員殺した。とりあえず安心だ」

その言葉に、女性たちは安堵の表情を浮かべる。

「……あの、それ」

女性がバートンの肩を指差す。

そこで初めて、自分が撃たれたのだとバートンは気付いた。

迷彩服を脱ぎ、シャークスキン・ウェットスーツのファスナーを開けて、肩を露わにする。肉がえぐれている。かすり傷とはいえない。

「今、救急箱を持ってきます」

一人の女性が部屋を出て行く。

バートンは座る。ゆっくりと、深呼吸を繰り返す。

「これを頼む」

バートンは、近くにいる女性に拳銃を差し出した。

「……なんですか、これ」

「シグザウエル。いい銃だ。これで、俺がゾンビになりそうだったら撃ってくれ。痙攣し始めたら、すぐに」

「で、でも……」

「ゾンビ化は、ゾンビに噛まれるか、大きな怪我をするかだ。今は、原因不明のゾンビ化もあるが、ともかく俺は怪我をした。さて、ゾンビ映画をアホほど観てきて学んだもっとも大切なことだ。ゾンビに噛まれたら、迷わず殺すこと。頼む。あんな奴らになる前に、俺を殺してくれ……頼む」

女性は迷っているようだったが、意を決したように頷く。

ヘルメットに付いているカメラを取って自分の顔を映したバートンは笑う。

「こんな世の中になっても仕方のないことを人間はしてきたと思っていたし、このまま世界が滅びてもいいとすら思っていた。ただ、今は一刻も早く、ゾンビ禍を打開する手立てを見つけてほしい。そう願っている」

4

淘宝直播《タオバオジーボー》 Taobaoライブ配信。

アカウント名：美帆《メイファン》
中国。

「えーっと、昨日までは規制がかかっていて動画配信ができませんでしたが、今はなぜか解除されたので、北京《ペキン》の状況を伝えます」

画面に顔を映す。髪を後ろに縛り、化粧はしていなかった。

「私は山西《さんせい》省出身の大学生で、三里屯《さんりとん》エリアにある叔母の家に居候《いそうろう》しています。一階は青果店で、叔母が切り盛りしていますが、今は閉めています。私は二階に避難していて、ひとりぼっちです。二日前に、ゾンビが世界中に発生しました。中国でもそれは同じです。政府は即日、ゾンビが発生したエリアの都市封鎖《ロックダウン》をしましたが、今はゾンビの蔓延が酷く、全国的に都市封鎖が実施されています。ゾンビが発生する前、叔母はウェスティン北京朝陽《チャオヤン》に果物を納品に行ったのですが、それからすぐに外出禁止令が出されて、今は離ればなれです。ただ、電話が繋がって、ホテルで無事だということです。歩いて二十分くらいの場所なので会いに行きたいですが、外に出ることはできないので我慢しています」

鼻を啜る美帆。目元が赤くなっている。

「一人は心細いですが、大丈夫です。えっと、なにを喋ろう……あ、今はテレビも映りませんけど、昨日のニュースで、北京の様子が流れていました。誰も歩いていませんでした。いえ、ゾンビは徘徊していましたが、人の姿はありません。ほかにも、人民解放軍がゾンビを退治している様子も映っていました。状況は分かりませんが、かなり苦戦しているようです。

ゾンビの対応に追われていますが、政府はもう一つ懸念事項があるということでした。どこかの国が、核兵器を使うのではないかと危惧しているようです。そもそも、核がゾンビに有効なのかという問題もあります。核爆弾で汚染された土地に、人間は入れませんが、ゾンビだったら関係ないかもしれません。その場合、核爆弾は人類が住める土地を狭めるだけです。ゾンビに滅ぼされるのか、核で自滅するのか。私はどちらも嫌です」

頭を掻いた美帆は、天井を見上げた状態で静止し、やがて視線を戻した。

「どうしてゾンビが発生したのか分かりませんが、過去にゾンビの発生があったのか、私なりにちょっと調べてみました」

ノートを開き、画面に映す。

「今まで起きた、ゾンビが疑われる事件ですが、二〇一二年に発生した、マイアミゾンビ事件というのがもっとも有名みたいです」

画面に美帆の顔。

「フロリダ州マイアミのフリーウェイの脇道で、全裸の加害者が被害者の顔に嚙みついて射殺されています。被害者は左目や鼻、顔の皮膚の大半を失う重傷を負いました。加害者は脱法ドラッグのバスソルトというものを摂取したと報道されていましたが、後に否定されています。あ、マリファナは検出されたみたいですね。それに、加害者を解剖した結果、胃から人肉は発見されなかったということです。これは、ゾンビじゃないですね」

美帆は肩をすくめる。

「このマイアミでの出来事の一週間後に、二十一歳の男が警官に嚙みついて〝喰ってやる〟と言い放った事件があります。でも、ゾンビは喋らないので違いますね。その前後にも事件が発生しているようですが、だいたいが歯を使って攻撃しているってだけで、ゾンビではありません。でも、二〇一二年にアメリカの疾病《しっぺい》予防管理センターと政府が〝ゾンビは作り物だ〟という声明を出したみたい」

ため息。

「次は……ゾンビについて考えてみます。アメリカでは、ゾンビに扮《ふん》して街中を練り歩くゾンビ・ウォークというイベントや、ゾンビフェスという愛好家たちの集まりもあるようです。なんかすごい。それと、全米の約四割がゾンビの存在を信じているって統計もありました。今なら、十割ですね……図らずも二日前にゾンビがいると証明されたわけですが、街を徘徊するゾンビは道具を使いません。車に取り残された人に対しては、フロントガラスを手で叩いたり、頭をぶつけて割るという手段をとっています。彼らは、思考力を失い、本能に支配されているように見えます。脳が破壊されたんでしょうか。少なくとも、理性を司《つかさど》る部分は駄目になってるようですね」

そのとき、なにかを激しく叩くような音がして、美帆は身体をびくりと震わせる。
「今、本当に心細いです。これを見ている皆さん。大変かもしれませんが、なんとか生き延びましょう。私は、絶対に生き残ります。医者になる夢を、絶対に叶《かな》えます。あ、また音がした……ちょっと、下の様子を見てきます。配信は一度止めますね。再《ザイ》見《チエン》」

5

afreecatvライブ配信。
アカウント名：スヒョン
韓国。
「こんにちは。スヒョンです。梨泰院《イテウオン》にあるちっちゃなアパートの一室からお送りしてるよ。ゾンビ発生から三日が経ち、状況は刻々と変化しているみたい。友達と連絡を取り合ってるけど、どんどん繋がらなくなってるの。外出が禁止されているので、まったく外に出られません。あ、実は今日、国から自宅隔離セットが届く予定なんだけど、まだ来ていません。中にインスタント麺とかレトルトご飯、缶詰やお菓子なんかも入っているようなので、待ち遠しい。

視聴者の皆さんから多かった質問ですが、在韓米軍が動いている様子はないみたい。このアパートから、龍山《ヨンサン》基地がギリギリ見えるんだけど、戦闘機が飛んだりもしてないし、戦車も出てない。日本の沖縄の友人にも聞いたけど、在日米軍も出動していないみたい。でも、銃声が聞こえたりするから、やっぱり在韓米軍内でも、原因不明のゾンビ化が発生しているのかも」

スヒョンは、チャミスルの緑色の瓶《びん》を手に取り、中身をコップに注《つ》いだ。そして、それを一気に飲み干す。

「今日は、蒸留酒《ソジュ》を飲みながら配信したいと思います。もう不安だから、飲まなきゃやっていられないわ。あ、そういえば、もう最悪。四時間くらい前から水が出なくなったの。前回の配信で視聴者から教えてもらったとおり、お風呂とか、いろいろな容器に水を溜めておいたから、しばらくは大丈夫だと思うけど、これからどうなるんだろう……まぁ、考えても仕方ないし、とりあえず、前回の続きから。あれ、なんだっけ。そうそう。Kゾンビについてだ。ゾンビって、西洋で愛されているジャンルで、まぁ、それもあってゾンビ作品はあっちの専売特許みたいな感じだったけど、最近は韓国も負けてないよね。ほら、Kゾンビってカテゴライズされているし。やっぱり、あのアクロバティックなゾンビの動きが売りの一つだよね。韓国ってパリパリ文化だから、やっぱりあのスピードはいいよね。あ、外国から見ている人がいるかもしれないので説明するけど、パリパリってのは〝急げ、急げ〟って感じの意味ね。今発生しているゾンビも、ゆっくり歩くゾンビと、走るゾンビがいるけど、なんで？　そんなの分からないよね。

不思議と言えば、どうしてゾンビは、襲った人を食べる場合と、噛むだけの場合があるのかなぁ。好き嫌いがあるとか？　まさかね。あと、不思議なのは、噛まれて十秒くらいで発症することかな。どうしてそんなに早いのかなぁ。よく考えたら、変だよね。

あ、そういえば、一週間前に梨泰院の空き店舗を契約した話は言ったよね？　ずっと働いて、自炊して、遊ぶのを我慢して、彼氏に呆れられて捨てられて、それでも頑張って、やっと貯まったお金で契約できたの。居抜き物件だけど、ずっとここにカフェを出すのが夢だったから。でも、こんな世界になっちゃって。ほんと、ついてない」

スヒョンは鼻を啜り、チャミスルを一杯飲んでから、音楽をかける。

「気晴らしに、ちょっと化粧しようかな」

そう言ったスヒョンは、化粧を始めた。

赤い口紅を塗り、眉を描く。

アイラインを引いているとき、スヒョンの瞳から涙がこぼれ落ちた。アイライナーを投げる。

「……もうやだ。頑張れば絶対に報われるって教えられてきたけど、やっぱり嘘だよね。頑張って頑張って、ようやく辿り着いたのに、こんな世界になっちゃって。でも、諦めたくない。まだ私は人生を謳歌《おうか》していない。絶対に生き残って、夢を叶える」

音楽のボリュームを少し上げる。

ドンドンドン。

「え？　なに？」

スヒョンは後ろを振り返る。

「なんか、私の部屋のドアを叩いているみたい。音、大きすぎたかな……」

ボリュームを絞り、そわそわと身体を揺らす。

ドンドンドンドン。

「あ、もしかしたら自宅隔離セットが届いたのかも。ん……でも、それだったらインターホンを鳴らすよね」

ドンドンドンドンドンドンドンドンドン。

「なんだろ」

画像が乱れたかと思うと、ブツリと配信が終わる。

四日目

予防感染研究所の本体棟内にあるＢＳＬ２エリア。その最奥にある剖検室に、香月と加瀬はいた。

剖検室の中央に置かれているのは、ラミナーフロー式の剖検台だった。

その上に、ゾンビの遺体が載せられていた。

香月は、ディスポーザブルガウンを着て、Ｎ95微粒子用マスクを着用している。それだけではなく、フェイスシールドで顔面を保護していた。手には外科用ゴム手袋を二重にはめ、さらに布手袋をつけた。長靴の上にはビニール・オーバーシューズ。これも二重にした。本当は、宇宙服でも着たい気分だった。

執刀者は加瀬で、香月は介助者だ。

二人は、剖検台を挟んで向き合う。香月の背には、写真撮影装置と、剖検器具を並べている台、腸管汚物用広口便器があり、検体の足下には、所見台がある。

「香月は獣医だったな。人間の解剖は初めてか」

加瀬の問いに頷く。

「解剖は動物だけです」

「そうだよな。まぁ、たぶん動物と似たようなものだ。なにか気付いたら言ってくれ。じゃあ、始めるぞ」

外表の観察が始まる。

肌は青白くなっており、かさかさに乾いていた。

香月は、顔を近づけてみる。腐っているような臭いはない。ただ、なにか、別の臭いがした。

「身体のいたるところで炎症が起きているし……乾燥も酷い。乾皮症《かんぴ》に似ているな。ゾンビ化が要因かどうかの判断はつかないが」

加瀬は呟き、体重確認などは省くと付け加える。

「Rokitansky《ロキタンスキー》法での解剖でいこう」

「ロキ……なんですか、それ」

「体腔《たいくう》内の臓器を一塊《ひとかたまり》として取り出して観察する方法だ。病変の位置や広がり、血液病変の検索に適している。だが、摘出する際は力仕事だから、しっかりやれよ」

それが言いたかったのかと香月は苦笑いを浮かべた。

皮膚切開を行なう。

解剖刀を持った加瀬は、上半身の皮膚をU字形に切っていく。腹腔《ふくくう》切開の前に、腹膜に小切開孔を入れる。腹水は溜まっていなかった。

大網《たいもう》の位置、鼓腸《こちょう》、腸管相互の癒着《ゆちゃく》、腸間膜リンパ節の腫大《しゅだい》、脂肪壊死《えし》、虫垂《ちゅうすい》、肝《かん》下縁《かえん》の位置、横隔膜の高さなどを観察していく。

香月は、加瀬の手の動きの的確さに感嘆する。大体の研究者は、危険な病原体などを扱う際、緊張のあまりどうしても手がすくんでしまう。そのせいで、誤って注射針を手に刺してしまうような初歩的な事故を起こしたり、ウイルス標本の入った瓶を床に落とすケースが発生する。今回の検体は、完全に未知であり、危険極まりないものだ。それなのに、加瀬はまったく躊躇がない。

その冷静さに恐怖心を抱くほどだった。

加瀬は、胸腔《きょうくう》切開に移る。

大胸筋、小胸筋を皮膚につけるようにして胸部から剝離《はくり》し、肋骨を露出させた。次に、肋軟骨《ろくなんこつ》付着部の外側から二センチメートルほどの部位で肋間《ろっかん》に縦にメスを入れる。

「……内臓全体が、かなり炎症を起こしているが、これがゾンビ化によるものなのか、もともと炎症していたのかは分からない。ただ、撃ち殺されるまでは内臓は活動していたようだ……今のところ、ゾンビ化に繋がるような所見はなさそうだ。香月はどうだ？」

「……特に、ないと思います」

聞かれても困ると、香月は思う。人間の解剖を間近で見るのは初めてのことだった。吐き気を抑え込むのに必死だった。

鼻を鳴らした加瀬は、肋骨剪刀《せんとう》で肋骨を切断する。

「……なんだ？」

加瀬は動きを止めた。そして、二本目の肋骨を切って、再び止める。

「どうかしたんですか」

「やけに骨が脆い気がするな……まぁ、いい」

肋骨を切断し終え、前胸壁と横隔膜の付着部を切離し、前縦膜と肋骨の間をメスで剝離していく。

前胸郭《ぜんきょうかく》を取り外し、胸腺、縦隔の偏位、癒着、心嚢《しんのう》の拡大などを観察する。

心嚢切開、骨盤臓器の取り外し、頸部《けいぶ》臓器の取り外し、後腹膜臓器の取り外しをした。

「これでいい。それじゃあ、一気に取り出すぞ。指示を出すから、そのとおりにやれ」

指示に従い、脊髄《せきずい》骨から大動脈を含む後腹膜と腹部臓器を持ち、加瀬は頸部と頸部組織を牽引する形で、頸部、胸部、腹部、後腹膜臓器を一塊として取り出し、所見台に置かれたバット内に入れた。

「よし」

加瀬は頷き、各臓器を検索する。手持ち無沙汰となった香月は、なるべく臓器を直視しないようにしていたが、加瀬に指示されて写真を撮ったり、臓器を移動させたり忙しく動いた。

取り出した臓器の検索を終えた加瀬は、残っている臓器の確認に移る。

メス、腸管鋏、ノミ、ピンセット、ゾンデ、鉗子《かんし》、鋸《のこぎり》などを使い、切り出しをしながら肉眼観察をする。時間が惜しいのか、少々乱暴だが、正確な手捌《てさば》きで確認を続ける。

「次、眼球だ」加瀬は息を吐く。

「開眼器を取ってくれ」

「あ、はい」

「……いや、やはり脳を先にする。眼球は開頭後に頭蓋内から採取する……解剖なんてしばらくやっていないから、鈍っているな」

舌打ちをした加瀬の口調は、自分に苛立っているようだった。

脳の取り出し作業に移る。

切断線を入れ、ストライカーによる離断を行い、ハンマーやノミを叩き入れたのちに、こじるように離断、内板から硬膜を剥離しながら取り外す。

銃弾によって血まみれになった脳を取り出し、頭蓋底の観察。鞍横膜《あんおうまく》の周囲を切開し、下垂体《かすいたい》を取り出す。次に、海綿静脈洞《じょうみゃくどう》を一塊に取り出した。

香月は、脳重量の測定をする。一二五〇グラム。成人女性の平均値だ。その後、外観の撮影を行なった。

加瀬は、硬膜、大脳、脳幹、小脳を観察してから、それぞれを切り出し、銃弾を取り除いてから再び観察した。

脊髄の確認を終え、最後に、前頭蓋窩《がいか》の骨の一部を切り、周囲にある脂肪組織を除き、上直筋、上眼瞼挙筋《けんきょきん》を切ると、眼球が見える。後方に引き出して、筋付着部、神経、結合織を切断。結膜輪を輪状切開して眼球を取り出す。

「やはり、白内障を発症しているようだ。軽度だが」

取り出した眼球を観察した加瀬が呟く。

「……急激に白内障を発症したってことですか。松井さん、ゾンビになる前は、白内障ではなかったと思いますけど。少なくとも、見た目には表われていませんでした」

「たしかに。目の怪我が原因で急速に症状が現われる外傷性白内障というのはあるが、これほど早いことはないし、解剖して確認したかぎりでは、外傷はなかった。急激になったのか、それとも、徐々に進行していて、ゾンビになったことで表面化したのか……」

加瀬は首を傾げて黙る。

「肉眼観察のみの所見だが、原因は分からなかった。病原体や原生生物の影響は見られなかった。これから確認するが、ウイルスや細菌は見つかっていないとアメリカで報告されていて、WHOも同様の報告を上げていたから、期待薄だな……ともかく、今分かっていることは、すべての組織が炎症を起こしているが、その原因が分からないこと。皮膚が乾燥していて炎症も起こしていること。その炎症は内臓にも見られること。白内障を発症していること。そして、全体的に、骨が脆くなっているということだ。もう一体の解剖所見も聞いてみよう」

そう言った加瀬は目をすがめる。マスクをつけているため、表情は確認できなかったが、収穫が乏しかったことは読み取ることができた。

剖検室から出た香月はエアシャワーを浴びた後、身なりを整えてから食堂に戻る。解剖の助手という慣れない作業をしていたせいで、疲労が溜まっているはずだが、アドレナリンが出ているのか疲れを感じなかった。

食堂内を見渡す。

人の姿は疎《まば》らだった。皆、自分の研究室にある有線ＬＮＡに繋いだパソコンで、情報収集をしているのだろう。

すでに加瀬は戻っており、もう一体のゾンビを解剖した二人と話し込んでいた。近くに、生体輸送用の青いバッグが置かれてあった。そこには、ゾンビから切り取った内臓や組織が入っている。電子顕微鏡で調べるために必要になるものだ。

「どうでしたか」

下村が近づいてきて、解剖の状況を聞いてくる。

香月は、分かったことを告げた。

「……それだけですか？」下村は怪訝な表情を浮かべる。「内臓の炎症と、皮膚の乾燥と炎症、白内障の発症と、骨が脆くなっていること……そんな病気、ありましたっけ？」

問われた香月は、首を横に振る。

「炎症は分かるけど、白内障の発症や骨が脆くなるってのは分からない」

感染症やウイルスなどが原因で、身体に炎症が起こる。たとえば、新型コロナウイルスと呼ばれるＳＡＲＳ－ＣｏＶ－２に感染した場合、肺で過剰炎症が起こり、多臓器不全に陥ることもあるし、湿疹《しっしん》やじんましん、しもやけに似た症状が見られることもある。これは、皮膚の炎症だ。また、目が痛くなったり、充血のような症状を引き起こすことも報告されているが、白内障ではない。

突然変異の可能性もあるが、ウイルスや細菌である可能性は低いとＷＨＯやアメリカの研究機関が発表している。

いったい、ゾンビ化の原因はなんなのだろうか。

香月は、日々この研究所で感染症などに触れているが、同様の症状が起こるものは聞いたことがなかった。

人間には感染しない寄生生物を記憶から呼び起こし、それらによる症状を検討する。たとえ、それらが人間に感染した場合でも、解剖して判明したようなことを引き起こすことはない。

「俺と同じ所見だった」

話を終えた加瀬が香月に近づいてきて言った。表情が険しかった。

「全身の炎症と、皮膚の乾燥、白内障の発症、骨が脆くなっている。これらを引き起こす病気は存在しない」

「それじゃあ――」

「まったく未知のものによる影響か、俺たちが、今までまったく気付いていなかった病気か……よく分からないというのが現時点での回答だ」

悔しそうな声を出した加瀬は、近くにあった椅子を思い切り蹴って、テーブルをひっくり返した。

「くそっ！　なんなんだ！」

悪態を吐く。

香月は身体を縮こめる。

激情に支配された加瀬を何度か見たことはあったが、慣れない。秀才ゆえに、自分の思いどおりにいかないことが発生すると、怒りを露わにする。

それは、人に対しても同じだった。言ったことを理解できなかったり、思いどおりに動かないとき、加瀬は怒りで我を忘れる傾向にあった。

ただ、最近になって、その波が激しくなっている気がした。加瀬はここに入ったときよりも、明らかに怒りの沸点が低くなっている。

加瀬の元を離れた香月は、下村に近づく。

下村は、窓際の壁にあるコンセントのＬＡＮの口からケーブルを引っ張って、パソコンに繋いでいた。

隣の椅子に座り、口を開く。

「情報収集は、どんな感じ？」

「うーん……芳しくないですね。まさに、加瀬さん状態になりたい気分です」

揶揄《やゆ》した下村は、いたずらっぽく笑う。そして、青い表紙のノートに書かれた文字を指差した。

「ゾンビの生態についてまとめています。やはり、情報のとりまとめは手書きに限りますね。真偽のほどは別として、ゾンビに食べ尽くされる人もいるが、そうはならずに嚙まれただけでゾンビになる人もいるのはなぜか。ゾンビ同士が共喰いしない理由はなにか。どうしてゾンビは集団で行動をしていることが多いのか。こういった〝なぜ〟ばかりがインターネット上に溢れています。あとは、ゾンビから妙な臭いがするっていう意見もありましたね」

「……妙な臭い？」

香月は呟き、思い出す。

解剖が始まる前に、たしかにゾンビの身体が妙な臭気を発していた。腐った臭いとも違う、なにか、独特の臭い。

「でも、ゾンビ化の原因と関係があるかは不明です」下村はあっさりと言う。

「あと、最初のゾンビはどこで確認されたかも探ってみました。やっぱり香月さんが見た、ＷＨＯの記事が最初っぽいですね。シリアとかの紛争地域で、突然人が凶暴化して人を襲うって話です。それと、記事に載っていたエフサン・リハウィという医師にコンタクトを取ろうと試みましたが、駄目でした。ただ、この医師の個人サイトを見つけました」

下村は、キーボードを叩いて文字を打ち込む。

パソコンの画面が変わった。

簡素なレイアウトのブログだった。

英語で書かれていたのは、日々の雑感のようだ。最新の記事がアップされているのは、今から七日前だった。

それは、異様な書き出しで始まっていた。

『なにかがおかしい。虐殺され、子供たちが爆弾の破片で身体中を引き裂かれ、何万本の義手や義足を寄付され、薬や医療器具のない状態で治療し、プリンター用紙で吹き飛んだ足の切断面を止血し、武器を使って添え木を作っているようなこの日常がおかしいのは間違いないが、今回はもっと別のおかしさだ。いったい、なにが起こっているのだ。この動画を見てくれ』

文章の途中に動画が組み込まれていた。

クリックすると音声のない動画が流れ始める。

迷彩服の兵士たちが戦闘を行なっている様子が映っている。スマートフォンなどで撮影しているのか、画面がぶれている上、砂嵐によって兵士たちの姿がぼやけている。

ただ、なにが起こっているのかは分かった。

人と人が戦っている。銃撃戦ではない。兵士たちはもみくちゃになっていた。そして、覆い被さったり、腕や首を嚙んだりしている。

瞬きをした香月は、リハウィの文章の続きを読む。

『これは、知り合いの兵士から送られてきたものだ。非常に画像が粗《あら》いが、これだけでも異常さが伝わってくるだろう。ありえない。こんな接近戦で戦っていること自体がおかしいし、戦い方も変だ。支援物資よりも銃が多い状況下で、相手に噛みついて攻撃するなんて聞いたことがない。この動画や、知り合いの兵士からの情報などで判断する限り、人が人を襲っていることは確実だ。ここは紛争状態だから、そんなの当然だと思うだろう。いや、違う。異常事態だ。人が、おかしくなっている。前例がない。どうやってこれが広がっているのか、まったく分からない。分かる部分もある。でも、分からない部分が恐怖だ。前例がないんだ。あれはいったい、どうやって感染しているのだ。今、WHOや、アメリカ疾病予防管理センター《CDC》に送る報告書をまとめようとしているが、動画の光景を直接見たわけではないから考えがまとまらない。これから私も、現地に向かって調査をする』

文章の終わりに、別の動画ファイルが埋め込まれてあった。

迷彩服とタクティカルベストを着込んだ兵士たちが映っていた。兵士たちの前には、土嚢《どのう》が積み上げられている。撮影者は、横並びになっている兵士の、少し後方にいるようだ。土嚢は横一列に並べられている。見る限り、三十メートル以上連なっている。その土嚢に身を隠しながら、銃撃戦をしていた。

なにかに向かって、一心不乱に弾を放っていた。

今度は音声があった。兵士たちは、ペルシア語かアラビア語を喋っており、動画の下方に、英語の字幕が付けられていた。

〈どうなってるんだ！〉

飾り気のないフォントの英語。土嚢に身を隠すようにして銃撃をしている兵士の一人が叫んでいた。

〈きりがない！　あいつら、いったいなんなんだよ！〉

もう一人の兵士が唾《つば》を飛ばした。視線は、土嚢の先に向けられていた。

〈なんとか持ちこたえろ！〉ベレー帽を被った指揮官らしき男が、銃を持つ兵士たちを鼓《こ》舞《ぶ》する。

〈この防衛ラインは絶対に死守しろ！　奴らを通すな！　死んでも守り抜け！　お前たちの背後にいる家族を守るんだ！〉

指揮官を映していた撮影者は、カメラを銃口の先に向ける。

暴徒。多くの人間が、土嚢に向かってきている。表情は判別できなかったが、銃撃に怯《ひる》む様子はまったくない。

そのとき、映像が大きくぶれる。

〈なんだ！　どうしたんだ！〉
銃撃していた一人が痙攣し始め、別の兵士が驚きの声を上げる。
また、別のところから悲鳴。
カメラがその叫び声を追う。
画面が、前後左右に大きく揺れる。
ようやくカメラの動きが止まり、ピントが合った。土嚢に隠れながら銃を撃ってい
た兵士に、別の迷彩服の兵士が覆い被さっていた。
〈なにが起きているんだ〉
撮影者らしき人物の声は、震えている。
その瞬間、カメラが吹き飛び、地面を転がった。
〈どうして――〉
その言葉を最後に、一分ほどの動画が終わってしまった。
唐突に、なんの説明もなく。
最後のシーン。
あれは、前から襲われたのではなく、隣にいた兵士が仲間を襲い始めたように見え
た。守るべき場所からの急襲。

ほぼ毎日更新されているブログは、七日前を最後に途絶えている。紛争地域で、政府がインターネット接続を遮断するケースはある。リハウィがインターネットを使えない状態なのか、それともリハウィの身になにかが起こったのかを確認する術《すべ》はなかった。

香月は、軽く唇を嚙む。

突然、仲間がゾンビになって味方を襲っている。日本では、ゾンビ発生から三日目にして起こっている現象だ。しかし、この動画に映っている紛争地域では七日前に発生していることになる。

紛争地域で起きている現象について、WHOの記事に載っていたので、現地からの第一報は入っているはずだ。しかし、記事を読むかぎりでは、WHO自体も状況が分かっていないようだった。CDCにも詳しい情報がいっていないと考えるのが妥当だろう。CDCが動いているという記述もなかったし、そういった情報があるなら、予防感染研究所にも連絡が入る。地球上の対疾病戦部隊の中枢であるCDCが免疫部隊を派遣したわけでもなく、WHOも現地に調査団を派遣していないとなると、七日前の時点では未対処ということになる。

「リハウィのブログ記事、不気味ですね」下村は呟く。

「前例がないって繰り返していますし。あれって、大きな怪我をしてゾンビ化するっていうパターンではなく、原因不明の発症パターンについて言っているのかもしれません。ブログに埋め込まれていた動画も、原因不明のゾンビ化で守備が崩壊したという事実を映し出しているようです」

「たぶん、そうだと思う」

香月は答えつつ、ブログの動画を思い返す。兵士が、隣にいる仲間に襲われていた。あれこそ、原因不明のゾンビ化を表わすもの。

自分を落ち着かせるため、香月は深く息を吐いた。

紛争地域は、怪我をしやすいエリアだ。ただ、日本で生活していても、怪我をすることはある。世界のどこでも同じことだ。今でこそ、怪我によってゾンビ化が起こるが、パンデミック発生の一週間前には、怪我だけでは起きなかったということだろうか。紛争地域特有のなにかがあるのだろうか。

ゾンビ化のトリガーは二つ。ゾンビに嚙まれるか。大きな怪我をするか。

そして、日本でのゾンビ発生確認から三日目にして、原因不明のゾンビ化が発生した。情報を確認するかぎりでは、一日目と二日目にはこのケースはなかった。いや、あったかもしれないが、時間が経ってから、原因不明の発症が多発したのは間違いない。

「日本以外の国も、三日目から原因不明のゾンビ化が起きているの？」

「どうやら、そのようですね。インターネットの書き込みの時間を確認すると、ほとんどタイムラグはなさそうです」

「それなら、紛争地域はどうなの？　日本より七日くらい早くゾンビらしき症状が確認されたってことは、日本での原因不明のゾンビ化発症者発現の七日くらい前の紛争地域では、原因不明のゾンビ化が始まっていたってこと？」

「そこらへんの情報が錯綜《さくそう》していますね。各国で発生する一週間前に人を襲う人間が確認されたことはＷＨＯの発表から確実ですが、紛争国は情報統制などもしていますし、そもそも報道の態勢がしっかりとしていないですから、もしそういった事態が起きていても、把握できなかったか、隠していたのかもしれません」

下村の意見に、香月は同意する。

大いにあり得る話だ。そもそも紛争地域では人殺しが日頃から行なわれている。いわば、共喰いをしている。戦争は、形を変えた共喰いという意見があるくらいだし、ゾンビが発生したところで、やっていることに大きな違いはない。

見逃しか、隠蔽か。もしくは、その両方。

「紛争地域を除けば、あとはどの国も、ほとんど横並びでゾンビが発生していますね。それも、妙な話ですよね」

「たしかにね……でも、今は交通網が発展しているから、感染者が世界中を飛び回って感染を拡大させて、ある臨界点を超えて一気に発症したのかも」

香月の言葉に、下村は口をすぼめた。

「感染から発症まで、十秒から二分ですよ？」

「……潜伏期間が長かったとか」

「うーん……潜伏期間かぁ……」

下村は首を捻った。

「それに、香月さんが言っているのは、ウイルスとか細菌感染を前提にした話ですよね？　ウイルスや細菌は発見されていないんですよ？　どうやってゾンビの原因が伝染していって、発症しているのか分からないですけど、一番可能性のありそうなそれらが見つかっていないってことは、潜伏期間って概念が当てはまるのかどうか……」

「そうだよねぇ」

香月は腕を組む。まったくといっていいほど、解決の糸口が見つからない。

考えながら、食堂を見渡す。壁際に立っている所員の姿が目立つ。急にゾンビ化した人間に、背後から襲われないための措置だろう。原因不明のゾンビ化が起こることが分かってから、所員たちが疑心暗鬼になっているようだった。

香月自身も、恐怖心はある。次の瞬間に、隣にいる所員がゾンビになって襲ってくるかもしれないのだ。恐怖を感じないほうがおかしい。

ただ、香月はその恐怖に囚われて萎縮するようなことはなかった。未知は、恐れに繋がる。その恐れを克服するためには、未知を明らかにするしかない。

恐れているだけでは、なにも始まらない。

「……海外の研究者仲間からの、最新情報は？」

香月は、身体の震えを抑え込むために、声に力を込めた。

「連絡が途絶えました。向こうの国の通信網がやられたのか……考えたくはないですが、本人がやられた可能性もあります」

重い空気が流れるが、下村は特に気にしていないようだった。

「ですが、まだ掲示板は生きています」

「……掲示板？」

「あれ、知らないんですか？」

目を点にした下村は、気を取り直したように咳払いをした。

「研究者同士が交流する掲示板というのがあるんです。会員制ではなくて誰でもアクセスすることはできるんですけど、結構特殊なキーワードで検索しなければヒットしなくて、研究者だけのコミュニティーとして機能しているんです。前に、日本で銀行のシステムのソースコードを無断公開されたって事件がありましたが、あれはソースコード共有サービスというプラットフォームで公開されたんです。僕がやっている掲示板は、その科学者版みたいなものです」

「へぇ……」

聞いたことがなかった。

香月は獣医から研究者になったが、下村は大学時代に薬学を履修しつつ、生命機能学も学んだ生粋《きっすい》の研究者だ。そういった人たちが、独自の交流の場を作って運用しているのかもしれない。

「普通、研究者は自分の功績に繋がるようなネタを掲示板にアップロードはしないんですが、たまに、解析した病原体のデータとかを出してくれる人もいて、それを基に研究をしたりもします。もちろん、データが間違いないという証明の添付が必須です。当然ですが、今はゾンビについての情報共有も盛んに行なわれています。この掲示板でも、アメリカやWHOの発表と同じく、ウイルスや細菌は見つかっていないようです。やはり、世界の研究者は、ゾンビ化をウイルス説か細菌説だと仮定して研究をしているみたいですね」

説明を終えた下村は、なにかを思い出したらしく手を叩いた。

「あ、そういえば、ずっと聞きたかったんですけど、一条さんって、いったいなにをやっているんですか？」下村が、怪訝そうな顔をしながら訊ねる。

「ここに来たのは、本当に偶然なんですかね？」

「どうだろう……」

答えを持ち合わせていない香月は、そう返答するしかなかった。

「僕、昨日から一条さんを観察してたんですけど、ほとんど眠らないで、食事とかも摂《と》っていないんです。なんか、熱に浮かされたような顔で所員たちを観察していて、ちょっと怖い感じなんですよね」

一条が、所員を観察している。

床を見つめた香月は、所員の情報を求められたことを思い出すが、下村には黙っておくことにする。余計な心配をかけさせたくない。

「あと、変なのが、一条さんは研究室内にも入り込んでいるんです」

「……研究室内って？」

「僕が見たのは、寄生動物部と感染病理部の研究室です。普通の刑事なら、まったく縁のないところだと思うんですよね。でも、もしかしたら特命担当とかで、警視庁から極秘に派遣されているのかもしれません」

「それって、この場所にゾンビ化の元凶があって、一条さんがそれを探りに来たってこと？」

「可能性の一つです」

「そんなまさか」

香月は一笑に付すが、絶対にないとは言い切れないなと思い直す。

一条が警視庁の刑事なのは、間違いなさそうだったが、いまもなお、ここに来た理由が分からない。

厚生労働省の政務官である津久井が一条について言及しようとしていた。途中で電話が不通になったのが悔やまれる。

もしかしたら、下村が言うように、一条はこの研究所内にゾンビ化の原因があると考えているのかもしれない。

香月は視線を上げる。

ゾンビ化の原因が特定できないことで先ほどまで怒り狂っていた加瀬は、食堂から姿を消していた。

どこに行ったのだろうか。

そのとき、悲鳴が聞こえてきた。

立ち上がった香月は、目を見開く。ゾンビが発生したのだ。

「これ、どうぞ！」

下村が果物ナイフを手渡してくる。

「原因不明のゾンビ化は、この所内でも絶対に起こると思っていたんです。ですから、武器を用意しておきました！」

「……これでゾンビを殺せと？」

「ないよりはマシです」

「まぁ、たしかに……」

果物ナイフを構え、食堂の入り口を凝視する。心臓が肋骨を打つ。鼓動が耳元で鳴っているような錯覚を覚えた。

悲鳴が増殖していく。

恐怖心で、呼吸ができなかった。

呻り声が聞こえてきたかと思ったら、銃声が轟《とどろ》く。一条の小銃だ。

悲鳴と叫び声、銃声が折り重なる。

そして、沈黙が訪れる。

最初に食堂に飛び込んできたのは加瀬だった。必死の形相。髪が乱れていた。白衣を着ておらず、上半身はTシャツ姿になっている。

「くそったれ！」

頭を強く掻きながら悪態を吐く。

「どうしたんですか？」

訊ねた下村を、加瀬は睨む。

「ゾンビ発症者が出たんだ！　それくらい分かるだろ！」

「それは分かりますけど」

「くそっ。あの男、俺の髪の毛を引っ張りやがって」

加瀬は憎しみを込めて言う。

「白衣はどうしたんですか？」

下村は訊ねる。加瀬の刺々《とげとげ》しい反応をなんとも思っていないようだった。

加瀬は苦々しい表情を浮かべる。

「……俺がロビーの自販機でコーヒーを買って、その場で飲んでいたら、ゾンビになった奴が襲ってきたんだ。逃げようとしたら白衣を摑まれたから、咄嗟に脱いだ。それで、走っていたら別のところからもゾンビが出てきやがって、驚いて方向転換しようとしたら滑《すべ》って転んだんだ。動きの遅いゾンビだったから良かったが、上手く立てなくて。そしたら、あの男が背後から現れて髪を引っ張ってきたんだ」

あの男とは、誰のことだろうか。

逃げ切れた喜びよりも、怒りのほうが勝っているらしく、加瀬は不満を垂れ流している。

やがて、無事だった人が、食堂に集まってきていた。

そして、最後に一条が現れる。

「どうして髪を引っ張ったんだ！」

すかさず加瀬が食ってかかる。

あの男というのは、一条のことだったのかと香月は納得した。

「お前がこっちに気付かないからだ。手を伸ばしたら、お前の後頭部が一番近いところにあったんだ」

一条は、淡々とした口調で答える。

「あのゾンビを銃で撃てばよかっただろ！」

「自分の拳銃を使えばいいだろ」

「倒れた拍子に落としたんだよ！　あんたなら撃てたぞ！　なぜ撃たなかったんだ！　死ぬところだったんだぞ！」

加瀬が吠《ほ》える。

一方、一条は顔色一つ変えなかった。

「あの角度だと、打ち損じたら壁に当たって跳弾《ちょうだん》の可能性もあった。それに、あんな至近距離で撃ったら、ゾンビの血液や組織が飛び散って浴びる可能性もあっただろ。そういったものを浴びたいのなら、次回からはそうする」

さすがに言い返せなかったらしく、加瀬は悔しそうな表情を浮かべるだけだった。

一条の言うとおり、感染経路はまだ確定しているわけではない。血を浴びて感染する可能性も十分にある。

「あれ、その腕、引っ掻かれていません？」

金属バットを握っている城田が加瀬を指差す。露出した腕の部分に、引っ掻かれたような傷がついていた。

「これは違う。大丈夫だ」

傷を手で隠した加瀬は、テーブルに置いてあった白衣を羽織った。誰かが置いていった白衣だろう。

「通説で申しわけないんですが、実は、ゾンビに引っ掻かれて感染ってパターンもあるんですよ」

「なんだ、その通説ってのは」

「ゾンビ映画です」

「馬鹿らしい。ともかく、この傷は別のときにできたものだ。ゾンビじゃない」

憎らしそうに言った加瀬は、部屋の隅に置いてある備蓄品の水を手に取って飲む。口の端から水がこぼれていた。

「引っ掻かれて発症するって、本当？」

下村が声をひそめて城田に訊ねる。

「映画で観ました」

城田も同じ声量で答える。

「そうか……でも、普通に考えて、人間が引っ掻いて相手に体液や感染性物質を注入するなんて考えられないけど……」

「まぁ、たしかに、そうですよねぇ。ゾンビに感染したからって、爪からなにか出るようになるとは思えませんし。感染物質が付着した手で引っ掻けば、もしくは……で

　下村と城田は同時に首を傾げる。二人は、なんとなく似ている気がするなと香月は思った。

「加瀬さんは大丈夫そうですね。たとえゾンビに引っ掻かれたとしても、傷は小さかったですし。今もゾンビになっていないですし」

　明るい調子で言って下村は笑う。

　加瀬を一瞥した香月は、視線を外してから、気取《けど》られないようにため息を吐く。意識して考えないようにしていたが、噛まれたり怪我をしないよう気をつけていても、ゾンビ化する可能性があるのだ。

　なにが原因か分からないまま、人を襲うゾンビになる。対処法を、早く見つけなくてはならない。

　集まった所員の数を確認する。

　香月たちを含め、十人しかいなかった。管理人の市川と、大学生の城田、それに一条を合わせると十三人。今回、二十二人もゾンビ化したということだろうか。

「俺が殺したのは八人だ。五人はゾンビに食い殺されていた。残り九人は、渡り廊下の先にある扉の奥に逃げていた。こっちの棟は、ここにいる人数だけだ」

渡り廊下の先。ＢＳＬ３の実験室一つと、ＢＳＬ２以下の実験室七つから構成される別棟。全体的に密閉性が高いので、安全だと判断して避難しているのだろう。

「九人は無事なんですね」

「逃げ込んでいったのは知っているが、今も人なのかは分からない」

一条は冷めた口調で答える。

別棟のエリアに九人。食堂に十三人。合計で二十二人。

そのとき、天井のＬＥＤ照明が消え、すぐに点く。

一瞬のことだったが、たしかに消えた。

所員たちは、不安そうな顔で照明を見上げていた。

「あ、もしかしたら」

声を上げた市川は、慌てた様子で食堂から出て行った。

「なんでしょうね」

「さぁ」

香月は肩をすくめつつ、時計を見た。

すでに、二十三時を回っている。

カーテンを閉めていたので気付かなかったが、外は真っ暗のようだ。解剖の介助者をしていて神経が張り詰めていたせいか、時間の感覚が失われていた。

五分後。

市川が額を掻きながら戻ってきた。手に、冊子のようなものを持っている。

「弱りました。非常用発電に切り替わっています」

「……非常用発電、ですか？」

香月は瞬きをする。

「えっとですね。どうやら停電が発生したみたいです。それで、この研究所の非常用発電機が作動したみたいなんです」

「停電ってのは、この建物だけなのか？」

「え……どうでしょう」

加瀬の問いに、市川は八の字眉になった。

「屋上に行って確認してくる」

舌打ちをした加瀬が食堂から出て行く。香月も後を追うと、下村と城田も続いた。

エレベーターは問題なく動いていた。五階まで昇り、階段で屋上に向かう。

扉を開けて外に出た。生温い空気を吸い込む。街全体が火災に遭った影響だろう。

今もなお焦げた臭いがした。

周囲には、真っ暗な街。

世界が終わったかのような錯覚を覚えた。いや、実際に終わったのかもしれない。連絡手段が途絶え、電気もなくなり、人の姿も見られない。火災のような明かりはあったが、それも数えるほどしかない。おおよそが燃え尽きてしまったのだろう。自衛隊が交戦している様子もない。残されたのは自分たちだけなのではないかという心細さを感じる。

「集まってきていますね」

屋上のフェンスの近くにいた城田が言う。

隣に行き、視線を下に向けると、予防感染研究所の周囲にゾンビが集まってきていた。二メートルの塀によって阻《はば》まれているが、中に入ろうとしているように見える。仮囲いが折れ曲がっている箇所もあった。正面玄関の門にも、ゾンビが複数体いる。

「この建物だけが明るいので、集まってきているんでしょうね。先ほどの銃声とかの影響もありそうですけど」

城田は、だれに告げるともなく呟く。

「大学で壁を乗り越えたゾンビがいたって言ってたよね」

香月の問いに、城田は頷く。

「そうですね。乗り越えたっていうより、折り重なっていって到達したって感じでしたけど」

「でも、あのゾンビは、ただ群がっているだけで、侵入しようという意思はなさそう。激しい動きとか、塀に頭を打ちつけるとかもない。この差はなんでか分かる？」

「うーん……仮説でしかありませんけど、獲物が目の前にいないと反応しないのかもしれませんね。見つけたら一直線に向かってきますが、それまでは徘徊しているというか。今は、ただ光に反応しているだけとか」

そうなのかもしれないと香月は思う。

動物の世界だって同じだ。肉食動物は、獲物を捕らえようとするときには全力疾走をするが、普段はゆっくりと歩いている。目的もなく、体力の消耗はしない。考えて実践しているわけではなく、本能がそうさせているのだろう。

「ゾンビは群れているけど、協力するという概念がない。ゾンビに考える能力がないのは、常識？」

「常識ですね。常識すぎて検討の余地すらありません。ゾンビが連携プレーしたら、それはゾンビじゃないですね。まぁ、少し賢いゾンビが描かれた『ゾンビ３』って作品とかもありますけど、あれは異端です。ゾンビに考える力はありません。大学で起きた壁越えも、偶然の産物って感じですから」

答えた城田は屈託のない笑みを浮かべる。その顔に、疲れが混じっていた。

香月は、群がるゾンビを見る。

外周を囲む仮囲いと塀を越えられないかぎり心配はなさそうだ。そのためには、敷地内に入られないことだ。ゾンビは視覚が弱まっているようだが、聴覚と嗅覚で獲物を捕捉することができる。建物に近づかれたら気付かれる可能性もある。屋上での観察やニュース映像などを確認するかぎり、車のフロントガラスを割って車内に侵入しようとしていた。予防感染研究所のガラスは防弾ではない。ゾンビにとっては、大した障害にはならないだろう。

「ゾンビの群れはちょっとアレですけど、星の群れは綺麗ですね」

夜空を見上げた下村が呑気《のんき》なことを言う。

香月は気が抜けたが、顎を上げた状態で硬直した。星の数の多さに目眩《めまい》がして、思わず目を瞑《つぶ》ってしまった。恐る恐る、瞼《まぶた》を開く。鼓動が早まる。星の輝きに圧倒されたのは、初めての経験だった。

「ともかく、僕たちにしかできないことをやりましょう。原因を突き止めるために、知恵を絞るんです」

「……そうだよね。世界を救うために、今まで頑張って勉強したり、研究していたんだからね」

心の底から転がり出てきた言葉。

一瞬目を丸くした下村は、すぐに笑って頷く。

「はい。世界を救いましょう。加瀬さんは医者の知識を使って、香月さんは獣医の経験を武器にして、そして僕が薬学の観点からゾンビ化の原因を探れば、きっと解決しますよ。感染症のドリームチームみたいなものですから、世界を救えます」

下村が楽しそうな声を発する。

「いいですねぇ。その表現。世界を救うって、普通は言えませんよ」

城田が妙に嬉しそうに呟いた。

途端に恥ずかしくなった香月は、駆け足で屋上を後にした。

食堂に戻ると、所員の姿が消えていることに気付く。残っているのは、一条と市川だけだった。

「ほかの人はどこかに行ったんですか？」

香月が訊ねると、困惑した表情を浮かべる。

「皆さんが屋上に行っている間、所員の方から、広い場所にいると不安だって話が出まして、別の場所に移動されました」

そう言い、ちらりと備蓄品のほうを見る。先ほど見たときより、明らかに数が減っている。所員たちが持っていったのだろう。

そのとき、一人の男性所員が食堂に現われる。無精髭《ぶしようひげ》を生やした、小柄な男だった。何度か見たことがあるが、これといって会話をしたことのない人物。年齢は、四十代半ばといったところだろう。

男は、香月たちを一瞥して顔をしかめる。そして、備蓄品を手に持った。足りない分を補充しに来たのだろう。

「すみません」

香月が近づくと、男は身体をびくりと震わせてから、警戒するような目を向けてくる。

「……なんだよ」

棘《とげ》のある声。

「分散するよりも、皆で一ヵ所に集まっていたほうが安全だと思うんです」

香月の言葉に、男は目を剝く。

「なんでだよ。むしろこんな広い場所にいたほうが危険だろ！　人が固まっていればいるほど、逃げるのも手間取るし、出入り口のガラスも割れている。それに、ここは外に面している窓も大きい。ここのどこが安全なんだよ！」

敵愾心《てきがいしん》が剝き出しになっていた。

男の指摘は、一理あった。

たしかに、人が多いと、ゾンビが現われたときにパニックになって逃げ道で事故が起きる可能性がある。また、外に面した窓の大きさは脅威となるのも間違いない。

それでも、所員が一ヵ所にいるほうが得策なのだ。

二十人ほどが余裕のある状態で過ごせる空間は、食堂以外にない。会議室もあったが、多人数が長時間過ごせるほどの広さはなかった。

「それでも……」

「うるせぇ！　俺は、生き残るために最善の方法をとるんだよ！」

怒鳴り声を上げた男は、備蓄品を抱えて食堂を出て行ってしまった。

ため息を吐いた香月は、備蓄品を見る。残っているものでも十分足りると思ったが、問題はそこではない。先ほどまでいた七人の所員たちと、別棟のエリアに籠城したと思われる九人。彼らが分散したことにより、合計十六人の状況把握が難しくなった。原因不明のゾンビ化が発生しているのだ。いつ、誰がゾンビになってもおかしくない。所員が散らばっているということは、これから所内を移動する際は、常に注意を払わなければならなくなったということだ。

非常に厄介な状況になったなと香月は頭を悩ませた。

「あの、一つお伝えしたいことが……」

近づいてきた市川が、言い淀む。

「え？　なにか悪いことですか？」

「えぇ、まぁ……」

曖昧な返事をしつつ、市川は手に持っている冊子を開いてから、切り出す。

「先ほど、停電になって非常用発電機に切り替わったとお伝えしましたが、あれから所内設備の資料を確認してみたんです。そうしたら、非常用発電機の稼働時間は七十二時間しかないようなんです」

「……それって、このまま復電しなければ三日後に研究所内の電気が使えなくなるってことですよね？」

「そうですね。ちなみに、電気を節約すればいいかとも考えたんですが、電力使用量は関係ないみたいです。地下タンクの重油を一定量使い続け、七十二時間で止まります」

香月は眉間に皺を寄せる。

ゾンビ化の原因を探るためには、研究所内の設備を使う必要がある。そして、それらの設備は電気を使うものばかり。つまり、三日以内に原因を特定しなければならないということだ。原因不明のゾンビ化が起きている状況下では一刻の猶予もないが、それでも三日と提示されると焦燥感に駆られる。

「三日ですか。でも、やるしかないですね」

下村は、自分を納得させるように頷く。

「あの……実はそれだけじゃないんです」

市川が顔をくしゃくしゃにして言う。

「え……まだ、なにか悪いことがあるんですか？」

「はい。実は、この研究所の正面にある門はパニックオープンになっているようなんです」

「それって、停電時に解錠されるってやつですか」

下村の言葉に、市川は頷く。

「そうです。ですから、非常用発電機が止まったら、門が開きます」

「……でも、窓のカーテンは閉めていますし、門が開いたとしても棟内の安全は保たれていますよ。たとえゾンビが敷地内に侵入してきても、この建物内に人がいるってことを察知されなければ大丈夫だと思います」

「いえ、停電になったら、所内に警報が鳴り響きます。停電の際は換気設備なども止まるため、バイオハザード対策の措置ということのようです」

口をポカンと開けた下村は、言葉を発することができないようだ。

そのとき、加瀬が笑い出した。

「つまり、俺たちにできることは、三日以内にゾンビ化の原因を突き止めなければならないが、三日が経てばゾンビが押し寄せてくるってことだな」

「そうなります」

市川が神妙な面持ちで答える。

「いいだろう」加瀬は笑みを浮かべながら言う。

「時間内に絶対に原因を明らかにしてやる。そして、絶対に生き残る。俺は、必ず生き残る」

その口調は、自分自身を鼓舞《こぶ》しているようだった。

五日目

1

時計の針が、二十四時を回った。

眠る暇はない。ともかく、原因を探らなければならない。

食堂には、香月と加瀬と下村と城田、そして一条がいた。

市川は管理室に行き、停電時に警報が鳴らないように操作できないかを試すということだった。ただ、研究所のほうから設定変更はできないようだと弱々しく言い残していた。

一条は、部屋の隅で香月たちの様子を見ている。真偽を見定めるような視線。一度、目が合った香月は、背筋が凍る思いがしてすぐに逸らした。

その瞳には、底知れぬものが宿っているようだった。なにかは分からないが、なにかがあるのは間違いない。

「アメリカとWHOが、ゾンビ化はウイルスでも細菌でもない可能性が高いと発表しています。絶対とは言い切れませんが、今は、その両者の見解を支持し、とりあえずウイルス説と細菌説は除外するべきです」

下村の言葉に、加瀬は頷く。

「電子顕微鏡での確認という途轍《とてつ》もなく時間のかかる作業を俺たちだけでやっても原因が見つかるとは思えないし、細胞を培養する時間もない。この二つは排除だ」

「では、そのほかの可能性を探るしかありませんね……」

腕を組んだ下村は、下唇を出して硬直する。

「内臓の炎症が起きていたから、ゾンビ化の原因が身体の中に隠れているのは間違いない。見つかっていないだけで、なにかがあるはずなんだ。時間も人員も十分ではない状態だから、それがなにかを推測した上で、原因を探る必要がある」

そう言った加瀬の顔には、ありありと苦悩の色が浮かんでいた。見当が付かない。そう考えているのは明白だった。

香月は考える。

検討の余地があるのは、病原体説と、原生生物説だろう。ただ、この二つよりもウイルスや細菌のほうが見つけにくい。世界中の研究者が、ターゲットをウイルス説と細菌説に絞っているようだが、間違いなく解剖して肉眼観察をしたり、電子顕微鏡を使って細胞などを確認しているはずだ。病原体や原生生物が人体をゾンビ化するほどの多大な影響を与えていれば、普通は目に見える変化が起こっているはずなのだ。

それなのに、どうして見つからないのか。

見つけにくい状態にあり、身体に明確な異常を引き起こさない原因。時間的猶予のない中での作業だ。偶然発見できていない可能性はある。ただ、解剖しても明確な異常はなかった。

見逃してしまうくらいの原因が体内にあり、明白な病気ではないにもかかわらず、人をゾンビ化してしまうもの。

人を、ゾンビたらしめるもの。

人とゾンビ。

これは、圧倒的で絶対的に違う。見た目も違えば、行動も違う。思考も違うし、誰もが違うと判断できるほどの違いがある。

差違——。

「……でも、いったい、なにが違うんだろう」

疑問が口から出る。

「どうしたんですか？」

下村が視線を向けてくる。

「人とゾンビって、なにが違うんだろう」

「いや、違いは明らか――」

言いかけた下村は、目を見開いた。

「……たしかに、ゾンビだけに着目して原因を探ろうっていうのが普通ですが、そもそも人とゾンビの違いを明確に提示できていない状況ですね。まず、この差を明らかにすることが重要かもしれません」

「それは、いいアプローチだな」加瀬は頷く。

「おそらく、世界中の研究者たちは、ゾンビの検体を使って、必死に原因を探っているだろう。でも、人とゾンビの違いを比較はしていないはずだ。違いが分かれば、その違いがゾンビ化の原因という仮説が成り立つ」

「問題は、どうやって違いを確認するかだけど」

香月の言葉に、加瀬は小馬鹿にしたように鼻で笑う。

「そんなの簡単じゃないか。ゲノムDNAの塩基配列を比較すればいいんだ。生命の設計図の違いがあれば、それが人とゾンビの違いだ」

加瀬がにやりと笑った。

「次世代シーケンサーを使うぞ」

その言葉に、香月は息を呑んだ。

タンパク質の設計図であるDNAには、人間などの生物の身体を構成するためのあらゆる情報が書き込まれている。このDNAに書かれた設計図であるゲノムを高速で解読する次世代シーケンサーの誕生により、生命科学研究に劇的な変化をもたらした。次世代シーケンサーがない時代に人一人分のゲノムを解析したのは〝ヒトゲノム計画〟というもので、約三千億円の費用と十三年の期間を費やした。それが次世代シーケンサーの登場で一変し、僅か数日での解読が可能になった。

DNAは、塩基配列というアデニン、チミン、グアニン、シトシンといった四種類の物質が一列に連なっており、この四種の塩基の配列がタンパク質の構造や遺伝子のオン・オフの情報などを示している。この四種は、それぞれA、T、G、Cと表されている。

ゲノムには個人差はほとんどない。全体の約〇・一パーセントの僅かな差異があるばかりで、塩基配列が一文字違うだけで人間の大きな個人差を生み出している。

このゲノムの差を確かめることで、人間の健康と病気に関する原理とメカニズムを把握することができる。

香月と加瀬、そして下村で検討を始める。

「次世代シーケンサーで人とゾンビの違いを調べるとして、対象者をどうするかですねぇ。同じ人間のゾンビ前とゾンビ後を比較する必要がありますから。まぁ、最悪はデータベースから他人のゲノムのデータを取って、それでゾンビと比較してもいいですけど、正確には比較できないですね」

腕を組んだ下村が苦い顔で言う。

その様子を横目で見た加瀬は、勝ち誇ったような笑みを浮かべた。

「それについては大丈夫だ。先ほど解剖したゾンビを使えばいい」

「……解剖したゾンビって、松井さんのゲノムを調べるってことですか？」

「そうだ」

「でも、ゾンビ前のゲノムはどこから入手するんですか？」

「さっき、外表の観察をしたときに、爪に皮膚片が残っていた。ほら、あの女、神経質に腕を掻いていただろ。あのときの皮膚片だ。ゾンビ化してから二人の所員を襲っているが、噛んだだけで引っ掻いてはいなかったから、他人の皮膚ってことはない」

香月は納得する。たしかに、松井は音が出るほど皮膚を掻いていた。

「では、ゾンビ化した松井さんのゲノムを調べましょう。所内にはいくつか次世代シーケンサーがありますが、どれも古くて時間がかかるものばかりです。唯一、別棟にある病原体ゲノム解析研究センターの感染症関連遺伝子解析室にある次世代シーケンサーは、数日で四十八人分のＤＮＡに書かれたゲノムを解析できます。一人なら……いえ、ゾンビと人の二体分なら、一日あれば」

「……一日か。そうすると、発電機の残りの稼働時間は二日。シーケンサーの結果に賭けるしかないな。まぁ、それまでに俺たちがゾンビ化するかもしれないがな」

軽い調子で告げた加瀬は、口元を歪める。笑みとも苦痛とも取れる表情だった。

非常用発電機が止まり、警報が鳴れば、おそらくゾンビたちは塀を乗り越え、窓を叩き割って侵入してくるだろう。そうなれば、ゾンビ化するのも時間の問題だ。

そして、加瀬の言うように、原因不明のゾンビ化の危険もあった。自分たちがどうして現時点でゾンビ化していないのかは分からないが、いつゾンビ化してもおかしくはないのだ。

今さらながら、香月は自分の追い込まれた状況を意識する。

そもそも、運良くゾンビ化せず、幸運にも次世代シーケンサーが原因を突き止める

ような結果を出したとしても、自分たちが助かることには繋がらない。

原因にもよるが、予防感染研究所内にあるもので原因を潰すのは難しいだろう。い

ずれ、ゾンビが押し寄せてきて噛まれてゾンビになるか、喰い殺される。

綱渡り状態よりも酷い。確実に切れるロープを命綱にしてバンジージャンプを飛ぶ

ようなものだ。一度目の反動でロープが切れずに地面に激突しなくても、二度目で切

れて死ぬ。それを運良く乗り越えても、いずれ自重でロープが切れるのは間違いない

状態。遅かれ早かれ、死ぬ。

皆、それが分かっている。しかし、その恐怖心に囚われない知的好奇心が、皆を前

に推し進めていた。

研究者の業だ。

「まず、剖検室に行って皮膚片を取る。そして、別棟にある感染症関連遺伝子解析室

に行き、次世代シーケンサーを使ってゲノムを解析する」

そう言った加瀬は、皆を順番に見た。志願を募っている目。

「僕は行きますよ」

下村が最初に声を上げた。その表情には、晴れやかさすら見て取れる。香月は、自

分も同じ顔をしているのだろうなと考えつつ、口を開く。

「私も、当然行きます」

死ぬなら、力を尽くして死にたかった。この状況下に置かれたら、だれもが抱く欲求だ。どうせ死ぬなら、せめて、ゾンビの謎を解明してから死にたかった。

城田も手を上げていた。その瞳は輝いている。欲しかった玩具《おもちゃ》を手にした子供のようだった。

「それじゃあ、まずは剖検室に――」

「俺も行く」

加瀬の言葉を遮り、部屋の隅にいた一条が声を上げた。

香月をはじめとして、皆の動きが止まる。

「護衛が必要だろう」

小銃を軽く叩いた一条は、鋭い視線を向けてきた。

「たしかにそうですね。護衛も重要です。それでは、五人で行きましょう」

下村は、食堂に置いてあった誰かのリュックサックの中に食料と水を入れて、歩き出す。その足取りは、まるでピクニックにでも行くかのような軽快さだった。

まずは剖検室に向かう。

小銃を持つ一条が先頭に立ち、下村、加瀬、香月、後方に城田という陣形を取る。香月と下村は、食堂に残っていた果物ナイフを持っていたが、刃渡りが短く、ゾンビに対抗できるとは到底思えなかった。

足音を立てないように急ぐ。靴裏とリノリウムの床が擦れる音が、やけに大きく聞こえた。

途中、一つの研究室の前を通った。

締め切られた扉のガラス窓から、二人の女性所員の姿が見える。怯えた表情でこちらを凝視していた。手にはメスが握られていた。

一条の話では、九人がBSL3のあるエリアに避難していると言っていた。その上、食堂にいた所員七人も別の場所に移動していた。十六人がこのように避難しているだけならいいが、ゾンビ化している可能性もある。ゾンビはなにも恐れず、ただひたすらに獲物に向かってくる。全員がゾンビ化していた場合、勝ち目はないだろう。

唸り声——。そう認識したときには、背後からゾンビが三体走ってきた。動きが速い。

「来い！」

金属バットを上段に構えた城田が声を上げる。

香月は、その様子を呆然と見ることしかできなかった。足がすくみ、一歩も動けそうにない。迫ってくるゾンビと戦うなんて、考えられなかった。果物ナイフを落とさないようにするのが精一杯だった。

「伏せろ！」

咄嗟に、全員が伏せる。

銃声。

ゾンビの方角を見ていた香月は、二体の頭が打ち抜かれるのを確認する。

ただ、残りの一体は銃弾が頭を逸れて肩に当たり、動きが鈍っただけだった。

舌打ちをした一条は、前線に移動する。

弾薬を無駄にしたくないのか、至近距離から狙うつもりのようだ。

悪寒《おかん》。

身体が震えた香月は振り返る。

背後から、別の呻り声。

銃声に引き寄せられたのか、今度は進行方向から一体のゾンビが現われた。先ほどの三体よりも、さらに動きが速い。

下村が身体を反転した途端、ゾンビが襲いかかった。

「くっ……」

組み伏せられた下村はゾンビの両肩に手を当て、突っ張る。覆い被さったゾンビは噛みつこうとするが、ぎりぎりで防いでいた。粘度のある涎《よだれ》が、下村の顔に滴《したた》る。

「……な、なんだよこれ」

顔をしかめた下村の腕が曲がっていく。ゾンビはめちゃくちゃに動き、一心不乱に喰らいつこうとしていた。

銃声。

一条が、先ほどの一体を仕留めたようだ。

残り一体。そう思ったとき、ゾンビの歯が下村の頬に当たった。

「うぅりゃあ！」

調子外れのかけ声と共に、下村に襲いかかるゾンビの頭が弾き飛ばされた。頭蓋骨が陥没する音が廊下に響く。

城田のバットが、ゾンビの側頭部を直撃していた。

ゾンビは仰向けに倒れ込む。首が折れ曲がっているが、手足は動いていた。二本の腕と二本の足は、それぞれが独立した生物のようにのたうつ。

バットを振り上げた城田は、ゾンビの顔面にさらに一撃を加える。ようやく動かなくなった。

「……一発じゃ、倒せませんね」

肩で息をしながら城田が言った。その顔には、満足感があった。

次の襲撃に備えるように、息を殺した一条が周囲を見渡す。

動きはなかった。

バンバンバン！

なにかを叩く音が耳に届き、その後、悲鳴が聞こえてきた。重いものが床に落ちる音が続く。そして悲鳴。断末魔の叫び。

身体をすくませた香月は、どこからの音か必死に聞き取ろうとする。

どうやら、先ほど通った、二人の女性所員がいた研究室の中からだった。

一条が確認しに行く。

香月も恐怖心を抱きつつも、後に続く。

なにが起きているのかを確認する必要があった。

科学者は、目を閉じたら負けだ。この目でずっと、小さな現象を見定め、大きな敵に立ち向かってきたのだ。

研究室の閉じられた扉。

その向こう側で、一体のゾンビが女性所員を喰っていた。顔面を削ぎ、腹を割き、臓器を屠《ほふ》っている。間違いなく食べていた。

扉に遮られているので、音は聞こえないはずだったが、咀嚼音が聞こえてくるようだった。

香月は、小さな悲鳴を上げてしまう。

その声に反応したように、蹲《うずくま》っているゾンビが首をねじ曲げ、こちらを見る。

立ち上がり、ゆっくりと向かってくる。

動きが鈍かった。脱力したような格好で歩いてくる。

一条が銃口を向けた。

顔中が血にまみれたゾンビは、扉まで到達し、顔面で押すような動作をするが、開けようという素振りも、窓を割ろうとする様子もなかった。

こちらから扉を開けないかぎり、安全のようだ。

「行きましょう」

近づいてきた城田が小声で促す。

皆、先ほどよりも音を立てないよう慎重に歩を進めた。

ようやく剖検室の更衣室に辿り着いたときには、全身が汗でびっしょりと濡れていた。

加瀬一人が、ディスポーザブルガウンを着て、顔や手足を完全防備して前室を抜け、剖検室に入っていった。ほかの人は、更衣室で待つことにする。

剖検室ほどではないが、更衣室もしっかりと密閉された空間だった。ゾンビはいない。ここならば、少しくらい声を出しても問題ないだろう。

「凄いね」香月は城田に称賛を贈る。

「ゾンビを目の前にして、バット一本で交戦するなんて、普通はできないよ」

褒めたつもりだったが、城田はなぜか困惑したような表情を浮かべた。

「いえいえ……全然、凄くないです」

「凄いじゃん。現に、ゾンビを倒したし。怖くないの？」

怖いに決まっているだろうが、ついつい聞いてしまった。それほど、城田の行動には迷いがなかった。

相変わらず、城田は困った顔のままだった。

「怖いというか……ただ現実感がないだけかもしれません。ずっとゾンビものの映画とかドラマが好きで、それこそ観まくっていたんです。それで、価値観がゾンビ作品基準になっていたのかもしれません。ですから、ゾンビが発生したら、ともかく倒して生き残るっていう感覚というか……ゾンビが元々人間だってことは分かってはいるんですけど……ちょっとヤバい感じですよね。さっきまで人間だったものを躊躇なく殺すって、引きますよね。いや、自分もちょっと引いています」

素直な心情だろう。

香月は城田の行動を頼もしく思っていて、嫌悪感は一切なかった。そのことは伝えたいと思ったが、それ以上の発言は控えることにする。城田自身、この状態に狼狽しているようだったので、外部からとやかく言えば余計に困るだろう。

「それに、凄いのは一条さんですよ」今まで眉間に皺を寄せていた城田の顔が、途端に輝く。

「小銃を使いこなして、ゾンビを次々に倒していくなんて、まさに映画の世界ですよ。いえ、映画に出てくる特殊部隊とかだって、こんな手際で殺せないです。いやぁ、一条さんがいてくれてよかったです」

手放しで讃《たた》える。

城田の意見に香月も同意する。

剖検室に辿り着くまでに、これほどゾンビと遭遇するとは思わなかった。一条がいてくれなかったら、この計画は達成できない。

もちろん、疑問は燻《くすぶ》ったままだ。

――目的は、本当に護衛だけなのだろうか。

一条という男は、底が知れない。今も不明瞭な存在だった。

前に下村が、密かに一条の動きを観察していたと言っていた。それを聞いてから、香月もなんとなく意識するようになったが、下村の発言どおり、ほとんど食事を摂らず、寝るといっても、椅子に座って目を瞑るだけ。会話をしようとせず、黙ってただ所員たちに見定めるような視線を送っている。

誰にも伝えていなかったが、一条は、予防感染研究所の所員について調べている。つまり、所員の誰かに用があるということだ。

ここに来たのは、偶然ではなく必然。しかし、なにが目的なのか分からない。聞きたいが、聞ける雰囲気ではなかった。

ただ、敵ではない。それだけはなんとなく分かった。

香月は、更衣室の隅にあるモニターを起動する。これで剖検室の中を確認することができた。完全防備した加瀬が、バイオハザード対応遺体収納袋を開ける。手に持った先の尖《とが》った鋏《はさみ》で、解剖されたゾンビの手の爪から、皮膚片を慎重に取り、試料カップに入れていた。

ふと、一条がモニターを凝視していることに気付く。ぼんやりと眺めているのではなく、真剣な眼差しだった。

「なにか、気になることでもありましたか？」

香月が問うと、一条は首を横に振る。

「なにもない」

そう答えて、視線を外してしまった。

香月は画面に顔を戻す。加瀬が収納袋を閉めて、剖検室から出るところだった。その後、エアシャワーを浴びた加瀬は、前室で防護服を脱ぎ捨てて更衣室に戻ってくる。

「皮膚片は採取した。第一関門突破だ」

目の前にいくつあるのか想像もできない関門の一つを抜けた。それだけで、こんなにも疲弊している。ただ、退路は存在しない。

更衣室を出て、ロビーに向かった。管理室を覗くと、受話器を耳に当てた市川の姿が見えた。

「こっちです」

下村の先導で進む。

別棟にあるBSL3のエリアに行くには、一階の渡り廊下を通る必要がある。幸い、ゾンビはいなかった。

二重の扉を抜ける。別棟は、三つに枝分かれしていた。BSL3の実験室は、中央の廊下の最奥にあった。

「たしか、九人ほどがこっちに逃げたんですよね」

香月が訊ねる。

周囲を警戒しつつ、一条が頷いた。

移動していなければ、九人がこのエリアにいる。そして、最悪の場合、九体のゾンビになっているし、その可能性は非常に高いと思った。

現時点で、逃げ込んだ九人は姿を見せていない。別棟にもトイレはあるが、食料はない。知らない間に食堂にある備蓄品を持ち出していればいいが、そうでなければ食料や水を必要としていない状態ということだ。つまり、死んでいるか、ゾンビ化しているか。

左右の廊下に面した研究室を確認したい気もしたが、時間が惜しかった。

真っ直ぐに、BSL3の実験室に向かう。

　中央の廊下を進む途中に、左右に一つずつ研究室があった。小窓から中を覗く。右側の研究室の前室の扉の前に、人が血だらけになって倒れていた。服が切り裂かれている。露わになった部分の肉は削げ、はっきりと肋骨を確認することができた。この部屋にゾンビがいるのは間違いない。

　音を立てないよう注意し、通り抜けた。

　先に進み、ＢＳＬ３の実験室に辿り着く。ドアプレートには、〝Ｐ３〟という文字が書かれてある。Ｐは物理的封じ込め《Physical containment》の頭文字から取っており、日本では最上位の気密性を誇ることを意味する。

　一本道の廊下の最奥にあり、二枚の気密扉に隔たれている実験室。この中に、最新の次世代シーケンサーと、解析装置があった。

「一つ、忠告です」扉の前で振り返った下村が口を開く。

「この中では、小銃を使わないでください」

　その言葉に、一条は渋面《じゅうめん》をつくる。

「理由はなんだ」

「弾が壁で跳ね返って機器を壊す可能性があるからです」下村は厳しい表情で続ける。

「もしくは、狙いを外して次世代シーケンサーや、それに接続されているコンピューターに弾が当たったら、その時点でこの計画はおしまいです。ですから、ゾンビがうじゃうじゃいたとしても、この中での発砲は認められません」

たしかに、そのとおりだ。

次世代シーケンサー自体は大きなものではないが、ここにある設備は、解析や分析を迅速に行うため、さまざまな機器に繋がれている。また、解析結果によっては、別の機器を使う必要も出てくるかもしれない。小銃を使うのはリスクがある。

「死んだら元も子もないぞ」

「次世代シーケンサーが僕らの最後の希望です。それがなくなれば、死んだも同然です」

はっきりとした口調。

苦々しい表情のまま頷いた一条は、下村を睨んだ。

「もし、中にゾンビがいたらどうするんだ」

「そのときは、そのときです」

無計画ということだが、仕方がないと香月は思う。

二重のエアロックは、扉が一つ開いて中に入り、閉まりきってからでないと二つ目の扉が開かない。そうやって気密性を高めているため、中にいるゾンビを廊下までおびき寄せて倒すことはできない構造だった。

たとえ犠牲が出ようとも、この中にある機器が破壊されてはならない。

「とりあえず、格闘になった場合に、もっとも戦力になるのは僕ですね」

金属バットを持った城田が、最初に入ることを志願する。誰も異を唱えなかった。

職員証を使って解除すると、エアロックが開いた。

気閘《きこう》と呼ばれるエリアに皆で入る。ボタンを押して閉める。解錠は職員証を使うが、閉めるのはボタンを押すだけという仕様だった。

一つ目のエアロックが閉まりきったところで、同様に電子ロックを解除すると、二つ目が開いた。

臭い。

香月の顔が歪む。

実験室が見えたと思ったら、動きの速いゾンビ二体が襲ってきた。

すでに間近に迫っている。

城田が金属バットを振り上げるが、間に合わない。

走るゾンビに体当たりされる形になり、城田が後ろに倒れる。

もう一体が迫ってきて、加瀬に噛みつこうとする。

それに立ち向かったのは、一条だった。小銃を背負ったまま、ゾンビを拳で殴りつける。ただ、痛みを感じないのか、本能が勝っているのか、ゾンビは動きを止めない。

迫ってくるゾンビに蹴りを入れるが、ほとんど効果がなかった。やはり、動きを止めるには、頭を狙うのが効果的なのだろう。

もしくは、脳へと繋がる延髄の破壊。

香月は意を決し、果物ナイフを首に突き立てようとゾンビの背後に移動する。延髄か、首の脊髄を破壊できれば、脳と身体が分離されるはずだ。

しかし、ゾンビの動きが速い。

思い切って果物ナイフを振り下ろすが、はじき返されてしまった。

ナイフが床に落ちる音。

ゾンビの標的が、香月に変わる。

迫り来るゾンビに、死を感じ取った。

「これでどうだ！」

声を発しながら近づいた下村が、なにかをゾンビにかける。手に持っているのは、ステンレス製デュワー瓶。液体窒素だ。

液体を浴びたゾンビの服が凍り、動きが鈍化する。

下村はすかさず果物ナイフを刺そうとするが、上手くいかなかった。

しかし、もう一方の手に握られていたものが、ゾンビの眼球から深く入り込む。脳に到達したのは明らかだった。目に刺さっていたのは、いつも仕事で使っているものの。液体を移動させるマイクロピペットだった。

残り一体。

振り返ったとき、香月はその光景に目を見張った。

一条が、二つ目のエアロックを閉めるボタンを押していた。

気閘の中に、城田とゾンビが取り残されている。

「なにをやっているんですか！」

香月が扉を開けようとするが、一条はその手を払いのけた。

「これでいい」

冷めた口調。

「これでいいってなんですか！」

抗議に動じない一条は、ボタンから手を離そうとしなかった。

エアロックが八割ほど閉まった。このままでは、城田を見殺しにしてしまう。

咄嗟に、足が動いていた。香月は気閘に駆け込む。

身体が中に入る寸前、服を摑まれて後ろに戻され、尻餅《しりもち》をついてしまう。

代わりに、一条が気閘へと入っていった。

「あんたはそこにいろ」

そう言い残し、エアロックが完全に閉まる。

すぐに、銃声が耳に届いた。

弾かれるように立ち上がった香月は、エアロックを開けるために職員証をかざす。

扉が開く。

一条と城田が立っていた。倒れているゾンビの頭からは、血が流れ出ている。

エアロックを閉じようとした一条の真意を理解した香月は、その場にへたり込んだ。

「てっきり、城田くんを見殺しにするとばかり……」

「跳弾が気になると言っていただろ。至近距離で撃つことも考えたが、ゾンビの動きが激しいから外す可能性もあった。だから、念のため扉を閉めたんだ」

「……すみません」

香月は頭を下げる。

今までゾンビから救ってくれた人を疑った自分が恥ずかしかった。

「気にするな」

そう言った一条は、小銃を床に放る。

「え？　どうしたんですか」

「今ので最後の一発だ。もう用はない」

小銃の残弾がゼロになった。

その言葉に、香月は心細くなったが、目的地に到着できたのだと気付く。

「噛まれてない？」

香月は城田に駆け寄る。

「……なんとか、大丈夫だったみたいです」

城田は、自分の身体を確かめながら答え、引き攣った笑みを浮かべる。

「生きているのが不思議です」

そう言った城田は、安堵したのかふらふらとその場にへたり込んでしまった。

「……足に、力が入りません」

香月は肩を貸して、椅子に座らせる。

「ここで休んでいて」

城田は素直に頷く。完全に参っているようだった。

香月と加瀬と下村は、実験室内を確認する。

機器に損傷はない。また、ゾンビもいないし、ゾンビに喰われた所員もいなかった。

「あれ、臭いですね。食欲が失せます」

リュックから食料と水を取り出した下村は、マイクロピペットが突き刺さったゾンビを指差す。

たしかに、ここで死体と一緒に過ごすのは嫌だ。

すると、一条が下村にエアロックを開けさせて、ゾンビの遺体を気閘に押し込んだ。

その際、扉を叩く音が聞こえてきた。

一つ目のエアロックの扉をゾンビが叩いているようだ。かなりの強さだ。しかも、複数の手。その中に混じる強く鈍い音は、頭突きによるものだろうか。

「銃声とかで、ゾンビがここまで辿り着いたみたいですね。まぁ、無視しましょう」

下村の言葉に、香月は同意する。

この実験室から逃げる必要はない。この中で、ゾンビと戦うのだ。

BSL3の実験室は、漏洩したら危ないウイルスや細菌を取り扱うほかにも、物理的な侵入対策を施されているため、研究中の化合物や、さまざまな種類の診断用化学試薬や生物試薬、血清、組織標本を保管する場所にもなっていた。

予防感染研究所は、感染症についての研究だけをしているわけではない。大学や他の機関と共同研究をして、医薬品開発なども行なっている。大量に置かれたさまざまな温度帯の保冷庫には、研究者たちの努力の結晶が入っていた。

感染症関連遺伝子解析室はかなり広かった。通常の研究室四つ分ほどの面積があり、それを三つに区分している。エアロックにもっとも近い場所には、自動分析装置や電子顕微鏡、保冷庫や超低温フリーザーが置かれている。また、核酸抽出・精製装置や核酸増幅装置、キャピラリー電気泳動装置などが置かれている。

中間の区画には、インキュベーターや遠心分離機、バイオハザード対策用キャビネットが並ぶ。また、作業工程のディスカッションができるエリアでもあり、ホワイトボードも設置されていた。

次世代シーケンサーと解析用のパソコンがあるのは、奥の区画だった。クリーンルーム用のエアハンドリングユニットに繋がっている管が天井を這っている。常に外部から実験室内に空気の流入が行なわれ、実験室からの排気は、ＨＥＰＡフィルターで濾過《ろか》し大気中に放出する仕組みだった。

「さて、さっそくやるか」

加瀬はポシェットから試料カップを二つ取り出す。一つには、人間だった頃の皮膚、そしてもう一方には、ゾンビ化した後の皮膚が入っていた。

ゾンビの皮膚片の調製は加瀬がやり、人間の皮膚片の調製は、下村が担当することになった。香月は、各機器の設定や、試料に使う液体の調整をすることになった。

作業を始める。

最初に行なうのが、サンプル調製だ。次世代シーケンサーを使うためには、人のゲノムＤＮＡを断片化し、切りそろえたＤＮＡの両端に配列《アダプター》を付加する必要がある。そのために、結合したいＤＮＡフラグメントの百倍量以上の配列を加えた溶液５〜10μℓを用意し、それと等量のⅡ液を添加し、よく攪拌《かくはん》する。その上で、ＤＮＡ溶液の二倍量のⅠ液を加えよく混合し、16℃で三十分間反応させる。70℃で十分間熱処理し、酵素を失活させる。

要するに、細胞から糖、タンパク質、脂質等を除去し、ゲノムＤＮＡを抽出して、次世代シーケンサーでゲノム解析ができるようにするのだ。

手作業でしなければならないこともあるが、一時間ほどで作業は終わった。

「結構時間かかるんですねぇ」

城田が言うと、下村は笑う。

「サンプル調製は、どうしても手作業になるから仕方ないね。それに、この次世代シーケンサーは一日で人間のゲノムの全三十億塩基対を解析できるけど、この一世代前の次世代シーケンサーは一週間ほどかかったし、この機械がないときは、十三年かかったんだ。ヒトゲノム計画ってやつ。次世代シーケンサーも、常に進化していて、今後は一時間くらいで人間の全塩基配列を解析できるんじゃないかな」

「へぇ〜」

感心したような声を出した城田を、加瀬はつまらなそうに一瞥し、視線を一条に向ける。

そのことに、香月は引っかかりを覚える。いや、いままでの違和感をようやく認識したといったほうが正しい。

加瀬はずっと、一条を存在しないものとして扱っているように思えた。

「プロセスの完了まで《ターンアラウンドタイム》三時間ほどだ。これが終われば、次世代シーケンサーがゲノム増幅とシーケンス、整列と比較をしてくれる。所要時間は、ざっと八時間だ」

一条から視線を外した加瀬は言い、椅子に座って水を飲んだ。本来は飲食厳禁だが、すでにこの実験室はゾンビで汚染されているので、試料に不純物が入らないように注意すれば、神経質になる必要はない。

下村は頷く。

「八時間後に、人間とゾンビのゲノムの違いが明らかになります。そして、もしかしたらゾンビ化の原因となる変異が分かるかもしれません」

「変異って、どうやって見つけるんですか？　僕、文系なんでさっぱりで」

城田が訊ねると、下村は瞬きをした。

「うーん……まずゲノムの塩基配列の解析っていうのは、人の設計図の解析なんだ。それで、病気になった人のゲノムや、病気が遺伝子にどのような変化をもたらしたのかっていう遺伝子変異のデータベースと照合して一致するものがあれば、原因を特定できる」

「そういうことですか。でも、遺伝子変異のデータベースに該当がなかったらどうするんですか？　ゾンビ化なんて、今までの病気と一致するとは思えませんけど」

「たしかにね」下村は苦笑いを浮かべる。

「今回の目的は、人間とゾンビのゲノムの違いを明らかにしようってことだから、まずは、どう違うのかを確認して、その内容を見て対応できるものかどうかを判断するしかない」

「結果次第ってことですね」

「まぁね」

頷いた下村が大きな欠伸《あくび》をした。

「……結果が出て、比較できるのは八時間後。それまで少し寝ます」

そう言った下村は、椅子を並べ、その上に横になる。加瀬も同じように寝床を作る。

時計を見る。現在は、午前二時。

八時間後ということは、午前十時に解析が終わる。二つのゲノムデータを比較して、なにかが分かることを祈るしかない。

香月は、次世代シーケンサーのある部屋の奥のエリアから出る。

どこか寝るところはないかと探していると、エアロックの手前の部屋に一条がいた。

どうせ目が冴《さ》えて眠れないので、少し話そうと思った。

「一条さんがいてくれて、本当に助かりました」

香月の言葉を受けた一条は、なんの変化も示さなかった。

「ここまで来られたのは、一条さんのお陰です。刑事ってすごいですね。小銃の撃ち方も訓練するんですか」

反応なし。

香月はとくに気にならなかった。背けられた一条の顔を見て、本題に入る。

「気になっていたんですけど、どうして予防感染研究所に来られたんですか？　なにか目的があるんですか」

ゾンビ化が起こっている世界では、一条がなにを意図してやってきたのかは些末《さまつ》なことだった。しかし、厚生労働省の政務官である津久井が、一条について言及しようとしていた。内容を聞くことはできなかったものの、ずっと引っかかっていた。

一条は表情を変えないものの、瞳孔が少しだけ震えたような気がした。

「……偶然だ。警察組織が混乱して、俺たちは散り散りになった。ゾンビから逃げていて、辿り着いただけだ」

低い声で告げる。

嘘だとは思ったが、誤魔化すということは、話したくないのだろう。騙《だま》されたふりをした。

家族のことについて聞こうとしたが、止める。この状況下では、適切な内容ではない。

「どうして、一条さんは刑事になったんですか」

天気の話題を出すくらい無意味なものだと自覚しつつ、聞きたかった。話をして、気を紛らわせたかったというのもある。

無視されると思っていたが、意外にも一条が会話の姿勢に入ってくれた。

「……どうしてだろうな」

「悪人を退治したいとか？」

「……俺は、別に自分のことを正義漢だとは思っていない。とくにやりたいこともなかったし、周囲の環境とか、流れであまり考えずに警察に入って、刑事になった」

そう言った一条の目が細められる。

「ただ、刑事になってから、少しだけ考えが変わった。俺が所属している捜査一課は、殺人事件を捜査する。殺人ってのは、だいたいは金か痴情、それに激情や怨恨《えんこん》からだ。ただ、止むに止まれぬ事情で、咄嗟に犯してしまう場合もある。自分の身を守るためだったり、名誉を守るためだったりってパターンだ。もちろん、個々によって事情は違うが、分からないではない。理解はできるが共感はできないってやつだ」

言葉を止めた一条は、口元を歪めた。

「ただ、中には純粋な悪もある。純粋に、自分のためだけに殺人に手を染める。殺人自体が目的とか快楽のためとか、そういうのでもない。ただ、自分のために人を殺すんだ。殺人に至るハードルなんて持ち合わせていない、純粋な悪」

「……純粋な悪って、愉快犯とかですか？　あとは、シリアルキラーとか」

一条は首を横に振った。

「これぱかりは、さまざまな悪と接していないと分からないものだ。でも、いるんだよ。純粋な悪人としか言いようのない奴が。そういった奴は、普段は問題を起こさない。少なくとも、コミュニティーに溶け込む能力は十分にある。ただ、ふとした拍子に人を殺すんだ。簡単に、呼吸をするくらい自然に」

話を聞いていた香月は、一条から視線を逸らした。

強烈な感情がぐちゃぐちゃに入り乱れた目。

その瞳は、香月を捉えてはいなかった。いったい、なにを見ているのだろう。

「……あ、あの、水、飲みますか？」

この話を終わらせたいと思った香月は、実験台の上に置いてある未開封のペットボトルを手に取った。

「いや、いい」

一条は首を横に振る。

「……でも、ずっと飲んでないじゃないですか。食べ物も」

その言葉の意味が、一瞬理解できなかった様子の一条は、瞬きをした。

「不思議なんだが、そういった欲求が消えてしまったんだ。だが、最低限は摂っているから、問題ない」

最低限。生きるための最低限ということだろうか。

一条の話を聞いていたら、やけに喉が渇いてしまった。香月は、ペットボトルのキャップを開けて飲む。

その様子を、一条はずっと見ていた。なにかを見定めるような視線。

「……なにか、ありました？」

口元を拭った香月が言う。少し、怖かった。

「一つ、頼みたいことがある」

そう切り出した一条は、ポケットからファスナー付きのポリ袋を取り出して手渡す。

「……これ、なんですか」

一つは毛髪だが、ほかにもなにか入っていた。

「皮膚片だ」

「皮膚片、ですか」

そう言われてみれば、皮膚片に見える。

「この毛髪と、皮膚片が同一人物のものか、確かめてほしい」

「DNA鑑定ってことでしょうか」

「そうだ。しかも、誰にも覚《さと》られずにやってほしいんだ。このことを知っているのは、あんただけだ」

「……どうしてですか？」

疑問を口にする。意図が読めなかった。

一条は、真剣な表情を浮かべる。

「俺が、ここに来た目的がこれだ」

「その目的って――」

「いつか伝える。今は、力を貸してくれ」

その口調は、懇願に近いものだった。

香月は、手に持っているポリ袋を見る。毛髪には、毛根がしっかりと付いていたので、検査は可能だ。

これらをＤＮＡ鑑定したところで、次世代シーケンサーの邪魔にはならないだろう。

「……そういうことでしたら」

「できるのか？」

一条の問いに、香月は頷く。

幸い、今いるエリアでＤＮＡ鑑定は完結できる。

それに、加瀬と下村は奥の部屋にいて、城田はホワイトボードが置かれた中央エリアにいた。見つかる心配はないだろう。

「少し時間がかかりますが、それでもいいですか」

「どのくらいだ？」

「ここの設備だと作業量が増えますので、一日はかかると思ってください」

「分かった。頼む」

祈るような調子だった。

「でも、ここに来た目的、絶対に教えてくださいね」

一瞬の間の後、一条は頷く。

「ああ、約束する」

その言葉を信じることにした。

香月自身、いい気ばらしだと思った。眠気はないし、目を瞑るとゾンビの映像が浮かんでくるので、苦痛だった。

作業に取りかかることにする。

DNA鑑定の手順も、先ほど加瀬と下村がやっていた作業とほとんど変わりはない。ただ、このエリアにある設備は旧型のため、作業工程が増えるだけだ。

マイクロピペットを使い、試料Aである皮膚片、試料Bである毛髪の汚れや不純物を取り除いていく。二十分ほどで処理が終わった。

次にDNAを抽出する。核酸抽出装置は、表面加工した磁性体粒子にDNAを吸着させ磁石でコントロールし、作業を自動化する。

この処理が終わらなければ、次の作業には移れない。そのことを一条に伝えたあと、香月は椅子に座る。

肩や腰が痛かったし、身体全体がギシギシと軋《きし》んでいるような感覚があった。我慢できないほどではないほどの不調。

ポケットから鎮痛剤を取り出し、通常は一回二錠のところを、四錠服用することにする。

息を吐き、目を閉じた。

その途端、意識が飛んだ。

夢というよりも、フラッシュバックに近い現象が起こる。ゾンビが発生してからの状況が、連続して映し出される。時系列もめちゃくちゃで、自分が経験していないことすら交じっていた。自分がゾンビ化していく感覚。感じたことはないはずなのに、はっきりと認識することができた。熱い。燃えるように熱かった。

身体が痙攣し、目を開いて飛び起きた。

ゾンビ化の兆候かと慌てた香月は、自分の身体を調べる。

異常がないことを確認し、一安心した。

いつの間にか、椅子に座ったまま寝ていたらしい。ゾンビが世界に蔓延してから五日になったが、その間、まとまった睡眠を取っていなかった。

時計を見る。

午前九時を回ったところだった。もう少しで、次世代シーケンサーの結果が出るだろう。

立ち上がった香月は、核酸抽出装置を確認する。処理が終わっていた。

次に、リアルタイムPCRシステムでDNA定量を取り、希釈《きしゃく》量を決定し、試料の調製をする。

その作業が終わると、次に核酸増幅装置を使う。DNA鑑定に必要な領域を増幅するが、二つの試料を同時に処理していることと、この装置が古いため、プロセス完了まで六時間ほどかかる計算だ。

「よく、こんな骨董品《こっとうひん》みたいな機械を残してるなぁ」

香月は呟き、小さな機器を手で撫《な》でる。予防感染研究所は、比較的予算が潤沢《じゅんたく》にあるが、使えるものは使い続けるという方針だった。

セットを終え、始動させる。これが終われば、キャピラリー電気泳動装置を使って増幅したDNAを電気泳動し、DNA型を判定する。これは一分ほどで結果が出る。

大きく伸びをした香月は立ち上がり、ちらりと一条を見る。動いている機器を凝視していた。

近寄りがたい雰囲気に気圧《けお》された香月は、次世代シーケンサーの様子を見に行くことにした。

中央のエリアにあるホワイトボードの前で、城田が腕組みをしている。手に持っているマジックで、なにかを書いていたようだ。

「なにを書いているの？」

「現在分かっている、ゾンビについての疑問です」城田は、充血した目を向けてくる。

「情報収集をしたときの情報を書き出しました。下村さんのノートを預かっているんです」

手に持っているのは、青い表紙のノートだった。たしかに、下村のものだ。

ホワイトボードには、今まで判明したゾンビの生態だけではなく、ドラマや映画で描かれたゾンビとの相違点や、疑問点などが追記されてあった。

「書き写したところで意味はないと思いますけど、僕もなにか役に立てることはないかと思いまして……」

城田は消え入りそうな声で言った。

それを見た香月は、笑みを浮かべる。

そして、マジックを手に取り、ホワイトボードに解剖時の結果を記入した。

全身の炎症。

皮膚の乾燥。

白内障の発症。

骨が脆くなっている。

妙な臭い。

マジックを置き、城田を見た。

「ありがとう。ここにまとめて書いてくれたお陰で、ゾンビの特性が一目瞭然になった」

照れた表情になった城田は、ホワイトボードに視線を向けた。

「眠らなかったり、走るゾンビと歩くゾンビが混在しているっていうのも不思議ですが、やはり僕は、ゾンビに嚙まれるだけでゾンビ化する人と、ゾンビに喰い殺されて食料になる人がいるってのが気になりますね」

「食べるゾンビと、嚙むゾンビがいるとか？」

「それは僕も考えました。でも、インターネット上にある映像を見ると、人に嚙みついただけのゾンビが、次に襲った人間の肉を喰っているというものが複数あったんです。それを鑑《かんが》みると、むしろ、襲われる人のほうに原因があるんじゃないかって思うんです」

「……ゾンビの個体差ではなく、人間のほうに理由がある」

城田の推測に、香月は納得する。

おそらく、走るゾンビと歩くゾンビは個体差だろう。しかし、喰うか喰わないかは、ゾンビ側の問題ではないのかもしれない。

「あとは、ゾンビ同士が共喰いしない理由ですね。これには、もう一つの問題が付随してきます」

城田はホワイトボードの真ん中あたりを指差す。

「ゾンビは人間を襲いますが、犬や猫といった小動物は襲わないんです」

これについては説明できそうな気がしたが、香月は黙っておく。この時点で先入観を植え付けるべきではないと考えた。

「集団行動をしている理由も気になりますね。意思疎通していないようですが、なぜか固まって行動しますよね」

「容体《ようだい》の理由も分からない」香月は続ける。

「僅かに目が白くなって、皮膚に炎症と乾燥が見られる。解剖したら、臓器も炎症していたし。それに、ゾンビの発症が噛まれること以外にも、大きな怪我をすること、そして原因不明のゾンビ化もある。怪我と原因不明については想像もできないけど、噛まれてすぐに感染するというのは、絶対にない」

正確には十秒から二分ほどだが、こんなスピードで原因物質が身体中に回って影響を及ぼすなんてありえない。

　香月はホワイトボードを見る。

　ここに書かれた謎をすべて解決する原因は、果たして存在するのだろうか。

「謎だらけですねぇ。ゾンビ、浅いようで奥が深い……」

　城田は呻くような声を発する。

　その顔を眺めた香月は、疑問を口にする。

「そういえば、どうしてゾンビが好きなの？」

　香月の言葉に、城田の目が点になる。

「……え？」

「あ、映画とかドラマのほうのことね」

　訂正を受け、城田は腑《ふ》に落ちたように頷く。

「あぁ、そういうことですか……どうですかねぇ」

　腕を組み、首を傾げる。

「吸血鬼とか、宇宙生物とかじゃなくて、ゾンビが好きなんでしょ？」

「そうですねぇ。別に吸血鬼とかが嫌いなわけではないんですけど……多分ですけど、ゾンビって、絶妙なんですよ」

「……絶妙？」

城田は頷く。

「核戦争とか、知的生命体の襲来とかって、けっこうヤバいじゃないですか。自分がその現場にいたとしても、たぶん死ぬだけです。自分の意思なんて介在する余地もなく、死にます。でも、ゾンビって、なんとか生き残れるかもって思えるくらいの災害なんです。戦えるかもって思えてしまうんです。だから、ゾンビが現われたらどう行動しようかって、誰もがときどき考えるんです」

「いや、考えたことないけど……」

「え!? ないんですか!?」

心の底から驚いたような声を発する。

「す、す、少しもですか？」

酷い動揺。

「うん。一度も」

開いた口がふさがらないといった様子だった城田は、額を掻いた。

「まぁ……えっと、そういった人もいるでしょうね。でも、アメリカでは『ゾンビサバイバルガイド』というゾンビが発生した世界の生き方を教える本を出して大ヒットして、世界で二百万部以上売れていますよ」

「そうなんだ……」

ゾンビサバイバル。ゾンビがエンターテインメントだったときに、ゾンビ発生後の世界を考える。

無駄なようだが、そういったことを考えていた城田だからこそ、ゾンビに金属バットで対抗できたのだろう。

考えることは、無駄ではないなと香月は納得する。

「香月さん！　来てください！」

下村の大きな声が聞こえてくる。

その顔は、驚きに満ちていた。

時刻は午前十時。結果が出たのだ。

「なにか分かったの？」

期待を胸に訊ねる。下村の顔は険しかった。

「これ、見てください」

次世代シーケンサーに繋がれたコンピューターの画面を指す。

そこには、ゲノムの塩基配列であるA、T、G、Cが表示されていた。

「順番に説明します」下村の声に焦りが滲む。

「まず、解析したデータに、ホモロジー検索とモチーフ検索をかけました」

次世代シーケンサーで解析された塩基配列と、世界中の研究機関で研究された解析データをコンピューターでマッチングしたということか。

配列の類似性が高ければ、その遺伝子機能も類似しているという推測のもとに遺伝子の機能を予測する方法が、ホモロジー検索だ。データベースを用いて、類似性の高い配列をもつ遺伝子を検索する。

そして、モチーフ検索は、機能的に重要な配列ほど塩基配列が変化しにくいという一般的な傾向を利用して遺伝子の機能を予測する方法。似ている機能をコードしている遺伝子に共通して出現する配列パターンの有無を調べる。

「世界中の解析データと照合しても、該当はゼロでした。つまり、病気ではないということです」

「……病気ではない？」

「少なくとも、すでに発見されている病気ではありません」

香月は眉間に皺を寄せる。原因不明の病はあるが、いまも発見されていない病気というのは存在するのだろうか。どんな希少疾病《しっぺい》でも、それが発見されたら研究対象となり、当然解析され、ほとんどの場合データベースに登録されて残る。それがないということは、人類が把握できている病気ではないということだ。

少なくとも、ゲノム上では分からないもの。

「ゾンビと人間のゲノムを比較したら、どうだったの？」

「それが……」

下村は言い淀《よど》む。口に出したくないといった様子だ。

「両方とも、なにかが変なんだ」

加瀬が告げる。曖昧な言い方だった。

「……両方？　どういうことですか」

「人間のときと、ゾンビのとき、両方普通じゃない。ただ、ミトコンドリアゲノム異常も、コピー数異常も、ゲノム構造異常も、ウイルスが組み込まれたという形跡も、今のところ検知していない……少なくとも、データベースに合致するものがないだけで、変なのはたしかだが……俺が変だと言ったのは、非コード領域が普通じゃないということだ。それは人間とゾンビのゲノム両方で起きているんだ。その現象がなんなのかは確認できないが、それがゲノムになにかしらの影響を与えている」

非コード領域。人類は、多くのゲノム研究からコード領域の異変の全体像の把握はできている。しかし、タンパク質コードのない場所については、あまり調べられていないのが現状だった。未知の領域。ブラックボックス。

「……つまり、松井さんはゾンビ化する前から、ゾンビ化の原因となるなにかの影響下にあったということですか」

「そういう結果が示されている」

香月は、下村の顔を見る。同じ意見のようだ。秀才二人が同様の結論に至ったのだ。間違いないだろう。

「これで、ようやく合点がいきました」香月は続ける。「ゾンビに噛まれて、すぐに発症するなんて絶対にありえないと思っていたんです。でも、人間の時点でゾンビになる原因に蝕《むしば》まれているのなら納得できます。噛まれることは、ゾンビ化する最後のトリガーだったんですね」

加瀬は頷く。

「そうだ。ゾンビが噛んで感染原因が体内に侵入したというよりも、噛まれること自体がゾンビ化を引き起こしたんだ。大きな怪我をしてゾンビ化するのと、同じ原理だ」

「問題は、どうして怪我をしたらゾンビ化するかということですね」下村が言う。

「あとは、原因不明のゾンビ化という問題もありますが」

ゾンビ化発症のトリガーについて、一部の推測は成り立つ状況だったが、依然として大きな謎が横たわっている。

そして、この仮説が事実だとすれば、香月たちもすでにゾンビ化しているということになる。ただ、香月たちはゾンビになっていない。

どうしてだろう。

ゾンビと人の違い。

香月は目を見開く。

「……城田くん、前にゾンビの常識について教えてもらったとき、ゾンビに考える力はないって言っていたよね？」

「え……あ、たしかに言いました。でも、それがなにか――」

「それが答えかも」

香月は言う。

容体や行動に気を取られていたが、ゾンビは考えることができない。これこそが、もっとも人と異なる点なのではないか。

加瀬が唸る。

「その仮説、正しいかもしれないな。つまり、我々の身体はすでにゾンビ化していて、嚙まれるというトリガーによって、閾値《いきち》を超え、考える力が奪われるということか。つまり、脳が破壊される」

「そういうことですね！」

下村は納得の声を上げる。

「あくまで仮説ですが……あ、ちょっとホワイトボードで説明します」

促された香月たちは中央エリアに向かう。

下村は、ゾンビの特性がまとめられた内容に、凄い、と一言呟いてから、余白部分に円を描く。

「これは脳です。ゾンビ化が脳に影響を与えているとしたら、側頭葉は駄目になっていると思います。言語理解に重い障害が起き、コミュニケーションが不能になっています。また、頭頂葉や小脳については、ゾンビによって個体差があると思います。これらの器官に影響があると、協調運動と運動全般の制御も難しくなります。走るゾンビは頭頂葉が無事で、歩くことしかできないゾンビは壊れていると推測できます」

下村は口早に説明を続ける。

「大脳皮質が駄目になれば痛みを感じませんし、視床下部の損傷は入眠能力が損なわれます。ほかにもいろいろなことが考えられますが、おそらく、脳の表層にあって理性を司る大脳新皮質がやられていて、脳の内側にある感情を司る大脳辺縁《へんえん》系が活動している状態だと考えられます。あとは、脳幹も生きているでしょうね」

「脳の、感情部分だけが活動しているってことですか？」

城田が訊ねると、下村は頷く。

「その可能性は高い」

「それなら、ヘッドショットがもっとも有効だという理由も説明できますね。ゾンビの本体が脳ということですもんね」

城田が嬉しそうに言った。

「脳の講釈は、これくらいでいい」

加瀬は手を叩きながら言い、歩き出す。皆もそれに続く。

「問題は、なにが原因で人間の身体がゾンビ化し、トリガーによって脳を壊されるかということだ」

次世代シーケンサーの前に到着する。

「そもそも、怪我によって発症する原因なんて、考えられるか？　いや、だれも答えを持っていないのは分かっている」

加瀬は疲れたように目を閉じて、頭を軽く振った。

「ともかく、次世代シーケンサーで解析したゲノムから読み解くしかありませんね。ゾンビのゲノムの解析結果を調べていくしかないですね」

下村の言葉どおりだ。それしか方法はない。

モニターに映し出された、三十億の塩基配列。異常があるのは間違いない。ただ、遺伝子変異のデータベースに合致するものはなかった。

三人では到底解析できない。

それに、先ほどの仮説が正しければ、香月たちの身体はすでにゾンビ化している。ゾンビ化が、いったいなにを指すのかは未だ不明だったが、その原因が脳に到達した時点で、ゾンビになる。

いつ、原因不明のトリガーが引かれるのか分からない恐怖心はあったが、このまま立ち止まっていても状況は改善しない。

留まるか、進むか。

二択だが、二択ではない。

迷いがない時点で、選ぶ道は一つだけだった。

ゾンビ化の原因を追究する。

死ぬまで、絶対に諦めない。

絶対に諦めない。

香月は驚く。想いが、自然と口から出てしまっていた。

「そうです！　絶対に諦めません！」

下村が呼応する。

「なにか、素早く読み解く方法があるはずなんです！　時間はないですけど！　今も、ゾンビが増え続けていて、僕たちだっていつゾンビになるか分からないですけど！　なにか打開策が……」

言葉を止めた下村は、別のパソコンがある場所に移動する。キーボードをタイピングし、ガッツポーズしてから、輝いた瞳を香月に向けてくる。

「三十億の塩基配列、これを、生き残っている世界中の研究者で分担し、解析すればいいんですよ！　ほら、世界中の電波望遠鏡を繋いで、二百人以上の研究者が協力してブラックホールの撮影に成功したことがあったじゃないですか。あれと似たようなものです。分担するんです！」

「分担？　いったいどうやって……」

言いかけた香月は、画面が視界に入り、理解する。前に見せてもらった、研究者専用の掲示板。

「……いけるかもな」加瀬は頷く。

「ただ、俺たち以外の研究者が、全員ゾンビになっていたらどうする？」

それに答える代わりに、下村はキーボードを叩く。

しばらくして、画面を指差した。どうやら、掲示板内にコミュニティーを作成したようだ。

「まだ、結構な人数が生存しているようですよ」

見ると、ゾンビの原因解明のためにゲノム解析ができる人を募集していた。続々とフォロワーが増えている。少ししか経っていないのに、すでに五十人を超えていた。

「このゲノムデータを人数分に割って、それぞれに確認してもらいます。変異箇所の特徴が分かり次第、返信をもらうことにしました。遺伝子変異のデータベースにない以上、研究者たちがそれぞれ保有している情報が頼りです」

下村のプランしかないなと香月は思う。

人間の遺伝子は、九十九・九パーセントが同じだ。しかし、病気などによってDNAに変異が生じると、A、T、G、Cの遺伝子情報の文字列が入れ替わる〝置換〟が発生したり、他の文字が入り込む〝挿入〟、抜けてしまうという〝欠失〟が起きる。

そのせいで、誤った情報が伝わり、本来作られるはずのタンパク質が作られないケースや、間違った時期や場所に作成されたりもする。これらの変化は、ひとつひとつの文字に起こるとは限らず、広い範囲で変化が及ぶケースもある。そうなると、遺伝子そのものが増えるコピー数異常が起きる場合や、遺伝子同士が融合することもある。

非コード領域で異変が起きれば、その前後の領域に僅かな変異を生じさせる可能性もある。その変異の形状を確認し、なにかと共通点がないかを調べていく。

このゲノムデータは、おかしい。

はっきりとした異常は検出されない。しかし、普通のDNAとも違う。なにかが起きて、もとに戻ったような違和感。はっきりとしたことは分からないが、なにかが起こった形跡がある気がする。

「フォロワーが百人を超えました。とりあえずゲノムデータを百分割して投げます」

「なにか手伝う？」

香月の申し出に、下村は首を横に振る。

「いえ、大丈夫です。それに、僕が使っているパソコン以外にはインターネットに接続できませんから」

パソコンを操作し、手早く作業を終えた。

下村の言うとおり、この実験室は情報漏洩の観点から、インターネットに接続できるパソコンは一台に限られている。システムやデータベースの更新も、一台のパソコンから分岐させる仕組みになっていた。

「これでオーケーです。送りました」画面から視線を外す。

「もちろん、我々もやります。分割していないデータを、こっちのパソコンにも送っています」

下村は憎らしいほど、爽やかな笑みを浮かべていた。

パソコンの前に座った香月は、DNA配列解析ソフトウェアを起動させ、波形と配列データを取り込む。これにより、複数の配列を束ねてDNA配列断片群を重ね合わせてできるコンセンサス配列の作成や、変異や多型の候補箇所の一覧が作成できる。配列の波形を並べて確認、リファレンスと異なる箇所、配列間やサンプル間で違いのある箇所を、効率的に調べることができる。

香月は、〝置換〟や〝挿入〟や〝欠失〟が起こったであろう箇所を検出させる。

「……やっぱり、変」

ありえない数がマーキングされる。

細胞が死滅しているわけではない。単純に、ＤＮＡが切断され、繋がっている。繋がる際に、わずかに変異が発生している。ほんの僅かな変異なので、無視してもいいくらいだ。ただ、その僅かが、あまりに多すぎる。

切断自体が人体に影響を起こしているわけではなさそうだ。切断される理由がまったく分からなかった。

なぜ、ＤＮＡが切断されまくっているのだろうか。

ともかく、なにかしらのパターンなり特徴なりを見つけ、過去にあった遺伝子変異のデータベースから、似たようなものを探す。ソフトウェアでの自動照合が不発に終わっているので、目で確認するしかない。徒労に終わる可能性が非常に高いと思いつつ、これくらいしか思いつかなかった。

集中し、今までの知識や経験を総動員して文字列を確認していく。

五時間が経過したとき、下村が驚いたような声を上げた。

「なにか分かったの？」

「あ、いえ……ちょっと……掲示板経由の協力者からの返信を読んでいただけです」

「なんて書いてあったの？」

返答を急かすが、下村は顔をしかめた。

「……いや、これは病気ではないかもって返信がいくつか入っているんです」

そのとき、加瀬が立ち上がる。

「これ、もしかして、俺たちがいつもやっていることじゃないか？　いつも、ＤＮＡの切断をしているだろ」

「……いつも？」

香月は、その言葉で理解する。

「……制限酵素」

「それだ！」加瀬が興奮したような声を上げる。

「制限酵素の影響で、こんなにも切断されているのかもしれない」

「でも、どうして制限酵素なんて……」

たとえ制限酵素が原因だとしても、そこには大きな疑問が横たわっている。

制限酵素は、ＤＮＡの特定の塩基配列を認識して切断する働きがある。これは遺伝子組換え技術に必須の酵素であり、制限酵素が認識する配列は酵素の種類によって異なっていて、切断する部位の違う多くの制限酵素がある。

もともとは主に細菌類がウイルスの侵入を防ぐために持っている酵素で、ウイルス由来のＤＮＡを切断することによって、活動を制限する働きがあった。

香月たちも、実験で遺伝子を組み替えるときなどに使用する。

「……問題は、人間の身体には、制限酵素はないってこと」

香月は呟く。

人間は制限酵素を持っていない。制限酵素が原因だとしたら、なにかが外部から侵入したと考えるのが妥当だ。いったい、なにが体内に制限酵素をもたらしたのか。

「制限酵素の切断部位数の一覧から、似たようなものがないか……これだ」

下村の前にある画面を、香月と加瀬が覗き込む。

「IPpo－1制限酵素か」加瀬が頭に手を置く。

「……今、すごい飛躍した考えが浮かんだんだが、お前たちもか？」

その問いに、香月と下村は頷く。

「IPpo－1制限酵素は、モジホコリ由来のものです」

下村は声を震わせる。

「原因は、モジホコリってこと？」

香月の言葉に対し、否定はなかった。

モジホコリは、単細胞の粘菌《ねんきん》の一種だ。黄色い塊で、林床《りんしょう》の落ち葉などの湿った場所の日陰を好む。ただ、この生物についてはよく分かっておらず、研究対象になっていた。口や目、脳がないにもかかわらず、モジホコリは物事を記憶し、簡単な問題を解くことができる。迷路の最短距離を発見したり、環境の変化を予測できる。また、切断されても自己修復でき、修復して分かれた個体同士は、同じ記憶を持っている。時速四センチメートルで移動も可能で、七百二十種類もの性別を持つという、不思議な存在だ。

ただ、人間に害を及ぼしたという話は聞いたことがない。

「モジホコリは、胞子を放出することで繁殖します。つまり、その放出した胞子が人間に感染したってことですかね」

下村は呟く。

「モジホコリが人間に感染したケースって、あったっけ？」

香月の言葉に、下村は渋面を作った。

「いえ、ないと思います。ただ、絶対にないとは言い切れません。人から人に感染しないと言われていたものが、変異して人に感染することもあります。それに、似たようなケースでは、たとえば、アスペルギルス症などがありますね。アスペルギルスは屋内外のどこにでも存在している真菌です。通気口や空気中の埃《ほこり》の中に多くいますし、人は毎日この胞子を吸い込んでいます。正常の宿主に対しては病原性を発揮しませんが、宿主の抵抗力が弱っている時に病原性を発揮して起こる日和見《ひよりみ》感染症です。発症すれば、咳や発熱、胸痛や呼吸困難を引き起こします」

「ムコール症とかも同じね」

香月は言う。

ケカビ目《もく》の真菌が作る胞子を吸い込むことによって起こる病気だ。稀《まれ》に、切り傷などの皮膚にできた開口部から胞子が入ることもある。鼻、副鼻腔《ふくびくう》、眼、脳に感染した場合は、鼻脳型ムコール症という重度の感染症になり、死に至るケースも多い。胞子が肺に入れば、肺ムコール症の原因になるし、口に入った胞子を飲み込むと、消化管に感染症が生じる場合がある。胞子が皮膚の傷口から入れば、皮膚を侵す。

この種の感染症は通常、免疫機能が正常な人の傷口に汚染された土が付着することで起こる。たとえば、地震などの自然災害時や、戦闘中に爆発で負傷した人に見られる。

下村は唸る。

「……ムコール症は人から人に広がることはないですよね。それに、解剖しても、モジホコリは見つからなかったんですよね」

「胞子のまま体内に留まっている上、播種性《はしゅせい》なのかもしれないな」顎に手を当てた加瀬が言う。

「ムコール症は、診断が難しい。感染組織のサンプルを採取して培養し、顕微鏡で確認する。そのサンプル中に原因菌の存在を特定したら診断を下せるが、これらの検査で真菌が検出されないこともある。感染した組織に胞子が集中していればいいが、全身に散らばる播種性の場合は、診断が困難だ。解剖で見つけることは、まず無理だろう。世界中で原因の特定ができないのも、時間が足りないだけではなく、そもそも発見が困難なのかもしれない」

播種性。身体のどこか一ヵ所に集中するのではなく、全身にモジホコリの胞子が拡散し、全身に影響を及ぼす。そのせいで、原因を見つけるのが困難になる。

「もしくは、口腔《こうくう》内にいるのかもしれません」下村が呟く。

「口の中に多くの菌がいますので、発見は困難かと思います。モジホコリが歯周ポケットなどに潜んで、歯茎の毛細血管からＩＰｐｏ－１制限酵素を侵入させて、全身に循環させている可能性もあります。ほら、モジホコリって暗く湿った環境を好みますし、細菌や食べかすを捕食することで成長できますし」

たしかに、下村のいうとおりだ。口腔内はモジホコリにとって良い環境なのかもしれない。

ただ、モジホコリがそこまでできるのだろうか。

そう思った香月は、目を見開く。

「……歯周病菌と似たようなものかも」

「そうです」下村が同意する。

「口の中にいる歯周病菌がアルツハイマーの原因かもしれないという研究結果が出ていますから、モジホコリも同じことをしているのかもしれません」

アルツハイマー型認知症は、なんらかの要因によって脳の神経細胞が破壊され起こる症状や状態をいう。そして、慢性歯周病の原因であるポルフィロモナス・ジンジバリスという菌がアルツハイマー型認知症患者の脳内から検出されたという発表があった。正確なメカニズムは分かっていなかったが、口腔内の歯周病菌が脳の神経細胞を破壊する可能性が指摘されている。

歯周病菌に倣《なら》って、モジホコリは脳に至ったのかもしれない。

謎が氷解した。

こめかみを指で揉みながら、香月は頭の中を整理する。

「モジホコリが体内に侵入して、防御システムをかいくぐった上で、IPpo－1制限酵素によってDNAを切断しまくっている。それで、ゾンビ化する」

いや、ゾンビ化だが、正確には違う。

もっともっと身近なことが体内で起こっていたのだ。

誰もが避けては通れない症状を、モジホコリはものすごいスピードで引き起こしているのだ。

それこそが、ゾンビ化の原因だ。

「モジホコリは、自分のコピーを作ることだけが目的の寄生生物のような存在だと言われています」

唾を飲み込んだ下村は続ける。

下村自身、口に出すことで考えを整理しているようだった。

「モジホコリのIPpo－1制限酵素がゲノムを切断すると、そこに自らの遺伝子のコピーを挿入するんです。つまり、この酵素を使って自らを複製し続けるんです。ただ、これはモジホコリの体内での話です。人には、自分を複製するモジホコリのような仕組みはありません。この場合、IPpo－1制限酵素が体内に入ると、細胞内を漂ってDNAを切断するだけなんです。すると、なにが起こるかというと、サーチュイン遺伝子というものが働き、DNAの損傷に対応します。つまり、切断された部分を繋ぐんです。

端的に言ってしまえば、IPpo－1制限酵素は台風や洪水といった災害で、サーチュイン遺伝子は災害対応部隊の指揮官って感じですね。サーチュインは、細胞を傷つける活性酸素の除去、細胞の修復といったこと以外にも、シミやシワの防止、動脈硬化や認知症の予防といった効果をもたらす遺伝子です」

「ＩＰｐｏ－１制限酵素が切断し、サーチュイン遺伝子が切断されたものを繋ぐ……それなら、遺伝子変異はほとんど残さない。遺伝子変異のデータベースにないのも頷ける」

加瀬は言う。

三人は目を合わせる。答えが一致しているのは間違いない。

香月は、震える口を開く。

「これは病気じゃなくて、ＩＰｐｏ－１制限酵素によってもたらされた急激な老化です」

やっと、原因を突き止めた。

ゾンビ化の原因は、老化細胞の爆発的増加だったのだ。

「そういえば、マウスにＩＰｐｏ－１制限酵素を入れた実験がありました」香月は、記憶を呼び起こしつつ説明する。

「ＩＰｐｏ－１制限酵素の遺伝子が組み込まれたマウスを作製し、その上で、その酵素のスイッチが〝オン〟になるように低用量のタモキシフェンを与えて、細胞を死滅させることなくゲノムが切断されるようにしました。すると、ほかの正常なマウスよりも老化が五十パーセント早まったんです。この実験の面白いところは、一般的に老化の原因とされているものには手を付けていない点です。遺伝子変異を起こしたわけでも、テロメアやミトコンドリアに細工したり、幹細胞を取り除いたわけでもないんです。それなのに、ミトコンドリアの機能が衰え、筋力が低下し、白内障や関節痛、認知症の発症、骨密度の低下が起こったんです」

言いながら香月は、最近の肩の痛みや、全身に違和感を覚えたことに納得がいった。老化細胞が増えると、そこから分泌される因子を介して周辺組織に炎症を引き起こす。

また、解剖時に骨が脆くなっていた理由も、老化細胞増加による骨密度の低下が原因だ。ゾンビから発せられた異臭も、老化細胞の増加によって皮脂成分が酸化されたことが理由だろう。

正常細胞にDNAダメージが生じて老化細胞が蓄積すると、細胞が炎症する。炎症によってゲノムが不安定になり、身体がゾンビ化し、外傷というトリガーによって、脳にまで炎症が発生して意思疎通のできないゾンビができあがる。モジホコリがDN

Aを切断して、それが結果として炎症に繋がっていることが事実ならば、外傷も炎症であり、モジホコリがやっていることを手助けする要素なのは間違いない。

ふと、隣を見ると、話の輪に入っていなかった城田が難しい顔をしていた。ついていけていないようだった。

「えっと、簡単に言うと、DNAが損傷すると、結果的にゲノムが不安定になって、DNAの巻きつきと遺伝子調整《エピゲノム》の混乱状態が起こって、老化細胞が増えて、健康な細胞に炎症を引き起こすの。それが、今の私たちの状態……老化細胞って、ゾ、ゾンビ細胞とも呼ばれているの。今回のようなゾンビ化の意味ではないけど」

最近身体のさまざまな箇所が痛かったり、違和感があったのは、モジホコリが原因で炎症が起きていたのだろう。身体の内部で急激な老化が発生していたのだ。身体の表層に老化の兆候が表われているかもしれないが、自分では分からなかった。外見の老化は、短期間では意識できない。人は、昨日より今日のほうが確実に老化しているが、それを認識できないのと同じだ。

香月の言葉を聞いてもなお、城田の表情は晴れないようだった。

「……嚙まれたりして、その炎症が脳まで到達して、ゾンビ化するんですか？」

「仮説でしかないけど、たぶんね」香月は答える。

「ただでさえ、ＩＰｐｏ－１制限酵素によって身体が炎症してゲノムが混乱状態の中、ゾンビに噛まれたり、噛まれなくても大きな怪我をしたら、身体の炎症が許容量をオーバーして、遺伝子調整の役割であるエピゲノムが大混乱に陥って、脳が機能しなくなるくらいの炎症を引き起こし、破壊しているのかもしれない」

「その破壊されるまでの時間が、十秒から二分ってことですね」下村が続ける。

「全身を一気にゾンビ化するには時間が短すぎますが、脳だけなら頷けます」

「たしかに、脳の破壊だけなら分からないでもない。そもそも、人でいる時点で脳も炎症していると考えたほうがいいかも。そして、機能できなくなるまでの炎症は、ゾンビによって噛まれたり、別の大怪我によって引き起こされる」

　理にかなった考えだ。

「ただ、どうやってモジホコリが脳にまで影響を及ぼしたのかは分かりません」

　下村の言葉に、香月は頷く。

　人間の体内に侵入したモジホコリは、人の身体を炎症させることは容易だったが、脳に到達するのは難しかった。ブ《B》ラッドブ《B》レインバ《B》リアが関係しているのかもしれないなと思う。これはいわばセキュリティーシステムで、脳に異物が侵入するのを防ぐバリアの役目を担っている。

BBBの突破は難しく、モジホコリのような大きさのものが入り込むのは不可能だ。ただ、IPpo－1制限酵素だけなら、なんとかなるかもしれない。

香月の想像は膨らむ。

モジホコリは、人の身体を炎症させることはできたものの、BBBがあるため、最初は人の脳に到達するには至らなかった。しかし、モジホコリは自分に脳がないにもかかわらず、学習することができる。長い時間、脳への侵入方法を考え、物性を調製して、IPpo－1制限酵素を透過できる構造に変化させ、少しずつ我々の脳を侵していったのかもしれない。

そして、モジホコリは完全にBBBを突破した。

もしかしたら、人類はどこかの時点で、すでにモジホコリによって理性部分を侵されていたとも考えられる。

「……殺人を犯すとか、凶悪犯罪の原因も、モジホコリが影響しているケースがあるかもしれない」

突拍子もない考えだとは思いつつ、香月は独りごちる。

「え？　なにか言いました？」

「なんでもない」

首を横に振った。

下村は不思議そうな顔をしていたが、すぐに頭を切り替えたように真剣な表情になる。

「モジホコリのＩＰｐｏ－１制限酵素の影響力の限界が身体のゾンビ化までで、大怪我というトリガーによって脳を爆発的に炎症させて機能を奪うってのは、ありかもしれません。でも、その炎症は理性を司る大脳新皮質までしか影響されず、それより深層にある大脳辺縁系は活動できているってことです。それによって、晴れてゾンビの出来上がりってわけですね」

下村の言葉に、香月は同意する。

「つまり、ゾンビは、ほとんど理性のなくなった、欲求にのみ従う動物のようになっているということ。その状態だったなら、ゾンビの行動にも説明がつく。たとえば、ゾンビが集団行動するのは、社会を形成したいという欲求かな。まぁ、社会を形成することで満たされる安全や食欲といったものは動物の行動原理としてあるけど、ゾンビはただ群れるっていう欲求だけが残っている可能性もある。心理学で言われている、低次の欲求によってゾンビは動いているってことかも」

「低次の欲求……ちなみに、高次の欲求っていうのはなんですか？」

下村が問う。

「もっとも高次なものは、自己実現欲求。なにかを達成したいということ。これこそが、すべての欲求の頂点と言われているけど、普通の人は低次の欲求に支配されている。ゾンビ化して理性が消えたら、食欲といった欲求に囚われているのが証拠ね」

「へぇ、知りませんでした。僕もゾンビ化したら、食欲だけになりそうですねぇ」

下村が感心したような声を上げた。

香月は咳払いをする。

「……それと、ゾンビが共喰いしない理由は、完全にゾンビ化した人間は、私たちとは比べものにならないくらい老化細胞が増加している可能性が高いからかも」

「老化細胞が増加しすぎると、共喰いはしないんですか？」

城田が問う。

「身体の老化って、いわば酸化でもあるの。酸化した食べ物を好んで食べる人はいないでしょ？」

「たしかに」

「まぁ、確証のない、可能性の一つだけどね。そしてこれは、ゾンビが人を噛むだけの場合と、食料とする場合があることも説明できる。食料としてのレベルを保っている人間は食べられるし、酸化して食料にならない人間は、噛まれるだけ。もしかしたら、モジホコリに感染していない人がいたら、その人が食料の対象になっているかも」

「その理屈ですと、身体が老化している老人は、食べられずにゾンビ化するってことですか？」

「可能性の一つとして、考えられる」

ゾンビ化は、老化。つまり、皮膚が乾燥しているのは、老人性乾皮症のような症状を起こしている可能性があり、それが過剰に表われたのが、ゾンビの容姿の説明になるかもしれない。

城田は唸る。

「では、ゾンビが小動物ではなく、人間を食料として認識して襲う理由はなんですか？」

「それも説明可能」香月は続ける。

「カニバリズムって、実は我々の祖先にとっては身近なものだったの。旧石器時代の食生活には人肉も含まれていたと分かっているし、人が人を食べることは、小さな鹿を食べるのと同じくらいのエネルギーを得ることができる。自分に近しい生物の肉ほど、必要とする栄養価が含まれているの。つまり、理性がなくなって本能のみで食欲を満たそうと思ったら、人肉こそが人間にとって栄養学的に第一選択になりうるってこと」

香月は、言っておかなければならないことがあることに気付き、口を開く。

「もちろん、本能に従っている人間が、絶対にほかの動物を食べないわけではなく、ただ第一選択ではないということ。人間という食料が近くに存在しなくなれば、食べる可能性はある」

言い終えると同時に、加瀬が大きなため息を吐いた。

「ゾンビ化が老化だということは、現時点では最有力だ。ともかく、俺たちはモジホコリの胞子の影響で炎症して、尋常ではないスピードで老化しているってことだ。そして、俺たちの脳はいつ機能不全に陥るかも分からない。完全にゾンビ化する一歩手前ってことだ」

加瀬が苛立った様子で言い、一度天井を見上げてから、視線を戻す。

「……この理屈が正しければ、原因不明のゾンビ化にも説明がつくな」

「え？」香月は驚く。

「本当に分かったんですか？」

加瀬は苦々しい顔になる。

「慢性的なストレスが、DNAを損傷させるという研究結果の記事が《ネイチャー》に載っていた。原因不明のゾンビ化は、ゾンビが現われてから三日目だ。つまり、ゾンビに襲われるかもしれないというストレスを受け続けている状況だ。モジホコリのIPpo-1制限酵素がDNAを切断し続けている中で、慢性的なストレス自体がDNA損傷を引き起こした。それで炎症が加速して、脳が機能しなくなったんだ」

「たしかにそうですね」下村は同意する。

「もともとモジホコリによって炎症している中で怪我をして炎症が悪化して、ゾンビ化するのと同じ理屈が成り立ちます」

「これも仮説でしかないが、俺たちがゾンビ化していないのは、ストレス耐性があるからかもしれないな」

ストレス耐性。

香月は考える。たしかに、ストレスには強いほうだし、今回のゾンビの発生に恐怖心はあったものの、それ以上に、この現象の原因はなんなのかということに気を取られていた。研究者の業が結果として、ストレスの影響から逃れる要素になっていたのかもしれない。

加瀬と下村も、同じようなものだろうと香月は推測する。

「僕は、どうしてゾンビになっていないんでしょうか」

城田が不安そうな声色《こわいろ》で訊ねる。

フラッシュメモリーに今回の検証データをコピーしている途中だった下村は、吹き出して動きを止めた。

「城田くんは、ゾンビが発生したことがストレスじゃなくて、興奮材料だからでしょ」

「あ、そうか」即座に納得する。

「興奮っていうのは語弊《ごへい》がありますが、まぁ……ゾンビオタクでよかったです」

その言葉が可笑《おか》しくて香月は笑うが、すぐに沈鬱《ちんうつ》な気持ちになった。

沈黙が部屋の中を支配し、大きな難問が横たわっているのを意識する。

――この状況の打開策は、果たしてあるのだろうか。

二十秒ほどの静寂の後、下村が最初に声を発する。

「……いつから、モジホコリは我々の体内にいたんでしょうか」

「さぁな」加瀬は、椅子の背もたれに寄りかかる。

「今の状況を考えれば、すでにモジホコリは世界中の人間に寄生しているはずだ。つまり、少なくとも、世界中の人間の体内にモジホコリが入り込む時間が必要だし、そのためには、人間から人間に感染する必要がある。最初は、湿地とかにいるモジホコリが人間に感染したはずだ。口や鼻からだったり、傷口からかもしれない。そして、感染者が咳をしたら、そこに胞子が含まれていて、周囲にいる人を感染させる。そうやって密かに感染者を増やしていって……一年か、それ以上の間、モジホコリは悪さをせずに留まり、蔓延させる頃合いを見計らって行動を起こしたのかもしれない。IPpo‐1制限酵素を出し続け、DNAを損傷させ続けていた。サーチュイン遺伝子に過剰な負荷がかかるレベルで。人間の身体がどんどん炎症していき、そして、外的要因が重なったことで、爆発的な炎症が起き、脳が侵され、ゾンビ化した」

加瀬の説明には、根拠はない。しかし、真に迫る説得力があった。

香月は、全面的に同意したことを表わすために頷いた。

「……でも、モジホコリの目的はなんだろう」

偶然、こんなことが起こるとは到底思えない。なんらかの必然性をもって、モジホコリは人間の体内に侵入し、ゾンビ化させたはずだ。

「普通、宿主に寄生するのは、自分たちを増やそうとするためです。人間を宿主にして、それをやろうと考えたんじゃないですか?」

下村は答える。

モジホコリは、動けるといっても時速四センチメートルでしか動けない。また、生息範囲も湿った林床や朽ち木の表面など、湿潤な場所を好む。人間の行動能力を使って、積極的な繁殖のための行動。

——果たして、そうだろうか。

「……その可能性はあるけど、それだったら、人間のDNAをめちゃくちゃにして、ゾンビ化させた理由が分からない。静かに寄生して、人間を運搬役として使ったほうがいいと思うけど」

香月の言葉に、下村は納得するように頷く。

「たしかにそうですね。寄生することでやむを得ず人間のDNAを損傷させてしまうという場合も考えられなくはないですが、世界中の人に寄生するまでの段階では、悪さをしていなかった可能性が高いですからね。モジホコリは生命が脅かされると何年も冬眠できるようなので、たとえ寄生が宿主である人間にとっては負担がかかっても、ある程度のところで冬眠し、再度活動に入る戦略もあったはずです」

「……戦略って、モジホコリってそんなに賢いんですか?」

城田が言う。

香月自身、信じがたかった。ただ、可能性はある。

「そもそも、脳を持たないのに記憶を共有したり、思考できたりする時点で謎の生物なんだけど、脳を持たないから人間よりは遥かに賢くないのは間違いない。ただ、モジホコリは分裂して、それぞれが別の経験をしても、再び融合すれば両者は記憶を共有できることも分かっている。千体のモジホコリが融合すれば、千体分の記憶を結合できる。人間は、基本的には一人の力で知識を蓄積しなければならないけど、モジホコリは分裂と融合を繰り返すことで、知識をどんどん増やすことができる。彼らがなんらかの目的に向かって思考し始め、わざと分裂して経験を蓄積させ、思考した上で融合すれば、その目的に特化した生命体になることもありえる」

この説が正しければ、今回の計画を立てられるモジホコリが存在し、その個体から出た胞子が、ゾンビ化のプロセスを担っているということだ。

「……なんか、突拍子もないことですね」

城田は半信半疑の様子だった。

「進化っていうのは、とても微細な変化を続けていくものだけど、あるとき突然、大きく変わることもあるの。これ、我々人間の先祖であるホモ・サピエンスのことね」

言っている香月自身も、にわかには信じられない。

ただ、不可能ではない。

これまでにも、偉大な科学者たちの中には、宇宙人と交信するのは時期尚早だと語ったり、遺伝子編集されたスーパーヒューマンは遅かれ早かれ出現し、未改良の人類を脅かすと警告していた。

このことを聞いて現実的に捉える人はどれほどいるだろう。香月にも、世迷い言《よまいごと》にしか聞こえなくもない。だが、天才の頭脳では、これらは真剣に取り組むべき課題だったのだ。人は、自分の尺度でしか物事を推し量れない。その尺度を圧倒的に超えるスケールは、認識できないのだ。

モジホコリが人間のDNAをめちゃくちゃにして、結果として人間をゾンビ化することが、なんらかの目的のために実行に移された。

「おそらく、種の保存だ」

不意に、加瀬が言う。

「……種の保存っていうと、ゾンビ化は繁殖の手段ということですか？　それって、先ほど下村くんが言っていた説と同じ——」

「増やすためではなく、減らされないことに対処したということだ」

香月は眉間に皺を寄せる。言っている意味が分からなかった。

「……どういう意味ですか」

加瀬は、自分を落ち着かせるように、ゆっくりと息を吐く。当惑しているのが読み取れた。

「モジホコリが人間を宿主にして繁殖しているのを否定するつもりはない。人間の身体の中は、適度な温度と湿度と栄養があるから、住み心地のいい環境だ。ただ、繁殖した上で、奴らは俺たちを殺そうとしている。それこそが最終目的だ」

「……どうしてですか？」

「モジホコリの、環境の変化を予測するという能力は知っているな？」

問われた香月は頷く。有名な話だ。

モジホコリが周期的な環境変動の記憶を持ち、予測できることが実験によって明らかになっている。湿度の高い場所での活動を好むモジホコリを好条件の環境下に置くと、一時間に一センチメートルから四センチメートル動くが、湿度を下げて乾燥した環境にすると、動きがピタリと止まる。再び湿度を上げると動き出し、下げると止まる。それを周期的に繰り返し行なっていると、実際に刺激がなくても、以前に環境が悪くなったタイミングに合わせるように動きを止めることが判明した。

この実験で、太古の昔からいるモジホコリは、環境変化に対応するため、記憶を使って乗り越えてきた可能性があると結論付けられた。

「俺たち人間は、モジホコリが好む森や湿地を減らしている。つまり、住む場所を奪っている。その主要因である人間を宿主にして胞子を出して仲間を増やしつつ、人間そのものを駆逐しようとしているのではないか。環境変化を及ぼす根本原因を根絶やしにしようとしているのかもしれない。ウイルスと違ってモジホコリは、人間の身体がなくても生きていけるので、死んでも問題はないから、人間が死滅してもなんら不都合はない」

香月は寒気を覚え、身体が震えた。

モジホコリによって人類——ホモ・サピエンスは、北京原人やネアンデルタール人のように、抹殺される。人間がいなくなれば、モジホコリが住める場所が急増するし、また、地球環境も劇的に改善する。人間は、地球にとっては癌《がん》細胞と揶揄《やゆ》されているくらいなのだ。モジホコリが地球の免役システムだとしたら、癌である人間を駆逐しようとする動きがあってもおかしくはない。

「でも、本当にそんなことが……」

信じられなかった。信じたくなかった。

「僕も信じられません。そもそも、モジホコリってどんなやつなんですか？　スマートフォンで検索しようとしたんですけど、もう使えない状態なんで」

下村はパソコンを操作し、画面にモジホコリの写真が映し出される。黄色い変形菌。多核の単細胞生物。餌を摂取するための変形体になると、大きさが五平方メートルに達する。網目状に広がっている姿は、葉脈に見えなくもない。〝仮足《かそく》〟と呼ばれる小さくて不気味な腕のような四肢《しし》を伸ばして移動する。

「え？　これですか？」城田は目を見開く。

「やっぱり、信じられません。こんな奴が、人間をゾンビ化させるなんて」

そう主張する城田に、加瀬は苛立ちのこもった視線を向ける。

「俺だって信じたくはない。だが、寄生生物が人間を操ることは、すでに知られていることだ。ウイルスのような小さなものから二メートルほどの大きさの条虫《じょうちゅう》まで、宿主の行動を操るものは多く存在している。神経寄生生物学という分野があるくらいだ」自分の考えにしたがわせるような高圧的な調子で続ける。

「寄生生物と宿主は、何十億年も戦いながら生きてきた。地球上に最初に出現した細菌は、ウイルスに寄生された。多細胞生物が生まれると、細菌が寄生し始めた。そうやって寄生生物は進化して、回虫《かいちゅう》やダニやシラミなどの多様な種類が誕生していった。

もちろん、この戦いに今も生き残っている宿主だって、侵入者を追い払う術を身につけている。皮膚は分厚い障壁だし、鼻は濾過システム、涙は侵入者を洗い流す。耳の毛だって外敵を阻む機能がある。この防御システムを突破して体内に侵入されたとしても、気道には粘液があるし、胃酸は靴にこぼせば焼け焦げて穴が空くほど強力だ。これらで対処できなくても、免疫細胞がある。見張り番を立て、侵入者を発見したら、白血球が対処する。そして、侵入者の記録は残され、もう一度同じ奴が入ってきたら即座に対処できるようにしているんだ。二重三重以上の防衛網と撃退能力を有しているにもかかわらず、寄生生物に負けることがある。奴らはとてつもない数の集団で、しかも多種多様だ。

その上、つねに突然変異の可能性がある。寄生生物の策略に負けることは珍しいことじゃない。新型コロナウイルスが世界に蔓延したのも、変異に人類が対処できなかったからだ。

寄生生物はときに人を殺すが、エネルギーを少しずつ奪ったり、酷く傷つけたりする場合もあるし、無害のケースもある。トキソプラズマは、全人類の三分の一以上の人間の脳に寄生していることが判明している。しかし、健常者が感染した場合は、免疫系の働きにより症状は顕在化しないか、軽度の感染症状を経過した後で、日常生活に支障のない状態のまま、生涯にわたり保虫者となっているだけだ。

寄生生物は、宿主を利用するために〝操作《マニピュレーション》〟という行動を引き起こす場合もある。風邪のとき、人は咳をすることで肺から感染の原因を追い出そうとする。しかしこれは、寄生生物が喉の奥をくすぐり、病原菌を拡散するように仕向けているという考え方もある。もちろん、明白な操作を行なうことも確認されている。

南スーダンやエチオピア、カメルーンといった国に生息するギニア虫は、その幼虫を体内に持つケンミジンコが生息する濁った飲み水を媒介にして体内に入る。そして、さまざまな戦略で体内に寄生して成長し、人間の身体の結合細胞をくぐり抜けながら末端にいき、大体がふくらはぎに留まる。そして、約一年後に多くの幼虫を身ごもって、それらの幼虫を世に送り出そうと、人間の皮膚の真下まで移動する。そのうえで、酸を放出するんだ。宿主に激痛が走る上、痒《かゆ》い水ぶくれを作り、焼けつくような感覚を与える。そうなると、宿主は水に足を浸すんだ。その瞬間、ギニア虫は水の環境を感じ取り、人間の皮膚を打ち破って口から幼虫を吐き出し始める。一回の痙攣ごとに、数百から数千の幼虫が飛び出すんだ。そうやって水に入った幼虫は、泳ぎ回って再びケンミジンコに寄生し、人間の中に入り込む。ギニア虫は戦略を立てて、人を水に入るよう仕向けているのは間違いない。だから、記憶と思考力を持ったモジホコリが今回のようなことを引き起こしたとしても、俺は全否定しない。寄生生物は、俺たちが思っている以上に狡猾《こうかつ》だ。人間に害を及ぼす寄生生物は、千四百種類以上いる。これは、判明している数だ。宿主を操作する力を持つ寄生生物は、もっとずっと多いはずだ……いや、もうこの話はいい」

過熱した様子の加瀬は、苦々しい顔をする。

「原因は突き止めた。しかし、状況は最悪だ。俺たちの身体はすでにゾンビ化していて、いつ完全なゾンビになってもおかしくない」

「打開策を考えないといけませんね」

下村は俯き、考え込む。

たしかに、そのとおりだ。

知的好奇心に駆られて話していたが、今は時間がない。

なんとか、この状況を切り抜ける方法を考えなければ。精神的ストレスによってゾンビ化する可能性は常にあるし、非常用発電機の電源はあと二日ほどしかない。この場に閉じこもっていれば、ゾンビの襲撃からは身を守れるだろう。しかし、いずれは食料もなくなる。

時計を見ると、午後十一時近い。

一条から頼まれた、DNAの解析作業のことを思い出す。あとは、キャピラリー電気泳動装置での作業をすれば、判定が出る状態になっているはずだ。確認しに向かおうとすると、背後から声をかけられる。

「あっちで、なにをやっているんだ？」

加瀬が訊ねる。

香月は、一条に口止めされていたので、答えをはぐらかした。

「ちょっとしたことです」

回答にはなっていないが、加瀬は言及してこなかった。

一条の元に向かう。

「すみません。今から進めます」

無言で頷く一条の顔には、暗い影が差しているようだった。

いったい、この皮膚片と毛髪は、だれのものなのだろう。

そう思いつつ機器を操作し、DNA型を判定する。一分もかからなかった。

判定結果を見る。

「あ、出ましたよ。この皮膚片と毛髪は、同一人物のものです」

そう言った香月は、一条を見て息を呑んだ。ぞくりと、背筋に悪寒が走る。

顔が、鬼のような形相になっていた。

壁に背中を預けていた一条は、実験室の奥に視線を向け、歩き出す。

なにか、まずいことが発生したことを覚った香月は、後を追った。

「い、一条さん？」

声を掛けるが、歩みが止まらない。

「いったいどうしたんですか？」

香月は衝撃を受ける。

一条が向かっている先は、次世代シーケンサーの前だ。そして、その場にいた加瀬が、下村を盾にするように立たせて、その頭に銃口を突きつけている。人質になった下村は、青い顔をして震えていた。

「お前かぁ！！！」

一条が吠える。人間の声ではない。まるで獣《けもの》だ。

「それ以上近づくな！」

銃口が一条に向けられた。

一条は動きを止める。拳銃に怖《お》じ気《け》づいたというよりも、様子を見るために立ち止まったように香月には見えた。

「なぜ俺の家族を殺した!!」

耳を劈《つんざ》くような怒声。

それを正面から受けた加瀬は、迷惑そうに顔をしかめる。

「うーん……それについては、自分でもよく分からないんだよな。まぁ、有り体《あてい》に言えば、拒絶されたからかな」

加瀬は、その言葉が真実かどうか自分でも分からないといったように首を傾げた。

「いや、好みだったんだよ。ときどき見かける程度だったけど、ずっと気になっていたんだ。別に、明確な殺意があったわけじゃないんだ。たまたま同じ時間に、同じ道を歩いていただけなんだ。それで、あとをついていって、家に入った。とくに、どうするってわけではなかったんだ。自分でも変だなとは思っていたが、止められなかった。自分の感情をコントロールできなかった。それで、よく分からないうちに、あの女に拒絶されたんだよ。それがやけにむかついたのは覚えている。だから殺した。でも、殺す予定なんてなかった。気付いたら、死んでいたっていったほうがしっくりくるほどだ。俺は悪人なのか？　でも、あれは、俺がやったことじゃないような気がするんだ。俺がやったのは間違いないんだけどな」

言っている本人も戸惑っているのか、加瀬の口調は、どこかたどたどしい。ただ、顔には笑みが浮かんでいた。自分のほうが上に立っているという、満足そうな笑み。

「ったく、あんたの名前を聞いたとき、すぐに分かったよ。俺が殺した女の旦那だってな。でも、俺が犯人だと思っているのか判別できなかったから放っておいたんだ」

一条が予防感染研究所に現われたときのことを思い出す。加瀬の、見定めるような眼差し。あれは、一条の真意を探ろうとするような視線ではなく、自分自身が疑われていないかを探る目だったのだ。

「……あっちのほうで、なんかごそごそやってるなとは思っていたが」加瀬は香月に侮蔑《ぶべつ》するような視線を向けてから続ける。

「DNA鑑定をしていたのか。すぐに対応できてよかった。危うく、科学に足をすくわれるところだったよ。でも、科学の英知の結晶とも言える拳銃に救われたってわけだ。まったく、ゾンビの世界になっても復讐《ふくしゅう》に燃えるなんて、どうかしている」

加瀬の話を聞きながら、香月は日曜日の朝に家で見たニュースを思い出していた。世界が変わってしまった二日前に起きた、母子殺害事件。

被害者の苗字が、たしか一条だった。

一条は、ゾンビが蔓延した世界になっても、どうにか予防感染研究所に辿り着いたのだ。犯人を探し出すために。

「でも、どうしてＤＮＡ鑑定なんてできたんだ？　髪は、俺のことを助けるために髪を引っ張ったときに手に入れたんだろ。あの時点で、俺のことを疑っていたのか？」

「……お前を助けたときに、傷が見えた。爪で引っ掻かれたような痕。それで、お前が犯人かもしれないと思ったんだ」

「じゃあ、もう一つの試料は？」

「皮膚片だ」

「……あぁ、やっぱり」納得したように頷く。

「あの女に引っ掻かれたからな。本当、しくじった。人殺しなんて初めてのことだったし。自分では冷静だと思っていたんだけど、引っ掻かれたことにすぐに気付かなかったということは、平常心ではなかったんだな……後から気付いたんだが……そうか、それまでは疑われていなかったのか。でも、どうしてここに来たんだ？　俺が殺してから二日しか経たずにゾンビが発生したから、ろくな捜査ができなかっただろ」

「……お前は殺しの後に、一時間ほど歩いてこの研究所に戻った。防犯カメラの映像をつなぎ合わせて、経路を特定したんだ。顔は見えなかったが、背格好と服装で経路を辿ることはできる。それで、ここの職員の中に犯人がいると踏んだ」

「ご苦労なことだ」加瀬はおどけた顔で労《ねぎら》いの言葉を発する。

「そうか。たしか、金曜日だったな。その日は休暇を取ってあったんだが、夜にあんたの家に行った後、残務処理があったのを思い出したんだよ。それで、散歩がてらここに来たんだ。でも、俺はあの女との接点はないし、皮膚片が残っていても誰のものか特定できないし、顔も見えないようにしていたし、防犯カメラにも気をつけたから大丈夫だと思ったんだよなぁ……でも、こうしてお前はやってきた。ゾンビを掻き分けて。本当、ご苦労なことだな」

加瀬は笑う。まったく悪びれた様子はなかった。

銃口を向けられた一条は腰を落とした体勢を維持していた。いつでも飛びかかれる状態だ。しかし、間に下村がいるし、銃口は一条に向けられたままだ。近づいた途端、撃たれるだろう。

「ん？　でも、どうして皮膚片をお前が持ってる？　普通は鑑識に回されるだろ。あの程度の皮膚片だったら、鑑定のためにＤＮＡ以外の成分は溶かされるはずだ」

一条の顎に力が入る。ギリギリと歯が鳴り、口の端から血が出てきた。

「……妻の爪に残っていたものは鑑識が採取した。でも、颯太《そうた》の爪に残っていたのは、俺が取っておいたんだ……同僚に、息子と二人きりにさせてくれと頼んだときに削ぎ取った……自分で犯人を見つけて、復讐するために」

その言葉を聞いた加瀬は、当時のことを思い出したのか憎々しげな表情になったが、その後、せせら笑った。

「颯太？　あぁ、あのガキな。女が俺に刃向かってきたから絞め殺したんだけど、そのとき、泣きながら引っ掻いてきやがった。だから、同じように絞め殺した。守りたかったんだろうが、あまりにも無力だった。ともかく惜しかったなぁ！　あと少しで復讐できたのにな。でも、俺は世界に愛されている。人を殺したら、ゾンビが蔓延する世界になった。こんな世の中になったから、もう俺は捕まらない。俺の人生の成功は約束されているんだ。今だってそうだろ？　ゾンビ化の原因を見つけた男として、世界から崇《あが》められるんだ」

挑発するようなことを言う加瀬に、香月は恐怖心を覚える。

しかし、それ以上に違和感があった。

たしかに、加瀬は感情を表に出すタイプだ。激高し、なにかに当たり散らす現場は何度か見たことがあった。

穏やかな性格ではない。ただ、人を殺すタイプでもない。一条が前に語った、純粋な悪という存在なのだろうか。自分のために人を殺す。ふとした拍子に人を殺す。簡単に、呼吸をするくらい自然に。

これに該当するのか。

いや、どうしても納得できない。加瀬が、人を殺すとは思えない。

そう思った香月は、はっとする。

モジホコリは、まずは身体を蝕み、外的要因が加わることで大脳新皮質を破壊するという仮説に辿り着いた。大脳新皮質が壊れれば、人は理性をなくし、本能にしたがって行動する。

――でも、外的要因が加わらなければ大脳新皮質に影響が及ばないとは言い切れない。

加瀬は、事件を起こした時点で、理性を司る大脳新皮質が損傷していたのではないか。

テレビでも、連日のように殺人のニュースをやっていた。凶悪犯罪の増加を嘆いているコメンテーターもいた。モジホコリによって、大脳新皮質の機能が低下したことで引き起こされていたのかもしれない。犯罪の原因がモジホコリだという説は、人がゾンビ化する理屈と符合する。

殺人の動機は、モジホコリ。

早くそのことを言わなければ。

「あの――」

香月が声を発すると同時に、人質になっている下村が、加瀬の腕を振りほどこうともがく。

バランスを崩した加瀬に、一条が襲いかかった。

一発目の銃弾は逸れる。

しかし、二発目が、一条の太股《ふともも》に直撃した。その場に膝をつく。

「くそっ」

撃ち損じたことに悪態を吐いた加瀬は、顔面に蹴りを入れた。一条は仰向けに倒れ込む。そして、一歩離れてから一条の頭部に銃口を向けた。

たしか、前に加瀬は拳銃の残弾が三発だと言っていた。

つまり、残り一発。

一条は起き上がろうとするが、上手く立ち上がることができなかった。炎症が加速しているのだ。サーチュイン遺伝子に過剰な負荷がかかり、すでに取り返しのつかない事態に陥っている。出血量から、大腿《だいたい》動脈を損傷しているのは間違いない。通常なら、一分ほどで出血多量になって死に至る。

「焦って外した……まぁ、いい。この怪我なら、ゾンビ化の条件に適合するだろう。

いや、死ぬほうが早いかもしれないな」

加瀬の言葉どおり、一条に異変が起きる。

無言の咆哮《ほうこう》をするように口を大きく開き、全身を痙攣させている。こぼれ落ちるのではないかと思うほど見開かれた目が、白く濁っていった。

「もうそろそろ、理性が壊れそうだな。ゾンビ化したら、すぐに殺してやるよ。復讐できなくて残念だったな。絶望しながら死ね」

身体の痙攣が止まる。

時間にして、二十秒ほど。

2

「生まれたか！」

「……もう、とっくに」

「あ、いや、まだ先日起きた殺人事件の帳場が立っているから、なかなか時間を作れなかったんだよ……ほんと、悪い」

「言いわけはいいから、早くこの子を抱いてあげて」

「おぉ……こんなにふにゃふにゃなのか……猿みたいだ……俺も、父親になったんだな……よろしく、颯太」


「おい、赤ん坊って、こんなに泣くのか……ようやく事件が解決して家でゆっくり寝られると思ったのに」

「しょうがないでしょ。それが仕事なんだから」

「泣くのが仕事とは羨ましい……まぁ、仕事なら仕方ないな。必死に泣いて、しっかり大きくなれよ」


「お、今、なんか喋ったぞ！」

「まぁ……ばぁ」

「今、パパって言ったんじゃないか!?　いや、絶対にそうだ。パパって言ったぞ！」

「パパ！　起きてよぉ！」

「いたっ！　おい、目を指で刺すな！　頭を蹴るな！」

「起きてよパパ！　パパ遊ぼう！」

「分かった分かった。今起きるから」


「ボール蹴るの、上手だなぁ」

「うん！」

「おっ……痛っ！　足攣《つ》った！」

「……大丈夫？」

「痛い！　っくそ！」

「……大丈夫？」

唇をへの字に曲げ、やがて泣き出す。

「どうして颯太が泣くんだよ。大丈夫大丈夫！　治った治った！」

「本当に働くのか？」

「うん」

「でも……別に高給取りじゃないけど、生活に困るほどじゃないと思うが」

「違うの。もう一人、子供がほしくて。だから、お金を貯めようと思って。働くと言っても、パートだけどね」

「……二人目？　本気で言ってるのか？」

「嘘を言ってどうするの？　私は本気よ」

「うーん……」

「嫌？」

「……あまり考えたことがなかったけど、二人目か。それもいいかもな。颯太みたいな子供が二人いたら、絶対楽しいもんな」

「でしょ？」

「そうだな。俺も、出世できるよう頑張るよ」

「それじゃあ、行ってくる」

「いってらっしゃあい。パパ、今日もパトカー乗るの？　敵をやっつけるの？」

「……まぁ、そうだな。やっつけるぞ」

「ヒーローみたいに？」

「あぁ、そうだ。ヒーローみたいに正義の味方になって、敵をやっつける」

「そうなんだぁ……正義の味方、かっこいいなぁ。僕も敵をやっつけたい！」

笑う。

それを見て、笑う。

「そうだなぁ。まぁ、敵をやっつけるのはパパの仕事だから、颯太は心配するな。颯太の仕事は、ママを守ることだ。まだ三ヵ月だけど、いずれ弟か妹ができるから、お兄ちゃんとして、しっかり守るんだぞ。あ、もう行かなくちゃ。ごめんな颯太。またな」

「気をつけてね」

——じゃあ、行ってくるよ。なるべく早く帰るから、待っててな。もし帰ったときに颯太が起きてたら、少しだけ遊ぼうな。

今までの記憶が、理性が、削ぎ落とされていく。そして、最後の一つまで消える。

一条が発した咆哮は、実験室内に轟《とどろ》いた。

3

香月は、なにが起きているのか分からなかった。

ゾンビになった一条は素早く立ち上がり、加瀬を襲う。

加瀬は頭を狙って拳銃を撃ったが、ゾンビ化した一条はそれを避《よ》け、加瀬に飛びかかり、首に嚙みついた。

加瀬は悲鳴を上げるが、一条は止まらない。鼻に食らいつき、腹を割く。喰ってはいない。ただ嚙み千切っているだけだ。

完全なる蹂躙《じゅうりん》。

ぐちゃぐちゃになった加瀬は、しばらく抵抗を試みていたが、やがて動きを止めた。

辺り一帯に肉片が散らばり、血の海になっていた。

香月も下村も、恐怖で身動きを取ることができなかった。

絶命した加瀬に覆い被さっていた一条が半身を起こす。加瀬の死体に馬乗りになっている状態で、顔を香月に向けてきた。

目が合う。

しかし、それは獲物を見る目ではなかった。そんな気がした。

ゾンビとなった一条は興味を失ったかのように視線を逸らせ、立ち上がる。そして、香月のほうに向かってくるような素振りを見せてから、立ち止まり、なにかに気付いたように香月の横を見た。隣。そこには誰もいない。誰もいないはずなのに、一条は目を細めて笑ったような気がした。

あたかもそこに大切な人がいるかのような反応だった。

口を開いた一条は、一歩前に進み、そして、倒れて動かなくなった。

沈黙が流れる。

「……死んだ、みたいですね」震える声で下村が言う。

「……死んで、よかったですね」

違う。

香月は否定したかった。一条に、香月たちを襲う意思はなかった。

ゾンビになると理性をなくし、本能に従うようになる。低次の欲求に支配される。

ただ、すべてのゾンビが低次の欲求に突き動かされるわけではない。

モジホコリの影響により、その人がもっとも強く抱いているものが剝き出しになる。それが〝本能〟となる。

一条にとっては、生理的欲求という低次の本能よりも、復讐という自己実現欲求のほうが大きかったのかもしれない。あの目には、欲求を満たした人が見せる満足感が滲み出ていた。

一条は、復讐を達成した。

ゾンビ化すると理性を失い、欲求という本能に支配される。ただ、それは低次のものばかりとは限らず個体差があることが、図らずも証明されたと香月は思った。

六日目

BSL3の実験室に取り残された香月と城田は床に座っていた。

目の前では、下村がパソコンを確認している。

「……駄目ですね。繋がりません」

ため息を吐き、お手上げのポーズを取った。

この部屋に唯一あるインターネットに繋がるパソコンは、加瀬が放った銃弾によって破壊されていた。下村が別のパソコンに切り替えられないか試していたが、徒労に終わった。

なんとか、ゾンビ化の原因を外に知らせなければならない。ただ、この実験室からでは無理だ。フラッシュメモリーに、検証データをコピーしていたが、インターネットがなければ情報を発信できない。

実験室を出ようと試みたが、相変わらず、ゾンビがエアロックの扉を叩いていた。

ここから出て、インターネットに繋がるパソコンに辿り着くことは至難の業だ。予防感染研究所の電源は、残り一日。電源が切れたら、完全に打つ手がなくなる。ゾンビ化するのをただ待つか、食料がなくなって餓死するのが早いかといった状態だった。

「いくら僕たちにストレス耐性があるとはいえ、早晩ゾンビ化するでしょうね。その前に、なんとかWHOに検証データを送らないといけませんね」

フラッシュメモリーを持つ右手を僅かに振りながら、下村は言った。

「まだ、WHOって機能しているんですかね……」

城田が呟く。

「まだあるって、信じるしかない」

下村は答える。自分に言い聞かせるような口調だった。

香月は、配管ダクトが這っている天井を見上げる。このダクトから脱出できるかどうかは、先ほど検証して無理だと判明していた。人が通るには狭すぎた。

ここから脱出するには、エアロックの扉を開けて、敵陣に突っ込むしか方法はない。

「……なんとか、ゾンビの気を引きつける方法はないですかね」

　城田は誰に聞くともなしに口にする。ずっと検討を重ねてきたが、妙案は浮かばなかった。

　電話は不通状態のため、外部に連絡を取ることはできない。いろいろな場所に内線をかけてみたが、誰も出なかった。すでに、所内の全員がゾンビ化し、残っているのは香月と下村と城田だけだろう。

「ともかく、ゾンビと戦うしか手段はないですね」城田は立ち上がった。

「正面突破しましょう」

「でも、嚙まれたらゾンビになるけど？　どうやってそれを回避する？」

　疲れた様子で下村が言う。

「……そうですよね……無理ですよね」

　その場に座り込んだ城田は、うなだれる。

　ここに居続ければ、確実に死ぬ。そして、絶対にゾンビ化の原因を外部に伝えることはできない。

　モジホコリに感染し、ＩＰｐｏ－１制限酵素が原因で老化細胞が急激に増えて、身体が炎症して老化し、やがて脳の炎症によって理性が失われ、ゾンビ化する。老化細胞のことをゾンビ細胞と呼んでいたのは、今となっては皮肉でしかない。

香月の身体の中にも、モジホコリが侵入しているだろう。そして、身体が炎症している。ただ、脳が炎症しなければ、完全なゾンビにはならない。

噛まれても、怪我を負っても、炎症が加速せず、ゾンビ化しない手はないものか。

増える老化細胞。

その増加を、止める。

――いや、殺す？

「……老化細胞だけ殺すとか？」

香月の言葉に、下村は怪訝な表情を浮かべた。

「殺すんですか？　老化細胞は、すでに死んだ細胞ですよね。だからゾンビ細胞って言うんですよ。死んでいるものをまた殺すなんて……」

言葉を止めた下村は、飛び上がるように立ち上がった。

「え!?　そんなことができるんですかね!?」

自分で言い、勝手に驚いている。

「……なに？」

香月が顔をしかめながら訊ねると、下村は両手で頭を押さえた。

「いや、いけるかも！　無理かもしれないけど、やってみる価値はあるかもしれません！」

　下村が叫ぶ。

「老化細胞が爆発的に増えているのがゾンビ化の原因なら、つまり、老化細胞を除去すればいいんです！　たしかにそのとおりですね！」

　興奮気味に身体を揺する。

「だから、そんな方法があるの？」

「ちょうどいいのがあります。セノリティック薬です。僕、ほんのちょっとだけ研究に携わっている時期がありました」

　香月は、目を大きく見開いた。

「……セノリティック薬……その手があった」

　セノリティック薬は、老化と戦うためのゾンビキラーとして研究が続けられている老化細胞除去薬だった。低分子の薬剤で、老化細胞だけを死滅させるよう設計されている。最初にセノリティック薬の開発に成功したのは、アメリカのメイヨークリニックの総合病院に勤めるジェームズ・カークランドという人物だ。老化細胞除去効果のある分子をマウスに投与したところ、寿命が三十六パーセント延びた。セノリティック薬の有効性は現在も世界中で研究されており、上手くいけば、一週間の投薬治療で若返ることができ、変形性関節症や失明の恐れのある人に投与することで回復を見込める。人間を対象にした臨床試験も、二〇一八年から開始された。若返りや長寿は、人間を魅了する言葉だ。現在も多くの大学や研究機関が着手しているが、まだ実用化には至っていない。

予防感染研究所も大学と共同研究をしていて、研究中の薬剤は、この実験室内にあった。

「セノリティック薬なら、老化細胞を消せる。でも、即効性があるかどうか……後は、人体にどんな悪影響を及ぼすか分からないでしょ？」

「いえ、やってみる価値はあります」下村は言う。

「もちろん、安全性が証明されたわけでも、即効性があるというデータがあるわけでもありません。でも、もしセノリティック薬が有効だとしたら、ゾンビ化は急激な老化が原因だという確証になります」

下村の力説に気圧《けお》されつつも、香月は納得する。

たしかに、ゲノムを解析することで、ゾンビ化の原因を見つけた。しかし、ゾンビの身体からモジホコリを見つけたわけでも、実際に老化細胞が身体を蝕んでいるのを確認したわけでもない。体内に無数にある細胞が爆発的に老化したところで、見た目が急に変わるものでもない。もちろん、影響の出やすい場所に変化はあるようだ。現に、眼球や皮膚には、老化の兆候が現われている。ただ、これもモジホコリによる老化細胞の急激な増加が原因だという根拠があるわけではない。

もし、セノリティック薬を注入し、ゾンビに噛まれてもゾンビ化しなければ、老化細胞の増加がゾンビ化の原因であるという証左になる。これは、人体実験でもあるのだ。

セノリティック薬を打ってゾンビに噛まれる。

「なるべく噛まれたくはないけどね」

「それはそうです」下村は笑う。

「でも、これが唯一の方法です」

誇張ではなく、本当にこれしか手段は残されていない。

香月は背筋を伸ばす。

「武器は、金属バットだけね」

「液体窒素もありますけど」

下村が告げるが、香月は首を横に振る。

「液体窒素は自分に被害が及ぶ可能性もあるし、ゾンビに対してそれほど有効な手段じゃない。それよりも、なるべく速く走ってゾンビを振り切ったほうがいいと思う。

それで、インターネットに繋がったパソコンまで辿り着いて、フラッシュメモリーのデータをWHOに送る」

だれか一人でも、生き残って達成させる。

その言葉は、口には出さなかった。下村も城田も、それは分かっているようだった。

研究中の薬剤保管エリアに行った下村は、フリーザーの中からバイアルを取り出した。ラベルを確認し、頷く。

「ここでは、セノリティック薬の候補物質を十五個同定していますが、これが、その中でもっとも有効性が高いと考えられているものです」

アルコール綿と注射器をそれぞれ三つ用意しながら説明する。

「まだ、人に対して使ってはいません。マウスによる実験では、それなりの効果は出ていますが……もちろん、人間に対してどのくらいの量を使えば効果があるのかも分かりません」

下村は香月を見る。

「量は任せる」

「分かりました……静脈注射でいきます」

注射器でバイアルからセノリティック薬の薬液を吸い取った。

「最初は私に打って」

香月は言い、自らの腕に駆血帯《くけつたい》を巻く。下村は反対の意を表したが、ここで議論している時間が惜しいと一蹴《いっしゅう》する。

注射部位をアルコール綿で消毒し、刺入《しにゅう》する。ゆっくりと、一定速度で薬剤が体内に入ってくる。

目を瞑った香月は、血流に乗って、身体の中をセノリティック薬が入っていくのを意識する。もちろん、そんなことを感じることはできないが、そうなっていると言い聞かせたかった。

しばらく様子を見たが、異変はない。副反応で、即座に死ぬようなことはなさそうだった。

次に下村が打ち、城田が最後だった。

念のため、一時間ほど時間を置くことにする。

この一時間が適切かどうかも、研究中のセノリティック薬が本当に効果のあるものかどうかも分からなかった。

「……そういえば、下村くんのお父さんって、ここの所長だったんだよね」

時計の針が動くのを見ながら香月は言う。なんとなく、口から出ていた。

「そうですね」

「仲、良くないの？」

ゾンビが発生した当日に親のことを聞いたとき、下村はもう何年も話していないと答えていた。

「仲が悪いというわけではないんです。でも、互いに無関心というか。父親は研究に人生を捧げてきました。それこそ時間のすべてを研究に注ぎたいってのが明白だったんです。家族はお荷物で、僕は、父親の邪魔をしないように生きてきました。別に、それが苦痛だったってわけじゃないんですけどね。僕は母親とは仲が良かったですし、父親が稼いだ金で、好き勝手できましたし。一応、母親のお陰で、家族という体裁は保っていたんです。でも、母親が死んでからは、ほとんど他人みたいな感じで。血が繋がっていること以外は、まったくの他人です」

大きく息を吐いた下村は、自分を落ち着かせるように胸のあたりを軽く叩いてから、続ける。

「でも、どうしてか、僕は父親と同じ道を歩んで、研究に人生を捧げていました。そうすることで、父親のことを理解しようと思ったのかもしれません。無意識のことですけど……まぁ、もう何年も顔を合わせてすらいませんけど、今だったら、少しは腹を割って話せそうです。人生を研究に捧げた父親の気持ち、少しは理解できますから」

下村は、ぎこちない笑みをもらす。

「会えると良いですね」

城田の言葉に、下村は曖昧に頷いた。

「……まぁ、無理だと思うけど」

そう言って肩をすくめる。

外がどういう状況になっているか分からないが、運良く出会える確率は低いだろう。

「香月さんは、会いたい人はいますか？」

下村の問いに、香月は瞬きをする。

会いたい人。

これといって浮かばない。

「うーん……会いたい人を作るような人生にしたいかな」

飾り気のない言葉。

会いたい人のいる人生。こういった未曽有《みぞう》の出来事のときに、心の底から安否を気遣う存在。それはそれで重荷になるだろうが、そういった存在がいるのも悪くはないと、今は思う。

「いいですね、それ。僕もそれを目標にします」

下村は笑みを浮かべる。

「ほんと？　どうせまた、研究三昧《ざんまい》の生活になるんじゃないの？」

「あ、バレました？」

頭を掻いた下村は、少し頬を赤くしてから視線を移動させる。

「城田くんは、外に出ることができたら、どうするの？」

香月の問いを受けた城田は、首を傾げた。

「僕ですか？　そうですねぇ……とりあえず、家にあるゾンビものの映画やドラマのＤＶＤをすべて捨てますね。二度と観たくないですから」

笑いが起こる。

和やかな空気が流れていた。

死に向かう前の、不思議なひと時。

やがて、一時間が経った。

三人はエアロックの扉の前に向かい、顔を見交わす。

「ともかく、噛まれても走ること。そして、フラッシュメモリーのデータは、私たちの命よりも大事だということ」

香月の言葉に、下村と城田は頷く。

一つ目のエアロックを開け、気閘に入る。

ゾンビが、次の扉を叩く音が聞こえてきた。

やはり、集まってきているのだ。

エアロックを閉じる。

「それじゃあ、頑張ろう」

香月は、少しだけ上擦った声を発した。

この状況に似合うセリフではないと思ったが、これくらいがちょうど良い気もした。

二つ目のエアロックを解除し、扉が開き始める。

「あ、これ、香月さんが持っていてください」

そう言った下村は、フラッシュメモリーを香月に渡した。

「え？」

受け取った香月は、瞬きをする。

「大丈夫です。僕たちが守りますから」

下村と城田は笑みを浮かべる。

刹那《せつな》。扉が開ききった。

ゾンビは四体。

全員、動きが遅い。

三人は駆け出す。真っ直ぐに廊下を進み、本体棟に続く扉まで辿り着かなければならない。

先頭をいく城田が持つ金属バットが、最初に襲ってきたゾンビの頭を直撃する。

横倒しになったゾンビを踏みつけた別のゾンビが、手を伸ばしてきた。

それを下村の身体が阻んだとき、腕を嚙まれる。食らいつくゾンビを蹴飛ばし、大きな声で叫ぶ。

「走ってください！」

三体目のゾンビに城田が体当たりした。

目の前に現われた四体目のゾンビに、香月は手首を嚙まれた。強烈な痛みに、顔を歪める。しかし、走るのを止めなかった。

浅い呼吸を繰り返し、前に進む。

別棟と本体棟を隔てる二重の扉に辿り着いた。

職員証をかざし、ロックを解除する。

扉を開けて、渡り廊下を走る。

香月は目を見開き、絶望感に襲われる。

ここにも、ゾンビが二体いた。しかも、走るゾンビだった。

渡り廊下は狭い。避けることは不可能。

突破できない。

そう思ったとき、左右から下村と城田が追い越していった。血だらけの二人が、二体のゾンビに突進する。

城田が、二体のゾンビに体当たりする。

助けようと足を止めそうになったが、城田が叫んだ。

「頼みます！」

その声は、精一杯明るかった。

渡り廊下を抜ける。隣には、下村が併走していた。二体のゾンビを、城田一人で相手にしているということだろう。振り返りたい気持ちを、懸命に堪える。ともかく前へ。

渡り廊下を抜ける寸前、もう一体のゾンビが現われた。

「このやろう!」

下村が叫び、ゾンビが伸ばした両手を掴んだ。ゾンビの歯が、下村の肩に食い込む。

香月は、溢れ出る涙で視界が歪んだ。どうして、こんな世界になってしまったのか。どうして、こんな仕打ちを受けなければならないのか。憤りに、耳鳴りがする。全身から力が抜けていく。視線が下がる。

「早く行ってください!」

下村の声に、香月は顔を上げた。

痛いはずなのに、顔にはいつもの笑みが浮かんでいる。

「前に言っていたじゃないですか! 世界を救うために、今まで頑張って勉強したり、研究していたって。だから、今なんです! 今、しっかりと世界を救ってください!」

香月は歯を食いしばる。

負けてたまるか。

ロビーに至り、階段を駆け上り、自分の研究室に入った。無人の研究室。ゾンビはいない。

起動状態のパソコンを操作する。

香月は、露出した手首の噛み傷を見た。肉が食いちぎられているが、炎症による痙攣がない。

ゾンビ化していない。

まだ、人間のままだ。

仮説は間違っていなかった。

原因の究明に辿り着いたのだ。

WHOのサイトにアクセスし、検証データをメールに添付する。

キーボードを打つ。

最初になにを書くかは、すでに決まっていた。

『We have identified the cause of zombification』

――私たちは、ゾンビ化の原因を特定した。

七日目

メールを送ってから四時間が経った。

香月は、虚ろな視線を天井に向ける。ＬＥＤの光が弱くなっているような気がした。

あとは、死を待つだけ。

セノリティック薬でゾンビ化はしないが、依然としてゾンビの食料対象ではある。

それに、ゾンビ化が遅れているだけという可能性もある。

いつ電力が切れてもおかしくない状況。いつゾンビ化するかも分からないし、たとえ人間の状態を維持できたとしても、失血死する恐れもある。

身体が、燃えるように熱かった。ゾンビ化する兆候なのか、それともセノリティック薬が老化細胞と戦っているのか。どちらなのかは、すぐに分かるだろう。

ゾンビが発生してから、七日。世界を覆い尽くし、人類を絶望させた七日。

そういえば、神は天地創造に六日かかり、七日目に休んだと聞いたことがある。
今日で、ちょうど七日目。休むべき日がやってきたということか。
「冗談きつい」
口を歪めた香月は、目を閉じる。
達成感と絶望感が綯《な》い交《ま》ぜになっていた。
鈍い耳鳴り。潮騒のような雑音。曖昧模糊《もこ》とした感覚。
それらも消えた。
遠くから、声が聞こえた気がした。

エピローグ

居住エリアにある公園のベンチに座り、香月は空を眺めていた。

透き通った青空だった。

空気は冷たかったが、日差しが暖かい。

世界にゾンビが蔓延し、多くの犠牲者を出した日から、すでに半年が経過していた。

壊滅的な被害をもたらしたゾンビ禍により、最初の十日間で全世界の死者が二十億人を超えた。これは、それまでもっとも多くの死者を出したスペイン風邪の五十倍だった。

急激にゾンビが増え続けた十日間。そのままのペースだったら、一ヵ月も経たずに人類のすべてがゾンビ化する状況だったが、十一日目以降、被害が緩やかになる。

その理由は、明白だった。

セノリティック薬を投与することで、ゾンビ化の原因となる老化細胞の爆発的増加を抑え込むことに成功したからだ。これによって、ゾンビ化に歯止めがかかった。臨床試験なしの投与だったが、一刻を争う事態だった。副反応の恐れはあったものの、致死率百パーセントのゾンビ化を抑え込むため、やむを得なかった。

まずは警察組織や軍関係者の有志に優先的に投与され、ゾンビの掃討作戦が実施された。それにより、感染者の数が僅かに減り、その曲線はどんどん緩やかになっていった。世界中の製薬会社が名乗りを上げ、セノリティック薬を増産し、軍や医薬品卸会社、物流会社が流通を担い、この半年間で状況は少しずつ改善していた。ようやく、人類は世界を取り戻しつつあった。ゾンビをこの世から一掃することはできていないが、少なくとも、安全区域《グリーン・ゾーン》を作ることには成功し、日常というものを思い出すことができた。

ゾンビ化の原因は、IPpo－1制限酵素によってDNAが切断され続け、老化細胞が爆発的に増加し、身体と脳が炎症することが原因だった。

ただ、セノリティック薬は、老化細胞を除去することはできても、IPpo－1制限酵素を出す原因であるモジホコリには効かなかった。そのため、既存のさまざまな薬剤が試され、有効性のあるものを順次投与している状況だった。

世界中の誰もがこのゾンビ禍に影響を受け、そして、深い傷を負った。しかし、人類は負けなかった。

最初の七日間のことを思い出す。

WHOに検証データを送った後、死を待つばかりだった。

予防感染研究所の非常用発電機が止まる一時間前。目の前に現われたのは冥府《めいふ》からの使者ではなく、市川だった。市川は通信が復旧したことを告げ、状況を電話で伝えたと言った。生存者がいると。その三十分後、自衛隊が到着した。市川と電話で話をした、厚生労働省の政務官である津久井の手配による救助だった。市川の身体も老化細胞に侵されていたが、脳を破壊するまでには至っていなかった。後に市川に聞いた話では、妻に先立たれてからというもの、いつ死んでもいいという気持ちでいたらしい。ゾンビが蔓延し、死が身近になっても、それは変わらなかった。死を望んですらいたし、妻にこんな世界を見せなくてよかったという満足感すらあったという。それが、ストレスから逃れられた要因だったのだろうと香月は推測した。香月たちがゾンビ化しなかったのも、ストレス耐性があったから。ただ、そのストレス耐性を数値化できないので、あくまで可能性でしかない。

ともかく、香月はゾンビになることなく生き残った。

予防感染研究所での出来事は、精神的に参ってしまってもおかしくはなかった。ただ、現実味がない。自分が経験したのは確かなのに、人の話を聞いたような茫漠《ぼうばく》とした記憶として認識していた。防衛本能が働いているのかもしれないなと思う。心療内科に行けばＰＴＳＤと診断されるのは間違いなかったが、医者や研究者同様に精神科医も人手が足りない状況で、それこそ地球を一周するくらいの順番待ちの列に並ばなくてはならなかった。

とりあえず、今のところ、生活に支障はない。

「お待たせしました！」

下村が手を振りながら近づいてきて、隣に座った。

「寒いですね」

身体のサイズに合わない、大きなダウンジャケットを着込んだ下村は、身体を震わせた。

「……寒くないんですか？」

奇異の眼差しを向ける。香月は、セーターの上にジャケットを羽織っているだけだった。

返事をする代わりに、肩をすくめた。

予防感染研究所で死を意識した香月の身体は、身体中が火に包まれてしまったのかと錯覚するほど熱くなっていた。ゾンビになるのか、セノリティック薬が老化細胞と戦っている証なのかは分からなかったが、生きて脱出できたということは後者なのだろうと考えた。しかし、セノリティック薬を打っても、そういった感覚は起こらないことが分かっていた。それならば、あの熱さはなんだったのだろうか。今も謎だったが、一つの可能性が頭に浮かんでいた。あれは、モジホコリが人間を学習する際に発した熱なのではないか。

モジホコリは人類を絶滅させようとしたのかもしれないが、その前に、やるべきことがあったのではないか。モジホコリは、脅威である人間の構造を学ぼうとしたのではないか。人体には、熱エネルギーを生み出す仕組みがある。冷えを感じると、首や脇の下、腎臓などに多く存在する褐色脂肪細胞内のミトコンドリアが、脂肪を使って熱エネルギーを生産する。それをオンにして仕組みを学習していた。もしくは、モジホコリはスイッチをオンにして、ただ遊んでいたのかもしれない。

香月は薬剤を投与し、ほとんどのモジホコリは身体から消え去っていたが、熱さは残っていた。まだ、遊びが続いているのかもしれないと思いつつ、その仮説を馬鹿らしいとも考える。

根拠のない空想。

現時点で、ゾンビ化の原因がモジホコリだということは明らかになっていた。ただ、人類を駆逐することが目的だったのではないかという論調を支持する一派がいる一方で、モジホコリにそんなことを考える能力はないと主張する一団もいた。

どちらなのか、それとも、どちらでもなく別の目的があるのかは分からない。人類を根絶やしにしようとしたかもしれないモジホコリに言語能力が備われば、聞いてみたいと香月は思った。

今もなお多くの謎を残していたが、分かったこともあった。

ゾンビ化は世界中で同時多発的に発生したと思われていたが、最初は紛争地域で起こっていた。ゾンビ大量発生の七日前。

なぜ、紛争地域が一週間も早かったのか。環境説や、最初のゾンビ《ゾンビ・イヴ》がたまたま紛争地域にいたのだという説もあったが、おそらくは、その地域が紛争状態だったこと自体が原因だろうと香月は思った。

人と人が殺し合うのだから、大きな怪我を負うことが多くなり、普通では考えられないストレスもかかる。これが、ゾンビ化が早まった原因だという意見が多かった。

ただ、世界中で大怪我を負う人はいるし、ストレスの多い状況も考えられるのに、別の地域で発生しなかったのはなぜかという懐疑的な主張もあった。それについては検証が必要だが、香月がもっとも納得したのは、人間は、殺されるという状況でのストレスよりも、殺すことのほうがより負荷がかかるらしく、人を殺すストレスと、殺されるかもしれないというストレス、それに大きな怪我を負うという複数の要因に誘発されてゾンビ化が早まったのではないかというものだった。

もっと早く原因を突き止めていればという仮定の意見がたびたび出ていた。WHOは紛争地域の異変を察知していたものの、すぐに対処しなかったことが批判の対象になってもいた。紛争地域で起こったゾンビ化にすぐに対処し、原因を特定していれば、ここまでの事態にはならなかった。

突然凶暴化した人が、人を襲っているという報告に対して、当初のWHOやCDCは真剣には取り合わなかった。人が人を殺すのが、日常的に起こる地域だったからだ。

紛争地域では、当然のように殺戮《さつりく》が行なわれている。そのことを人類が放置している状態が、ゾンビを隠してしまったと言えなくもないという人類批判の声も、少なからず上がっていた。

「やっぱり、あの件、特定はしないみたいですよ」

下村が言う。最初、なんのことを言っているのか分からなかったが、すぐに頭が追いついてくる。

「ゾンビ化の原因特定を最初にした救世主は誰か、調べないって表明していました」

落胆したような表情を浮かべる下村を一瞥し、視線を遥か先にある壁に向けた。安全区域は、障壁に囲まれた鳥籠だった。

ＷＨＯに香月がメールを送った前後に、ゾンビ化の原因を究明したという連絡が、さまざまな国や機関あてに入ったらしい。その多くが研究機関や医療機関からだったが、研究者が一人で特定したというケースもあった。連絡の方法も多様で、香月のようにメールだったり、電話や短波通信、モールス信号を使った人もいた。どこが一番に報告をしたかは調べれば分かるはずだが、もっとも早い人を功績者にするのは野暮だという見解が各政府から発表された。

そもそも、一つの〝解〟を提示されても、信じるに足る研究結果なのかを検証する余裕はどこにもなかった。しかし、多くの同じ〝解〟が示されたことにより、その検証を省く根拠となった。

多くの研究者が、同じ結果に辿り着いたということが、真実を真実たらしめたのだ。一人の頭脳ではなく、多くの頭脳が成した成果。

同時多発的に発生したゾンビの脅威は、同時多発的に示された〝解〟によって対抗措置を取ることができた。

これは、モジホコリの戦略と似ているなと香月は密かに思った。これこそが、大きなこと一つ一つは小さくとも、多くが寄り集まり、目標に向かう。これこそが、大きなことを成し遂げる最高の戦略。

下村の予測どおり、モジホコリの一部は人間の口腔内に留まってIPpo－1制限酵素を出し、人間に影響を及ぼしていた。口の中のモジホコリを除去することはできたが、モジホコリは全身に散らばってもいる。つまり、播種《はしゅ》性でもあり、すべてを取り除くことはできていなかった。

「最近、白髪が急に増えたんですよねぇ」下村が身体をすくめながら言う。

「皺も増えた気がしますし……嫌だなぁ」

その嘆きは、誰もが抱えるものだった。

人間がモジホコリに感染したことにより、DNAが損傷し続けていた。既存の薬剤を投与し、一定の効果を上げていたが、完全に除去はできていない。そのため、通常よりも速いスピードで老化細胞が増殖しており、老ける速度も速まっている。今、人の寿命が縮んでいるのは間違いない。モジホコリを完全に除去しない限り、人の老化スピードは戻らない。

老化は、自然現象ではなく、疾病という認識になった。

ふと、香月は考える。

そもそも、人は百年ほどしか生きられないと考えられているが、もしかしたら、もともと人は、なにかしらの疾病に罹《かか》っているのではないか。モジホコリのようななにかが体内にいて、病気になっていて、そのせいで百年しか生きられないのではないか。

本来はもっと、人は生きることができるのではないだろうか。疾病を治せば、二百年も、三百年も。

「あ、来ましたよ」

下村が手を振る。城田が、笑いながらこちらに走ってきた。

「遅れちゃって、すみません」

息を切らせた城田が目を細め、苦しそうに咳をする。

香月と下村と城田。もうすぐ、市川も来るだろう。予防感染研究所で生き残った四人。あのとき、ゾンビと格闘して血だらけになった下村と城田を助けたのは市川だった。セノリティック薬を打っていないにもかかわらず、市川は果敢に警棒でゾンビと戦ったらしい。

今日は、アルコールの配給があり、それで酒盛りをしようという話になっていた。もちろん、命の恩人である市川には、皆の分を分けて、数杯多く飲ませるつもりだった。

「待ち合わせ場所を間違ったなぁ……身体が冷えちゃったよ。なにしてたの？」

下村の問いに、城田はリュックサックからノートパソコンを取り出した。

画面を見せてくる。

「研究所でゾンビについての情報収集をしているときに、いろいろな配信を見ていたんです」

エンターキーを押すと、動画配信サイトのアーカイブが表示された。

「情報収集のときに見た配信がきっかけで、僕、彼らのちょっとしたファンになったんです。それで、新着の動画が上がったら、それをチェックするのが楽しみで」

そう言ってから、それぞれの動画配信者の紹介を始めた。

札幌市に住むマサルとカズという高校生の兄弟が、家を出て母親に会いに行こうとした。彼らはゾンビに襲われそうになったが、札幌駐屯地の自衛隊員と、消防隊員の二人に助けられた。犬猿の仲の自衛隊員と消防隊員の二人は、喧嘩をしつつも少年たちを守り、無事に母親に会わせることに成功した。現在、マサルは予備消防隊員となり、カズは準自衛隊員になって働いている。また、カズはグリーン・ゾーンで開催される駅伝競技の選手になったということだった。

アメリカのバートンは、怪我を負ったものの、ゾンビ化せずに済んだ。そして、居合わせた人たちを救うためにメトロポリタン美術館に籠城したが、ゾンビが建物内に侵入してきた。そのとき、メトロポリタン美術館に、当時ホームレスになっていた退役軍人のオリバーが現れ、互いに協力し合い、悪態を吐きながらゾンビを撃退しつつメトロポリタン美術館を守り続け、狂信者たちからの攻撃もなんとか凌《しの》ぎきり、州兵に救助された。その後、バートンの軽食レストランのコックとなったオリバーは共同経営者として、軍人や州兵に食事を提供している。またバートンは、メトロポリタン美術館で助けた女性と結婚し、近く子供も産まれるということだった。

中国の美帆は、家にゾンビが侵入してきて慌てて逃げるが、ゾンビに囲まれてしまう。死を覚悟したとき、人民解放軍の一人の兵士に助けられた。人民解放軍は決死隊を作り、ゾンビに対抗した。五人一組で行動し、仲間がゾンビ化の兆候を示したら即時射殺を厳守。中国の兵士の数は、約三百万人で世界一であり、統制力と、数の力でゾンビを圧倒した。美帆はその後、無事に叔母にも会うことができ、現在は医師になるため、前線で怪我を負った兵士たちの治療を手伝いつつ、勉強を続けている。

韓国のスヒョンは、住んでいるアパートの住人である男と一緒にゾンビと戦った。男はユジュンと名乗り、警察官だと告げた。その後、韓国の警察と軍隊が手を組み、ゾンビの掃討作戦を開始。一時劣勢になるが、決死の覚悟で総攻撃を仕掛け、ゾンビを減らしていった。スヒョンはその後、安全区域で店を持つことを目標に動き出していた。

人々は、それぞれ全力で戦ったのだ。

この世界を生き抜いた人たちが、カメラに向かって笑いかけていた。

予防感染研究所の所員たちも、一条も、加瀬だって、モジホコリに翻弄《ほんろう》されながらも、それぞれ戦ったのだ。

香月は、不意に熱いものがこみ上げてきて、視線を上げる。

安全区域には、巨大な慰霊碑が作られていた。

日本の人口の四割以上がゾンビになった。最初の十日間で全世界の死者が二十億人を超えたのは間違いないが、半年が経った現時点での正確な数字はだれも把握していない。世界の人口の五割とも、八割とも言われているが、危険区域《レッド・ゾーン》に生き残りがいる可能性もあり、ゾンビの掃討と生存者の捜索が今も続けられている。

今、世界を牛耳《ぎゅうじ》っているのはゾンビだ。発生直後はゾンビの容姿に個体差があったが、時が経つにつれて皮膚が爛《ただ》れ、目が白濁していった。その容姿は、映画やドラマで描かれるゾンビそのものになった。そのゾンビが、人を襲うために徘徊している。日常が根底から覆されてしまった世界。

その中でも、人々は懸命に生きようと必死になっていた。さまざまな立場の人たちが助け合い、絶望を抱えつつもなお生き、克服しようとしている。

現在、香月と下村は、モジホコリがいかにして知識を獲得し、ここまで至ったのかを解明しようとしていた。

脳を持たないモジホコリの、考える力。

それに対抗するには、考えなければならない。

考える力こそが、人を救うのだ。人を救う力があるのだ。

それは、それだけは絶対に揺るがない真理だ。

（了）

○主な参考文献（敬称略）

『LIFESPAN：老いなき世界』デビッド・A・シンクレア、マシュー・D・ラプラント著、梶山あゆみ訳（東洋経済新報社）
『科学者として』新井秀雄著（幻冬舎）
『徹底攻略！　病理解剖カラー図解』清水道生編著（金芳堂）
『新しい免疫入門　自然免疫から自然炎症まで』審良静男、黒崎知博著（講談社）
『初めて学ぶ人のための微生物実験マニュアル』安藤昭一著（技報堂出版）
『心を操る寄生生物：感情から文化・社会まで』キャスリン・マコーリフ著、西田美緒子訳（インターシフト）
『実験医学 Vol.36 No.1 2018　どこでも　誰でも　より長く　ナノポアシークエンサーが研究の常識を変える！』荒川和晴企画（羊土社）
『大学で学ぶゾンビ学～人はなぜゾンビに惹かれるのか～』岡本健著（扶桑社）
『ゾンビの小哲学　ホラーを通していかに思考するか』マキシム・クロンブ著、武田宙也、福田安佐子訳（人文書院）
『ゾンビ論』伊東美和、山崎圭司、中原昌也著（洋泉社）
『ゾンビでわかる神経科学』ティモシー・ヴァースタイネン、ブラッドリー・ヴォイ

テック著、鬼澤忍訳（太田出版）
『ケーススタディで背筋が凍る　日本の有事　―国はどうする、あなたはどうする？　だからこそ今、日本強靭化宣言』渡部悦和著（ワニブックス）
『ここまでできる自衛隊　国際法・憲法・自衛隊法ではこうなっている』稲葉義泰著（秀和システム）
『陸上自衛隊「装備」のすべて　知られざる戦闘力の秘密に迫る』毒島刀也著（SBクリエイティブ）

この他、多くの書籍、文献、インターネットホームページを参考にさせていただきました。参考文献の主旨と本書の内容は、まったくの別物です。また、快く取材を引き受けてくださった松田一成氏に感謝いたします。

『ゾンビ3・0』解説

岡本　健（近畿大学　教授）

○　あやしい3・0

『ゾンビ3・0』は、本当に3・0だった。本編をお読みになった方はわかると思うし、まだお読みでない方は、今すぐ冒頭から読んでいただきたい。

……というわけで、ここには『ゾンビ3・0』がインストールされた人（ゾンビ?）しか残っていない。ネタバレありで遠慮なく語らせていただく。まずは簡単に自己紹介。私は近畿大学の総合社会学部/情報学研究所で教授をやっている。過去に『ゾンビ学』（人文書院）や『大学で学ぶゾンビ学』（扶桑社）という書籍を出版した。実は、光栄にも後者は『ゾンビ3・0』の参考文献にも挙げていただいている。アニメ聖地巡礼、ゾンビ、VTuberなどの「現代メディア・コンテンツ文化」を専門に研究をしており、VTuber「ゾンビ先生」の中の人でもある。

『ゾンビ3・0』とのご縁は、二〇二二年五月二十六日に著者の石川智健先生より

Twitter（現：X）のDMをいただいたところからであった。『ゾンビ３・０』という作品を出すので、読んでコメントや鼎談《ていだん》に参加してもらえないか、というご依頼。届いたプルーフ本（まだ表紙デザインなどが確定していない見本版）には質実剛健な『ゾンビ３・０』のタイトル。おそらく皆さんも最初に見聞きした時に感じた「何が３・０やねん？」というツッコミを私も感じた。うん。あやしい。３・０。

それではここから、簡単にゾンビ文化史のお話をしつつ、本作の位置づけを確認してみたい。『ゾンビ３・０』をもう一度読みたくなるとともに、他のゾンビ作品をさらに楽しんでいただければ幸いだ。

○ゾンビの特徴はどう作られてきたか

皆さんのゾンビはどこから？　実はこれ、人によって結構違うのだ。私にとっては、やはりゾンビは「映画」のモンスターという印象が強いが、それと同時に、エニックス（現：スクウェア・エニックス）のゲーム『ドラゴンクエスト』（一九八六年）シリーズに登場した「くさったしたい」や、CAPCOM《カプコン》の『魔界村』（一九八五年）や『バイオハザード』（一九九六年）のインパクトも大きい。マイケル・ジャクソンの楽曲『スリラー』のミュージックビデオ（一九八三年、ジョン・ランディス監督）で知ったという人もいるかもしれない。ドラマ『ウォーキング・デッド』（二〇一〇年）や『君と世界が終わる日に』（二〇二一年）でゾンビに親しんだ向きもあるだろう。

アニメ・マンガでも、『アイアムアヒーロー』（二〇〇九年、花沢健吾《はなざわけんご》）、『さんかれあ』（二〇一〇年、はっとりみつる）、『就職難!! ゾンビ取りガール』（二〇一二年、福満《ふくみつ》しげゆき）、『がっこうぐらし!』（二〇一二年、海法紀光《かいほうのりみつ》・千葉《ちば》サドル）、『ゾンビランドサガ』（二〇一八年、境宗久《さかいむねひさ》監督）、『ゾン100～ゾンビになるまでにしたい100のこと～』（二〇一八年、麻生羽呂《あそうはろ》・高田康太郎《たかたこうたろう》）、『サラリーマンZ』（二〇二三年、NUMBER 8《ナンバーエイト》・石田点《いしだてん》）など、継続的に作品が生み出され、人気を博している。マンガと言えば、『ジョジョの奇妙な冒険』シリーズの作者である荒木飛呂彦《あらきひろひこ》氏は、自著『荒木飛呂彦の奇妙なホラー映画論』の中で、ジョージ・A・ロメロの『ゾンビ』（一九七八年、原題：Dawn of the Dead）をベスト1の作品として紹介している。

ジョージ・A・ロメロ監督が一九六八年に世に問うた『ナイト・オブ・ザ・リビングデッド』には、死体がよみがえって生者に襲い掛かり、襲われた者もまた生ける屍となる、まさに今のゾンビの原型となるモンスターが登場した。ロメロはその後、

『ゾンビ』でショッピングモールを舞台にゾンビと人間（と人間）の攻防を描く。本作は、アクション映画として楽しめる一方で、大量消費社会への批判ともとれる描写が随所に見られた。『ゾンビ』は、多くのクリエイターに刺激を与え、その後、『サンゲリア』（一九七九年、ルチオ・フルチ監督）、『バタリアン』（一九八五年、ダン・オバノン監督）などの様々なゾンビ映画が登場する。

一九九〇年代にはいったんゾンビブームは落ち着き、ゾンビ映画が公開される本数も少なくなる。しかし、この時期、ゾンビはゲームというメディアから甦る。それが大阪のゲーム会社ＣＡＰＣＯＭが制作した『バイオハザード』である。企業が生み出したウイルスによって人々がゾンビ化し襲い掛かってくるというハリウッド映画的な設定のサバイバルホラー。『バイオハザード』シリーズは大ヒットを飛ばし、二〇〇二年にポール・Ｗ・Ｓ・アンダーソン監督、ミラ・ヨヴォヴィッチ主演で実写映画化され、シリーズ化。こちらでゾンビを知った人も多いだろう。『バイオハザード』はフルＣＧ映画やドラマ、マンガ、小説など、メディアミックス展開がなされている。

『バイオハザード』の大ヒットを受け、ゾンビ映画市場は活況を呈する。二〇〇〇年代に公開されたゾンビ映画の本数は、筆者のカウントでは実に三百十八本。そうした中で、ゾンビには新たな性質が付与される。それが「走るゾンビ」だ。実写映画『バイオハザード』と同年の二〇〇二年に『28日後…』(ダニー・ボイル監督)が製作されるのだが、本作のウイルス感染者は怒りに我を忘れて全力疾走で襲い掛かってくる。二〇〇四年には『ドーン・オブ・ザ・デッド』(ザック・スナイダー監督)という『ゾンビ』のリメイク作品が公開された。ロメロ監督の『ゾンビ』では、こちらがじれったくなるぐらいにノロノロだったゾンビたちが、リメイク作品では「生前より元気なのでは……」とちょっと引いちゃうレベルの俊足を披露。ちなみに、ロメロ監督は走るゾンビには否定的で、『サバイバル・オブ・ザ・デッド』(二〇一〇年)では、ゾンビを走らせないままに移動速度を上げる、まさかの方法を提示してみせた。

「走るゾンビ」の登場で、表現面でもブレイクスルーが起こり、ゾンビ映画はゾンビの如く甦った。ゾンビが走る描写そのものは、『バタリアン』、『ナイトメア・シティ』(一九八〇年)、なんなら『ナイト・オブ・ザ・リビングデッド』から見られたが、その表現は他の作品には伝播しなかった。一方、二〇〇〇年代の「走るゾンビ」はフォロワー作品を大量に生み出した。その後も、パルクールを使いこなすゾンビが登場したり、ゾンビ化の原因が菌類や携帯の電波(!?)になったり、ゾンビと人間を行ったり来たりするものが現れたりと、現在も変化を続けている。

このように、ゾンビの特徴は、それぞれの作品で挑戦的なアイデアが披露され、それが引き継がれたり無くなったり、形を変えて生き残ったりしながら、連綿と紡がれてきている。歩くのか走るのか、感染するのかしないのか、誰かに操られているのかそうでないのか、死んでいるのかいないのか、人を食うのか食わないのか、ゾンビ化の原因は何か、なぜゾンビに変化する人とそのまま食われ続ける人がいるのか……。『ゾンビ3・0』はこれまで様々なメディア・コンテンツで延々と描かれてきた相矛盾するゾンビ像を同時に成立させる説明原理を準備した画期的な作品なのだ。

○小説・オブ・ザ・デッド

『ゾンビ3・0』のように、ゾンビを描いた小説作品はどうだろうか。これがまた、洋の東西を問わず大量の作品があり、ここで全てを紹介できないのが残念ではあるが、紙幅の都合上ご了承いただきたい。

一九九七年に出版された大槻《おおつき》ケンヂ氏の『ステーシー』は、まだ日本産ゾンビ映画が少なかった二〇〇一年に実写映画化された名作だ（監督：友松直之《ともまつなおゆき》）。佐《さ》藤大輔《とうだいすけ》氏による『鏖殺《おうさつ》の凶鳥《フッケバイン》』（二〇〇〇年）、『黙示の島』（二〇〇二年）も印象的だった。伝説的怪奇映画『マタンゴ』（一九六三年）の続編として吉村達也《よしむらたつや》氏によって書かれた『マタンゴ　最後の逆襲』（二〇〇八年）も面白かった。『攻殻機動隊』や『機動警察パトレイバー』などで有名な押井守《おしいまもる》氏も『ゾンビ日記』（二〇一二年）というゾンビ小説を書いているし、芥川賞受賞作家の羽田圭介《はだけいすけ》氏も『コンテクスト・オブ・ザ・デッド』（二〇一六年）で参戦。数あるゾンビ小説の中で、筆者の一押しは北上秋彦《きたかみあきひこ》氏の『死霊列車』（二〇〇八年）。本作では十五歳の鉄道少年が、トロッコ列車「おろち号」でゾンビ世界をサバイバルする。鉄道×ゾンビと言えば、二〇一七年に公開されて大ヒットした韓国映画『新感染 ファイナル・エクスプレス』（ヨン・サンホ監督）だが、実は日本の小説でも、鉄道×ゾンビが丁寧な手つきで描写されていたのだ。

ライトノベルでもゾンビは元気いっぱい。『これはゾンビですか？』（木村心一《きむらしんいち》、二〇〇九年）、『オブザデッド・マニアックス』（大樹連司《おおきれんじ》、二〇一一年）、『奥ノ細道・オブ・ザ・デッド』（森晶麿《もりあきまろ》、二〇一一年）、『あるゾンビ少女の災難』（池端亮《いけはたりょう》、二〇一二年）、『玉川区役所 OF THE DEAD』（永菜葉一《ながなよういち》・塔井青《とういあお》、二〇一四年）、『FAKE OF THE DEAD』（土橋真二郎《どばししんじろう》、二〇一四年）、『ゾンビのあふれた世界で俺だけが襲われない』（裏地《うらじ》ろくろ、二〇一六年）などなど、枚挙にいとまがない。

かようににぎやかなゾンビ小説界には、「ミステリ×ゾンビ」の系譜がある。中でも代表的な作品は山口雅也《やまぐちまさや》氏の『生ける屍《しかばね》の死』（一九八九年）。英語タイトルは

『DEATH OF THE LIVING DEAD』、まさに本格ミステリ界の『ナイト・オブ・ザ・リビングデッド』。こうした、ゾンビ現象を前提にした世界の中で展開される、いわゆる「特殊設定」のミステリ小説は、近年も、『わざわざゾンビを殺す人間なんていない。』（小林泰三《こばやしやすみ》、二〇一七年）、『屍《し》人荘《じんそう》の殺人』（今村昌弘《いまむらまさひろ》、二〇一七年）といった名作が生み出されている。最近では、アナログゲームの「マーダーミステリー」が静かなブームだが、その中でも『マーダーミステリー・オブ・ザ・デッド』という、ゾンビが登場する世界での殺人事件を解決しようとする作品があり、二〇二四年十一月から同名のアニメが放送された。

『ゾンビ３・０』は、こうした系譜に位置付けることもできる作品だ。殺人事件の謎ではなく、ゾンビ現象を引き起こしている原因はいったいなんなのか。この謎に立ち向かう本格ミステリだ。しかも、きちんと最後に殺人事件の犯人まで登場させてしまうところで、「このジャンルまでカバーするのか！」と、石川智健氏のゾンビ・ホスピタリティに筆者は感激した。

○我われはどう生きるか

本作のゾンビ化現象を引き起こした犯人はモジホコリだったわけだが、その解明の際には「集合知」が力を発揮する。様々な国の様々な立場の人々がそれぞれに集めてきた情報や考察をネットワークで集合させることにより、同じくネットワーク型生物のモジホコリの脅威に立ち向かう。まるで読者も、当事者の一人になったかのようなスリリングな体験が得られる。この高揚感はどこかで味わった気が……。そう、『シン・ゴジラ』(二〇一六年、庵野《あんの》秀明《ひであき》監督)だ。『シン・ゴジラ』が東日本大震災とその後の原発事故を比喩として扱ったものだとしたら、『ゾンビ3・0』はコロナ禍であり、戦争や紛争だろう。いまだ終わったのか終わらないのか、よくわからないコロナ禍。世界各地で今もなされ、また、近々起こるのではないかと危機感が募る紛争、戦争……。現代社会では、ミクロでもマクロでも、複雑なメカニズムを抱えた問題は完全解決されることが少なく、そうした問題を常に抱えながら、考え方や文化の異なる他者とともに生きて行かねばならない。モジホコリは根絶できたわけではない。

こうして見てきた通り、『ゾンビ3・0』は、さまざまな意味でバージョンアップされた最新のゾンビ・コンテンツなのだ。ここで描かれるゾンビたちは、エピソードは、いったい何の比喩として機能しているのか、何を読み取ることができるのか、様々な読み解きが可能な本作を、是非何度も楽しんでもらいたい。そして、この場を借りて言っておきたい最後の一言、「是非、映像化してほしい！」。……と私の中のゾンビオタクが顔を出してしまったところで、筆をおきたいと思う。最後までお読みいただき、有難うございました。石川智健先生、素晴らしい作品を、有難うございました！

●本書は二〇二二年十月に、小社より刊行されました。
文庫化にあたり、一部を加筆・修正しました。

|著者| 石川智健　1985年神奈川県生まれ。26歳のときに日米韓で作家デビューを果たす。『エウレカの確率　経済学捜査員 伏見真守』は、経済学を絡めた斬新な警察小説として人気を博した。また2018年に『60《ロクジユウ》誤判対策室』がドラマ化され、『20《ニジユウ》　誤判対策室』はそれに続く作品。その他の著書に『小鳥冬馬の心像』『法廷外弁護士・相楽圭　はじまりはモヒートで』『ため息に溺れる』『キリングクラブ』『第三者隠蔽機関』『本と踊れば恋をする』『この色を閉じ込める』『断罪　悪は夏の底に』『いたずらにモテる刑事の捜査報告書』『私はたゆたい、私はしずむ』『闇の余白』『警視庁暴力班』『トウキョウマンション』など。現在は医療系企業に勤めながら、執筆活動に励む。

ゾンビ3.0

石川智健《いしかわともたけ》

2024年12月13日第1刷発行

講談社文庫
定価はカバーに
表示してあります

発行者——篠木和久
発行所——株式会社　講談社
東京都文京区音羽2-12-21　〒112-8001
電話　出版（03）5395-3510
　　　販売（03）5395-5817
　　　業務（03）5395-3615

KODANSHA

デザイン—菊地信義
本文データ制作—講談社デジタル製作
印刷———株式会社KPSプロダクツ
製本———株式会社国宝社

Printed in Japan

ISBN978-4-06-537887-8

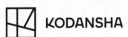

講談社文庫刊行の辞

二十一世紀の到来を目睫に望みながら、われわれはいま、人類史上かつて例を見ない巨大な転換期をむかえようとしている。

世界も、日本も、激動の予兆に対する期待とおののきを内に蔵して、未知の時代に歩み入ろうとしている。このときにあたり、創業の人野間清治の「ナショナル・エデュケイター」への志を現代に甦らせようと意図して、われわれはここに古今の文芸作品はいうまでもなく、ひろく人文・社会・自然の諸科学から東西の名著を網羅する、新しい綜合文庫の発刊を決意した。

激動の転換期はまた断絶の時代である。われわれは戦後二十五年間の出版文化のありかたへの深い反省をこめて、この断絶の時代にあえて人間的な持続を求めようとする。いたずらに浮薄な商業主義のあだ花を追い求めることなく、長期にわたって良書に生命をあたえようとつとめるところにしか、今後の出版文化の真の繁栄はあり得ないと信じるからである。

同時にわれわれはこの綜合文庫の刊行を通じて、人文・社会・自然の諸科学が、結局人間の学にほかならないことを立証しようと願っている。かつて知識とは、「汝自身を知る」ことにつきていた。現代社会の瑣末な情報の氾濫のなかから、力強い知識の源泉を掘り起し、技術文明のただなかに、生きた人間の姿を復活させること。それこそわれわれの切なる希求である。

われわれは権威に盲従せず、俗流に媚びることなく、渾然一体となって日本の「草の根」をかたちづくる若く新しい世代の人々に、心をこめてこの新しい綜合文庫をおくり届けたい。それは知識の泉であるとともに感受性のふるさとであり、もっとも有機的に組織され、社会に開かれた万人のための大学をめざしている。大方の支援と協力を衷心より切望してやまない。

一九七一年七月

野間省一

講談社文庫 最新刊

講談社文芸文庫

加藤典洋
新旧論
三つの「新しさ」と「古さ」の共存
解説＝瀬尾育生　年譜＝著者、編集部
小林秀雄、梶井基次郎、中原中也はどのような「新しさ」と「古さ」を備えて登場したのか？　昭和の文学者三人の魅力を再認識させられる著者最初期の長篇評論。
かP9
978-4-06-537661-4

高橋源一郎
ゴヂラ
解説＝清水良典　年譜＝若杉美智子、編集部
なぜか石神井公園で同時多発的に異変が起きる。ここにいる「おれ」たちは奇妙なものに振り回される。そして、ついに世界の秘密を知っていることに気づくのだ！
たN6
978-4-06-537554-9

稲葉博一《ひろいち》 忍者烈伝
稲葉博一 忍者烈伝ノ続
稲葉博一 忍者烈伝ノ乱〈天之巻〉〈地之巻〉
伊岡 瞬 桜の花が散る前に
石川智健 エウレカの確率〈経済学捜査と殺人の効用〉
石川智健 60《ロクジュウ》〈誤判対策室〉
石川智健 20《ニジュウ》〈誤判対策室〉
石川智健 第三者隠蔽機関
石川智健 いたずらにモテる刑事の捜査報告書
井上真偽《まぎ》 その可能性はすでに考えた
井上真偽 聖女の毒杯〈その可能性はすでに考えた〉
井上真偽 恋と禁忌の述語論理《プレディケット》
泉 ゆたか お師匠さま、整いました！
泉 ゆたか お江戸けもの医 毛玉堂
泉 ゆたか 玉《たま》の輿《こし》猫〈お江戸けもの医 毛玉堂〉
伊兼源太郎 地検のS
伊兼源太郎 Sが泣いた日〈地検のS〉
伊兼源太郎 Sの幕引き〈地検のS〉
伊兼源太郎 巨 悪

伊兼源太郎 金庫番の娘
逸木 裕 電気じかけのクジラは歌う
今村翔吾 イクサガミ 天
今村翔吾 イクサガミ 地
今村翔吾 じんかん
入月英一 信長と征《ゆ》く 1・2〈転生商人の天下取り〉
磯田道史 歴史とは靴である
石原慎太郎 湘南夫人
井戸川射子 ここはとても速い川
五十嵐律人 法廷遊戯
五十嵐律人 不可逆少年
五十嵐律人 原因において自由な物語
一色さゆり 光をえがく人
石沢麻依 貝に続く場所にて
一穂ミチ スモールワールズ
伊藤穰一 〈増補版〉教養としてのテクノロジー〈AI、仮想通貨、ブロックチェーン〉
市川憂人 揺籠《ゆりかご》のアディポクル
五十嵐貴久 コンクールシェフ！
稲川淳二 稲川怪談〈昭和・平成傑作選〉

稲川淳二 稲川怪談〈昭和・平成・令和 長編集〉
内田康夫 シーラカンス殺人事件
内田康夫 パソコン探偵の名推理
内田康夫 「横山大観」殺人事件
内田康夫 江田島殺人事件
内田康夫 琵琶湖周航殺人歌
内田康夫 夏泊殺人岬
内田康夫 「信濃の国」殺人事件
内田康夫 風葬の城
内田康夫 透明な遺書
内田康夫 鞆《とも》の浦《うら》殺人事件
内田康夫 終幕《フィナーレ》のない殺人
内田康夫 御堂筋殺人事件
内田康夫 記憶の中の殺人
内田康夫 北国街道殺人事件
内田康夫 「紅藍《くれない》の女《ひと》」殺人事件
内田康夫 「紫《むらさき》の女《ひと》」殺人事件
内田康夫 藍色回廊殺人事件
内田康夫 明日香の皇子

2024年9月13日現在